Chris Bachelder

Bär gegen Hai

CHRIS BACHELDER

Bär gegen Hai

Roman

Aus dem Amerikanischen
von Marcus Ingendaay

MANHATTAN

Die Originalausgabe erschien 2001
unter dem Titel »Bear v. Shark«
bei Scribner, New York.

Umwelthinweis:
Dieses Buch und der Schutzumschlag
wurden auf chlorfrei gebleichtem Papier gedruckt.
Die Einschrumpffolie (zum Schutz vor Verschmutzung)
ist aus umweltfreundlicher und recyclingfähiger PE-Folie.

Manhattan Bücher erscheinen
im Wilhelm Goldmann Verlag, München,
einem Unternehmen
der Verlagsgruppe Random House GmbH

1. Auflage

Die Nutzung des Labels Manhattan erfolgt mit freundlicher
Genehmigung des Hans-im-Glück-Verlags, München
Satz: Uhl + Massopust, Aalen
Printed in Germany · GGP Media, Pößneck
[redacted] ISBN 3-442-54543-9
www.manhattan-verlag.de

Für meine Mutter, Linda Wilson,
für meinen Vater, Allen Bachelder
und
für meine Schwester, Lisa Bachelder.

Meinen besten Dank an Gillian Blake und Rachel Sussmann vom Verlag Scribner für die begeisterte und kenntnisreiche Betreuung meines Buches. Dank auch an Lisa Bankoff, die das Manuskript weitergeleitet hat.

Dank gebührt überdies meinen außergewöhnlichen Lehrern Michael Parker, Greg Meyerson und ganz besonders Padgett Powell, die sich nie gescheut haben, dieses Buch zu unterstützen.

Ein Bier du jour für Bob Seals für seinen Zuspruch, seine Ideen und den Soundtrack. Und Cynthia Nearman drücke ich an mein Herz – als meine unermüdliche Leserin und Mitstreiterin. Dank an Florrie für ihre Gastfreundschaft, an Joyce für ihre Freundlichkeit und ihren Glauben an das Schöne im Leben und an Ron für die großartige Idee.

Am meisten aber danke ich meinen Eltern und meiner Schwester für ihre Liebe und Unterstützung und für ihr Vertrauen. Ich habe nie ein Wort darüber verloren, dass sie mir so viel gegeben haben.

Lord Clifford sagt:

»Der kleinste Wurm, getreten, windet sich.«

König Heinrich VI, Teil 3

Kurt Vonnegut Jr. sagt:

»Meiner Meinung nach handelt es sich dabei um eine recht optimistische Annahme. Ich muss Ihnen leider sagen, dass ein Wurm auf eine Art getreten werden kann, dass er sich danach kein bisschen mehr windet.«

Rede vor einer Abschlussklasse
am Bennington College

Bär gegen Hai: Das Vorwort

Bär gegen Hai: Der Roman basiert auf einer *wahren Geschichte.*

Oder anders: Er *basiert* auf einer wahren Geschichte.

Stellen Sie sich eine wahre Geschichte vor. Stellen Sie sich vor, diese Geschichte spielt in einer soliden, bescheidenen, ehrlichen Mittelschichtgegend. Stellen Sie sich ein Haus vor, stellen Sie sich die Balken vor, die gleichmäßige, völlig undramatische Neigung des Schindeldachs. Stellen Sie sich die biederen, braven Ecken vor, die fast perfekten rechten Winkel, obwohl Sie sehr genau wissen, dass ein exakt rechter Winkel – ähnlich wie ein perfekter Kreis oder ein perfekter Hintern – in der Wirklichkeit nicht existiert. Aber Sie wissen eben auch, dass hier zumindest der Versuch der maximalen Annäherung an einen exakt rechten Winkel unternommen wurde. (Und wozu gibt es schließlich einen Himmel?) Stellen Sie sich die sauberen Wandschränke vor, den durchdachten Grundriss, den Verzicht auf jeglichen Luxus, jegliche Übertreibung. Stellen Sie sich die 1a Materialien vor, ausgewählt, verbaut und mit einer umfassenden Gewährleistung versehen von Leuten, die ihr Handwerk verstehen und, verdammt noch mal, Qualität liefern. Stellen Sie sich ein Haus vor, bei dem Sie vor bösen Überraschungen gefeit sind. Okay, der Keller ist noch feucht und auch noch nicht ausgebaut, aber das wussten Sie vorher. Mit einem Wort: gekauft wie gesehen.

Gut.

Und jetzt stellen Sie sich, auf der Grundlage dieses Mahnmals von Rechtschaffenheit und Solidität, eine Bruchbude vor, mir nichts, dir nichts und mehr schlecht als recht zusammengeschustert aus haltlosen Gedankenstrichen und losen Handlungsfäden, ein farbenfroh verschrobenes Gebäude, teils Bungalow, teils Wolkenkratzer, teils Ranchhaus, die Außenwände abwechselnd verputzt oder mit Sichtmauerwerk, aus Holz oder Kunststoff, alles nicht ohne tieferen Sinn, aber eben nur: nicht ohne *tieferen* Sinn, das heißt auf eine gewisse Weise ganz *bezaubernd* beziehungsweise *interessant*, was noch das Beste ist, was sich über die Hütte sagen lässt, wenn Sie im zertrampelten Vorgarten der Wahrheit stehen. Eine Konstruktion nicht ohne eigene Standfestigkeit, aber basierend auf dem First des Dachs der Wahrheit mit eben jener völlig undramatischen Neigung, die dennoch keine Gelassenheit aufkommen lässt, weil sie das Ganze ins Wanken bringt und vermutlich erst dann Ruhe einkehrt, wenn alles zertrümmert am Boden liegt, Wahrheit und Lüge, Ironie und Ernst, wenn Reinheit und jeglicher innerer Zusammenhalt für immer verloren und die Einzelteile nicht mehr zu unterscheiden sind.

Als was soll ich jetzt diese 2x4-Zoll-Standard-Firstbohle betrachten? Als Meta-Bohle? Als Super-Bohle, als selbstreferenzielle Bohle? Als komplexe und zweideutige Bohle, und das umso mehr, als sie in ihrer schreienden Ehrlichkeit über jeden Zweifel hinsichtlich ihrer Abmessungen erhaben ist? Hat eigentlich jemals einer diese 2x4 Zoll überprüft? Kurz, handelt es sich nicht vielmehr um eine postmoderne Keule?

Was ich auch noch gerne wüsste: Sollen wir *durch* oder *auf* das zersprungene Fenster schauen?

Linoleum: Ist das jetzt Authentizität oder der Tod der Authentizität?

Stellen Sie sich das alles einmal vor.

Teil 1

Das große amerikanische Schlappohr

1.

Parlor Game

Es ist also eine Art *Parlor-Game*, so vom Prinzip her?
So ähnlich.
Klingt ja nicht schlecht: Bär contra Hai.
Es heißt Bär *gegen* Hai, nicht contra. Was ist eigentlich ein *Parlor*?
Ein Parlor? Na ja, ein Parlor ist…
…?
Ist was?
Eine Art Salon, vom Prinzip her.
Also ist es ein *Salon-Game*?
Jedenfalls da, wo man das Spiel spielt.
Und das ist ein Parlor?
So eine Art Wohnzimmer, vom Prinzip her.
Und das ist ein Parlor?
Ja.
In einem Gebäude?
In einem Haus, ja.
Und wie groß ist der Fernseher?

2.
Das weiße Nichts

Der Fernseher, die Couch, die schlafende Hauptfigur (Mr. Norman), zuckend im zuckenden Schein.

Das Fernsehen sagt: Gehen Sie nicht weg, wir sind gleich wieder für Sie da.

Mr. Norman zuckt und murmelt in einem fort. Er geht nicht weg.

Auf dem Boden ein Flokati (American Style), an der Wand eine Tapete in edler Holz-Optik. Sieht echt aus wie echt, ich hätte den Unterschied nie bemerkt, man erkennt gar keine Ränder.

Es ist Morgen: Erhebt euch und strahlt!

Aus einem körnig verschwommenen Traum und dem elektrostatischen Knistern nachtaktiver Synapsen schlägt Mr. Norman die Augen auf. Er liegt mit dem Gesicht in seinem schneeweißen, schnurlos pulsierenden Massagekissen, dem Vibra-Dream Plus, das nur hier erhältlich ist, deshalb bestellen Sie noch heute.

Dieses blendend weiße Kissen, für das die Leitungen ab sofort geschaltet sind, umschließt sein Gesicht verführerisch und ergonomisch bis zu den Ohren hinauf, in die es schnurrt und gurrt wie eine Geliebte.

Die Kissen-Geliebte sagt: »In drei bequemen Raten.«

Sie sagt: »Dieses Angebot gilt nur für kurze Zeit und nur

dort, wo es nicht gegen bestehende Bestimmungen verstößt. Ergonomisches Design.«

Sie sagt: »Oder fragen Sie in Ihrem Supermarkt nach Ihrem schnurlosen Kissen.«

Im Fernsehen ist das alles gleich.

Ergonomisch: zusammengesetzt aus dem lateinischen *ergo* (folglich) und dem französischen *nom* (Name).

In das softe weiße Vlies seiner jungfräulichen Geliebten sagt Mr. Norman: »Folglich Name?«

Ihr (dem Kissen) ist es gleich, ob Mr. Norman mit Visa oder MasterCard bezahlt hat oder ob er über die gebührenfreie Bestell-Hotline bestellt hat oder über Internet oder auf dem schmerz- und wundervoll langsamen Postweg. Sie (das Kissen) hat nur den Wunsch, dass sich Mr. Norman nach einem harten Arbeitstag entspannen kann. Sie versteht ihn. Sie kümmert sich. Sie reibt sich an seinem Ohrläppchen, wenn sie spricht.

Mit ihrer verspielten Zunge, ihren kitzligen Lippen sagt die Kissen-Geliebte: »Folglich Name.« Das macht Sinn.

Ihr Design? Nun, ihr Design verbindet traditionellen Komfort mit High-Tech-Materialien aus der Raumfahrt. Sie ist das offizielle schnurlose Kissen von Bär gegen Hai Teil 2.

Mr. Normans Nacken schmerzt, aber sie (das revolutionäre Kissen der Zukunft) flüstert: »Sag jetzt nichts, Liebling.«

Sie sagt: »Schmutz abweisend, klinisch getestet, stilvoll mit langer Lebensdauer.«

Mr. Norman bleibt bäuchlings auf der Couch im großen Fernsehzimmer seines Einfamilienhauses liegen. Sein Penis ist erigiert, seine Garantie abgelaufen, und er blinzelt in das weiße Nichts einer sexy Relax-Technologie, einem heißen Blizzard aus preisgünstigem Wellness-Komfort und knallhartem amerikanischem Know-how.

Mr. Norman wacht sozusagen auf.

3.
Ohms und Amperes

Eine Frau (Mrs. Norman) und die beiden Jungs schlafen im Obergeschoss.

Wir haben hier ein Einfamilienhaus in ruhiger Lage. Dieses Haus ist wirklich und wahrhaftig traumhaft ruhig.

Unwillkürlich denkt man an Wiesen, über die der Wind streicht. Man denkt an Luftschutzbunker.

Das Haus ist absolut still – bis auf jene kleinen Geräusche, die für uns die Stille erst hör- und verstehbar machen, jene leisen Lebenszeichen, durch welche die Stille gewissermaßen definiert, mehr noch, geradezu geschaffen wird, indem sie die Stille in einer Sinn und Bedeutung stiftenden Dualität verankert.

Das stille Haus ist also still – bis auf das chemische Summen der zentralen Klimaanlage, das Zischen des Luftentfeuchters, bis auf das babelhafte Geschwätz der Fernseher.

Still bis auf den synthetischen Pulsschlag der Koaxialkabel, Konverter und der unterirdisch verlegten Glasfaserleitungen. Das Rauschen und Knacken von Elektrizität, von Gleich- und Wechselstrom, von Frequenz, Ohms und Amperes, Watt und Volt.

Alles still bis auf die Bässe von *Land Swaps & Divorces*, welche die Kunststoffverkleidung der Hauswand in Schwingung versetzen, still bis auf das Klicken der Festplatte, das

Gemurmel der Webseiten-Betreiber – Verschwörungstheoretiker, Lindbergh-Leugner, Kinderpornografen, Internet-Auktionshäuser, Leute mit Schlafstörungen, Hobby-Teppichknüpfer, Industriebosse, Dozenten für kanadische Literatur.

Bis auf die Schüsse, die Sirenen, die Schüsse, die Helikopter.

Bis auf Bären-Bambule und Hai-Heckmeck.

Bis auf die unaufhaltsame Verschiebung der Kontinentalplatten viele Meilen unter der Erdoberfläche.

Wirklich Meilen?

Still bis auf das utopische Dröhnen des Vibra-Dream Plus und den honigsüßen Gesang, mit dem die elektrischen Vögel in den künstlichen Hartriegelsträuchern im Hinterhof von Mr. Normans voll erschlossenem, kabeltauglichem Einfamilienhaus den Morgen begrüßen.

Fax, Scanner, Handy.

Man kann einen Bären mit Blei voll pumpen, er stirbt deswegen noch lange nicht.

Das Haus ist vollkommen still, als Mr. Norman erwacht.

4.
Rechtsanwältin gegen Torte

In einem Fernseher, im Fernsehen, nimmt eine Rechtsanwältin in einer tief ausgeschnittenen Seidenbluse eine Schokotorte ins Kreuzverhör.

Wie bei TV-Rechtsanwälten üblich, geht die Rechtsanwältin dabei vor dem Zeugen, der Torte, auf und ab. Sie hat perfekte Waden, eine schöne schmale Taille und volles Haar. Unerwünschtes Haar hingegen ist nicht im Bild, es wurde entfernt und in blutigen Schwingdeckeleimern versteckt, denn es war unerwünscht. Sie sieht phantastisch aus, vielleicht ein bisschen zu fanatisch um die Augen, vielleicht fallen auch Nase und Kinn eine Kleinigkeit zu spitz aus, wodurch sie eine Idee zu aggressiv wirkt, ein bisschen *zu* skeptisch hinsichtlich der Möglichkeiten moderner Dessert-Technologie.

Die Schokotorte sitzt derweil vor einem Mikrophon im Zeugenstand, flankiert von einem strengen, aber gerechten weißen Werbe-TV-Richter mittleren Alters mit beginnender Glatze. (Werbe-TV-Richter gibt es in zwei weiteren Variationen: (1) als strenge, aber gerechte, grauhaarige weiße Frau mittleren Alters und (2) als strenge, aber gerechte, schwarze Frau ohne Altersbeschränkung.) Wie gesagt, die Schokotorte sieht mindestens so sexy aus wie die Rechtsanwältin, ist dazu aber vollkommen unschuldig. Die Schokotorte scheint selbst des kleinsten Vergehens schlicht nicht fähig zu sein.

Aber die Schokotorte ist zugleich eine mächtig leckere Schokotorte, richtig appetitlich, schön saftig und mit einer feisten Glasur. Im Anschluss an die Gerichtsszene Schnitt zu einer Nahaufnahme der Torte, die gerade aufgeschnitten wird, wobei sich in pornographischer Zeitlupe das feuchte Innere darbietet. Die Torte schreit förmlich nach einer Glasur. Sie (die Torte) ist Heilige und Hure in einem. Sie ist nichts weniger als vollkommen: Frauen möchten sich mit ihr identifizieren, möchten sich zusammen mit der Torte neu erschaffen, möchten die Mischung mischen und bei 190 Grad backen, bis ihr süßer Duft die Küche erfüllt.

Männer wollen sie verschlingen.

Schnitt zurück in den Gerichtssaal.

Die Rechtsanwältin sagt: »Wenn es tatsächlich stimmt, dass Sie, wie Sie sagen, aus einer Backmischung sind, wie kommt es dann, dass Sie so kremig sind?«

Ein kleiner Junge steht im Vorgarten der Normans. Die Vorgärten hier in der Gegend sind gepflastert und grün gestrichen. Rasen gedeiht hier nicht so gut.

Das Gesicht in seinen Vibra-Dream Plus vergraben, weiß Mr. Norman nicht mehr: War Grizzly Adams aus der Serie nun der Name dieses bärtigen Naturburschen oder hieß der Bär so?

5.

Fernseher von früher, Teil 1

Die alten Fernsehgeräte hatten einen Knopf zum Ausschalten.

6.

Zehn Legenden über notorische Dummschwätzer

Mann auf Couch. Er ist wie festgewachsen und redet in einem fort.

Er (Mr. Norman) sagt: »Das reicht wohl kaum für einen First Down.«

Er sagt: »Plantigrade Fußstellung, Zwangsversteigerung, Mord mit anschließendem Selbstmord.«

Ein Experte sagt: »Wir vermuten, dass dieses Problem in den Morgenstunden verstärkt auftritt.«

Vier von fünf Experten sagen: »Wir empfehlen in diesen Fällen Babble-Blocker, ein verschreibungspflichtiges Medikament.«

Keiner sagt: »Gehört die Pharmafirma nicht zur selben Firmengruppe wie die Fernsehsender?«

Die Broschüre von Babble-Blocker über die »Zehn Legenden über notorische Dummschwätzer«:

Legende Nr. 3: Notorische Dummschwätzer sind dumm. (Falsch. Logorrhoe hat wenig zu tun mit Intelligenz oder geistiger Gesundheit. Insofern gilt eine stationäre Behandlung von Dummschwätzern im Allgemeinen nicht mehr als die Therapie der Wahl. Im Gegenteil, die meisten Dummschwätzer können durchaus am Berufsleben teilnehmen, in einigen Fällen sogar höchst erfolgreich.)

Mr. Norman sagt: »Alle Menschen sind intelligent. Ausnahmen haben die Regel.«

Legende Nr. 5: Ich bin der einzige Dummschwätzer auf der Welt. (Falsch. Sie sind nicht allein. Über zehn Millionen Amerikaner leiden an klinisch manifester Logorrhoe.)

Die böse Sexfee in Gestalt der Rechtsanwältin nimmt die Torte in die Zange. Mit ihr ist wirklich nicht zu spaßen. Sie sagt: »Sie sitzen hier so feist und lecker und behaupten im Ernst, Sie seien zu hundert Prozent fettreduziert?«

Mr. Norman sagt, nicht alle fungiziden Salben sind gleich.

Legende Nr. 8: Babble-Blocker macht müde und lethargisch und ist überdies lebertoxisch. (Falsch. Zwar wurden im Tierversuch an Ratten und Affen Müdigkeit, Lethargie und Leberschäden als Nebenwirkungen von BB festgestellt, doch zeigen klinische Langzeitstudien, dass die genannten Nebenwirkungen auf den Menschen nicht vollständig übertragbar sind. Unerwünschte Nebenwirkungen beschränken sich im Wesentlichen auf Mundtrockenheit, Kopfschmerz, Depressionen, Übelkeit und Erbrechen, Anejakulation, verstärktes Schwitzen, Gereiztheit, Farbenblindheit und Gedächtnisverlust.)

Jemand in der Küche oder im kleinen Fernsehzimmer sagt, jetzt guck dir mal den Fleck auf der rechten Seite an.

Legende Nr. 10: Es gibt kein Heilmittel gegen notorisches Dummschwätzen.

Die Torte im Zeugenstand bleibt während des Kreuzverhörs dagegen höflich und zurückhaltend, fast ein wenig unbedarft, auf jeden Fall kooperativ und verstrahlt darüber hinaus eine naive Erotik. Sie (die Torte) sagt: »*Yes, Ma'am.*«

Yes, Ma'am: Das kleine Statement ist bei den Kids angekommen. Egal ob in Chicago, Wheeling (West Virginia) oder Peking, *Yes, Ma'am* ist *der* angesagte Spruch. Er bedeutet so viel wie »cool«, »krass« oder »ohne Scheiß«. Es gibt sogar eine Webseite für Fans von Rechtsanwältin gegen Torte mit fünfzehntausend Besuchern täglich. Es gibt Chaträume, wo sich Leute aus der ganzen Welt über die rechtlichen Aspekte von Pornografie im Zusammenhang mit Nahrungsmitteln (so genanntem *Food-Porn*) austauschen.

Die Torte geht auf Lesereise und absolviert Autogrammstunden.

7.
Kilometerschild Nr. 68

So viel Stille geht Mr. Norman auf die Nerven.

Sein Nacken tut weh, er wird unruhig. Er hebt sein Gesicht aus dem warmen Schoß des Vibra-Dream Plus, taub für all die Beteuerungen, verlockenden Angebote, Geld-zurück-Garantien.

Im Fernsehen läuft ein Mann im Smoking durch eine sonnige Wohngegend. Er hat eine Eistüte in der Hand.

Mr. Norman arbeitet in einem Büro, aber nicht heute. Er arbeitet in einem Design-Team, das Präsentationsmodelle von elektronischen Geräten entwirft, wie sie in Musterwohnungen und -häusern aufgestellt werden, aber nicht heute. Heute hat er Urlaub.

Mr. Norman hätte nicht übel Lust, zehn Kilometer zu laufen. Zehn Kilometer sind *wie* weit? Zehn Kilometer sind ungefähr 10.000 Meter, ein Meter entspricht ungefähr einem Yard, ein Yard ist ungefähr drei Fuß, eine Meile ist … Was zum Henker ist eine Landmeile? Und was dann eine Seemeile? Gilt eine Vogelfluglinie auch unter Wasser?

Längenmaße: League, Stadium, Faden.

Sogar einen Marathon würde er laufen. Oder einen *Ultramarathon*, das waren diese 100-Meilen-Läufe durch die Wüste. Mr. Norman hat einmal so etwas gesehen, im Extremsport-Kanal, diese Leute, die 100 Meilen rennen, vor etwas fort oder zu etwas hin, wer weiß das schon, Leute, die tagelang rennen können und dabei hektoliterweise Flüssigkeit zu sich nehmen. Diese ausgezehrten Gestalten: Was denken sie sich dabei?

Das Design-Team macht keine künstlichen Pflanzen. Das tut eine andere Abteilung. Das Design-Team macht nur Präsentationsmodelle von elektronischen Geräten für Musterhäuser und -wohnungen. Waren sie anfangs wirklich nur für Dekorationszwecke gedacht, so werden sie mittlerweile zunehmend von ganz normalen Leuten gekauft. Die Imitate sehen besser aus als die echten Geräte und sind preislich unschlagbar.

Mr. Norman stellt sich vor, wie er durch den heißen, weißen Wüstensand läuft, überkrustet von getrockneten Schweißkristallen, während oben am brüllend weißen Himmel die Geier kreisen. Sein Blick ist fest nach vorn gerichtet, sein Gesicht entspannt, ruhig. Er hat etwas gefunden, er hat die Schwelle zu einer Art Erleuchtung überschritten, draußen in der Wüste an Kilometerschild 68. Er hat alle Schmerzen hinter sich gelassen und etwas Ungeheures entdeckt, das große ES, das JETZT, und das ist ein Gefühl, als würde man sich einen neuen Lexus kaufen oder als wäre man betrunken, nur besser, asiatischer. Es ist Extrem-Zen. In diesem Moment der Transzendenz lägen Mr. Normans Laufhose, sein Laufshirt und seine Laufschuhe obendrein nicht nur voll im Trend, sondern wären außerdem besonders strapazierfähig und funktional. Atmungsaktiv. Das Herstellerlogo hätte international einen hohen Wiedererkennungswert.

Außer von deren äußerer Erscheinung versteht das Design-Team nichts von Unterhaltungselektronik. Mitglieder des Teams blättern in den Katalogen der Elektronikhändler wie in Pornomagazinen. Sie müssen technologisch auf dem Laufenden sein. Mitglieder des Teams schicken sich E-Mails, sobald sie eine neue Idee haben, wie sich ihre Imitate noch realistischer gestalten lassen als die echten Geräte.

Ach ja, und dann die Entscheidung, der jeder Ultra-Athlet früher oder später gegenübersteht: Soll ich meinen Rhythmus wegen einer Pinkelpause unterbrechen oder lieber in die Hose machen? Mr. Norman fragt sich, ob es die Sponsoren eher beeindrucken oder abstoßen würde, wenn er es einfach laufen ließe. Die Sache hatte eindeutig zwei Seiten. Je nachdem könnte man die Szene später ja herausschneiden. Fake-Fernseher, Fake-Videorekorder, Fake-CD-Spieler, Fake-Laptops. Mr. Norman möchte jetzt eine ganze Tube Dr. Endurance Energy-Schleim in sich hineinsaugen und die Tube anschließend in den Sand werfen.

Mr. Norman kann sich nicht erinnern, wann er zum letzten Mal – und wenn auch nur wenige Schritte – gelaufen ist.

Er sagt: »Kaufen Sie jetzt, zahlen Sie später.«

Er sagt: »Wie viele Meter hat ein Hodometer?«

Eine TV-Personality im Gäste-Fernsehzimmer sagt: »Gloria, wusstest du eigentlich, dass die Entstehung des Teddybären mehr oder weniger mit Franklin Delanor Roosevelt zusammenfällt?«

Mühsam dreht sich Mr. Norman auf der Couch um. Er liegt jetzt auf dem Rücken, und die Kissen-Geliebte säuselt dort weiter, wo sie aufgehört hat, während die elektrischen Vögel in den künstlichen Hartriegelsträuchern trällern. Er verschränkt die Arme vor der Brust. Sein Blick fällt auf die Kakteen (*cacti: asparagi, octopi und walri*), er spürt die brutale Sonne, eine Million Meilen weit weg. Oder zehn Millionen, was soll's? Ein Stern wie andere auch, eine Gaskugel, größer als Jupiter und unerlässlich für die Fotosynthese. Er glaubt, es fühlte sich möglicherweise gar nicht so schlecht an, wenn einmal der warme Urin seine sehnigen, transzendentalen Beine hinabrinnt. Aber vielleicht ist das ein Irrtum. Na egal.

Wie jeden Morgen erbricht er Sätze, Redensarten, Jingles, bis sie in einzelne Wörter, Silben zerfallen sind, ein langer, trockener, unverständlicher Seufzer der Übelkeit.

Der kleine Junge im Vorgarten läuft mit gesenktem Kopf lauter Achten. Ab und zu bleibt er stehen und starrt auf das dunkle Haus der Normans.

Sie (Gloria) sagt: »Ich kann mir nicht helfen, Trent, meine Kinder lieben ihre Teddyhaie. Wirklich, sie *lieben* sie.«

Mr. Norman wird sich des eigenen Herzschlags bewusst. Mit der linken Hand kann er es spüren: Links- und Rechtsherz mit jeweils einem Vorhof und einer Kammer, die Blut und Riboflavin durch seinen Körper pumpen.

Bloß sieht ein Herz überhaupt nicht so aus wie ein Herz.

Kapillargefäße, Aorta, Ventrikel, Plattentektonik, Valentinstag.

Irgendwo sagt eine Schusswaffe: »Das Fleisch ist schwach, Motherfucker.«

Irgendwo sagt eine Sirene: »Sie glauben ja gar nicht, was man heute mit künstlichen Gliedmaßen alles machen kann.«

Irgendwo sagt ein Brillantanhänger: »Ich liebe dich.«

Ein Glatzkopf auf dem Politik-Kanal sagt, es sei längst nicht mehr die Frage, *ob* wir in den Schulen Schusswaffen ausgeben, sondern nur noch *wann*.

Sieben Kapitel, und der Kerl liegt immer noch auf der Couch.

Unter seinen gefalteten Händen spürt Mr. Norman das Pochen, das Pochen, das gespenstische Pochen von Herz unter Knochen.

8.

Die Vier-Minuten-Garantie

Hier bei News 8 wissen wir um Ihren vollen Terminkalender und Ihren hektischen Arbeitstag. Wir wissen, wie schwer es für Sie ist, Beruf, Unterhaltung und Familie unter einen Hut zu bringen und dass Zeit Ihre kostbarste natürliche Ressource ist.

Die meisten anderen Sender bringen Ihnen die Nachrichten des Tages in sechs Minuten, aber wer hat in unserer schnelllebigen Zeit schon Zeit für sechs Minuten allein für Nachrichten. Wir von News 8 geben Ihnen deshalb die Vier-Minuten-Garantie. Sie geben uns vier Minuten Ihrer kostbaren Zeit, und wir bringen Ihnen dafür die Welt ins Haus. Mit Wetter, Sport und dem Neusten vom Tage, dazu ausführliche Hintergrundberichte zu allen wichtigen Ereignissen – und das in nicht mehr als vier Minuten oder wir wollen nicht länger News 8 sein.

Und im Anschluss an die News-8-Nachrichten gibt es eine weitere Folge unserer Erfolgsserie *Bär gegen Hai: Der Vergleich*. Heute: Der Zungenfaktor. Haben Haie eine Zunge? Also schalten Sie ein um 22.04 Uhr, hier auf News 8.

9.

Das patentierte Wohlfühl-System

Es ist noch nicht einmal hell, da geht Mr. Norman schon durchs Haus. Seine Socken auf dem Teppich knistern wie Süßstoff, der sich in einer Tasse entkoffeinierten Kaffees auflöst. Und weiter von Zimmer zu Zimmer zu Zimmer. Ich meine, Bären machen so etwas, klar, bei Bären darf man nichts anderes erwarten, aber ein Hai? Obwohl, ein Hai, also ein Hai macht das auch, irgendwie.

Barrikaden von dreieckigen Zähnen.

Im Fernsehen sind, okay, sind ein Mann und eine Frau. Sie *machen* es. Miteinander. Stürmisch und phantasievoll. Ist das ihr *Bein*? Und was ist *das*? Hat sie den Sex ihres Lebens, oder tut er ihr bloß weh? *Lieben* sie sich, diese beiden Leute, auf der schmierigen Theke des Fast-Food-Restaurants? Nicht die dargestellten Figuren, die sich ja gerade zum ersten Mal begegnet sind (»Guten Tag, was kann ich für Sie tun?« Antwort: »Dich nach vorn beugen.«), sondern als Schauspieler, sind sie als Schauspieler und Menschen ineinander verliebt? Leben sie zusammen, vielleicht in einem Ranch-Stilhaus am Stadtrand, in einer verantwortungsvollen ehelichen Beziehung, wo man miteinander redet (Kommunikation ist der Schlüssel zu jeder guten Zweisamkeit) und wo man, wenn nötig, Kompromisse eingeht, mit Nippes im Regal, Fotos in Alben und mit dieser gespenstischen Arbeitsteilung, in der der eine den Satz des anderen beendet? Ist ihr Intimleben zärtlich im klassischen Sinn? Schauen sie sich dabei in die Augen oder beziehen sie Tiere und speziell aufgerüstete Akkuschrauber mit ein?

Im Flur bleibt Mr. Norman stehen, sieht den televisierten Geschlechtsakt im traurig-grauen Gesicht des alten kaputten Familienfernsehers. Tut mir Leid, aber das Ding ist hinüber, hatte der Mann im Overall vor sechs Monaten gesagt. Aber es gehört schon Liebe dazu, wenn man den anderen auf diese Weise mit Salz bestreut, oder? Liebe und Vertrauen. Oder eher Hass und Rache? Oder vielleicht nur grenzenlose Gleichgültigkeit? Auf jeden Fall gehört irgendetwas dazu. Mensch, und hier kommt auch noch der Geschäftsführer – ohne Hose!

Mr. Norman. Die Treppe hoch zum Schlafzimmer seiner Jungs. Das Poster an der Tür ist deutlich, eine Collage von Zähnen und Klauen: *Eintritt verboten!* Mr. Norman tritt ein.

Curtis gluckst in seinem künstlichen Bärenfell-Schlafsack und sagt: »Abriss der Achillessehne.«

Sogar im Schlaf hat Matthew diese mürrische Miene. Als wäre ihm Schlafen zu doof.

Beide Kinder atmen ein und aus. Sie leben. Irgendetwas im Zimmer piepst, aber nicht rhythmisch. Computerspiele piepsen so. Videofootball oder Videobasketball. Videokrieg piepst so oder Laser-Bogenschießen. Schlafende Kinder: die nackten, leeren Gesichter, auf die momentan kein Reiz einwirkt. Mr. Norman hat den Eindruck, dass er jetzt etwas empfinden müsse. Nun, er empfindet auch etwas, aber nur ein bisschen, und er fragt sich deshalb, ob dieses bisschen die überwältigende Liebe ist. Da ist es schon wieder. Eigentlich nur logisch, diese überwältigende Liebe beim Anblick der eigenen schlafenden Kinder. Aber wie fühlt sich eine überwältigende Liebe an? Woran soll er merken, dass es eine überwältigende Liebe ist? Verwechselt man sie nicht oft mit Magenbeschwerden? Gibt es da vielleicht einen Test? Oder besser gleich mehrere, um Fehldiagnosen auszuschließen? Und vor allem: Was überwältigt diese überwältigende Liebe? Und was wurde aus dem Überwältigten? Befand es sich, überwältigt, nicht noch irgendwo? Irgendwo in der Herzgegend?

Pieps-pieps. Pieps.

Mr. Norman geht in sein Schlafzimmer, zu seiner schönen Frau. Diese Lichtstreifen zwischen den Lamellen der Jalousie, sind sie die Boten eines neuen, herrlichen Tags? Ist dies der Große Lebensspender, der dort im Osten aufgeht? Nein. Es ist bloß die Straßenbeleuchtung. Die metallenen Bilderrahmen auf dem Nachttisch glänzen, doch die Fotos in den Rahmen bleiben schwarz und unergründlich. Mr. Norman kann sich auch nicht mehr erinnern, was auf diesen Fotos ist. Wahrscheinlich er, zusammen mit Mrs. Norman und den Kindern, die alle zusammen in die Sonne blinzeln und den Mund verziehen, damit es aussieht wie ein Lächeln.

Mr. Norman setzt sich auf den Rand der Matratze, bei der es sich in Wahrheit um ein patentiertes Wohlfühl-System handelt – und zwar aufgrund der Mikrofaser-Schlingen im Kern, die sich gegenseitig überlagern und durchdringen wie die Kapitel eines Buches.

Mrs. Norman dreht sich im Schlaf auf die andere Seite. Sie sagt: »Was ist?«

Mr. Norman sagt: »Ich meine, denk doch mal darüber nach.«

Mrs. Norman sagt: »Aber du bist doch hier.«

Mr. Norman sagt: »Und so offen und ehrlich, wie du kannst.«

Mrs. Norman sagt: »Jetzt? Okay, machen wir.«

Mr. Norman: »Versprochen?«

Mrs. Norman ist früher einmal toll Wasserski gefahren. Zwar nicht mit Sprüngen und dergleichen, das nicht, aber sie wirkte so elegant und schwerelos, während sie durch die Wellen pflügte. Lächeln zwischen stiebenden Fontänen.

Sie sagt nichts, sondern röchelt von tief hinten im Rachen. Ihr Kopf ruht auf einer Andeutung von Kissen, eigentlich schon kein Kissen mehr, eher ein Nicht-Kissen, ein waffeldünner Keil, der in einem normalen Kissenbezug nicht ins Gewicht fällt, dafür aber besonders nackenfreundlich ist für seine 85,– Dollar plus Versand. Mrs. Norman schwört auf die richtige Körperhaltung.

Mr. Norman schaut hoch zur dunklen Zimmerdecke. Er sagt: »Ich will es nur wissen.«

Mrs. Norman sagt: »Aber ich bin doch hier.«

Mr. Norman kriecht unter die Decke, aber eben nicht unter das ultraleichte, knitterfreie Laken, unter dem sich seine Frau befindet, und so beginnt ein längeres Wälzen, Wühlen und Grunzen, bei dem sich das Wohlfühl-System der Matratze diskret allen Höhen und Tiefen ihres Ehelebens anpasst. Das ist zum Beispiel nicht ihre Brust, das ist ihre Schulter, und schon bald murmelt sie wieder und atmet tief und regelmäßig, während ihr patentiertes Stützkorsett mit jedem Atemzug leise knirscht.

Mr. Norman in der Dunkelheit. Überlegt. Dies wird ein großer Tag, ein großes Wochenende. Und falls irgendetwas nicht in Ordnung ist, und ich sage nicht, *dass* irgendetwas nicht in Ordnung ist, aber *falls*, falls irgendetwas wirklich nicht in Ordnung sein sollte, dann würde es an diesem Wochenende wieder in Ordnung kommen. Nicht wahr?

Mr. Norman sagt: »Schatz?«

Die gerahmten Fotos auf dem Nachttisch sehen aus wie kaputte Fernseher.

Mr. Norman sagt: »Schatz, bin ich ein *Fun*-Typ?«

10.

Bär gegen Hai: Die Frage

Wie die meisten tiefgründigen Fragen, so ist auch diese Frage recht einfach.

Angenommen wir hätten ein relativ ebenes Spielfeld – d.h. die Wassertiefe sollte dem Hai eine ausreichende Bewegungsfreiheit sichern, aber zugleich so flach sein, dass ein Bär noch darin stehen und seine bekanntermaßen große Geschicklichkeit optimal einsetzen kann – wer von beiden, Bär oder Hai, würde den Kampf Bär gegen Hai gewinnen?

11.
Europawetter

Sie ahnen es sicher längst: Die Normans von Amerika fahren nach Las Vegas zur Fortsetzung von: Das Darwin-Duell – See gegen Land, Kieme gegen Lunge. Ort: das Neon Desert. Denn heute geht es ums Ganze, den Pott, die große Murmel.

Mrs. Norman und die beiden Jungs, Matthew und Curtis, sind mittlerweile wach. Sie machen sich landfein. Alles ist ziemlich aufregend.

Mrs. Normans E-Mail-Message sagt: »Auf Sie wartet ein Power-Fun-Wochenende!« Und sie (die E-Mail-Message) sagt weiter: »Aber vergessen Sie nicht, frische Unterwäsche und eine Zahnbürste einzupacken.«

Mrs. Norman kommt die Treppe herunter. Ihre Haltung ist bemerkenswert, aber sie hat auch hart daran gearbeitet. Sie sagt zu Mr. Norman: »Wie war dein Tag?«

Mr. Norman sagt: »Was?«

Mrs. Norman sagt: »Oh.«

Sie sagt: »Wie hast du geschlafen?«

Mr. Norman sagt: »Gestern Abend gab es eine interessante Sendung über die chinesische Mauer. Stellt sich raus, dass sie technisch gesehen ein Hologramm ist. Das größte Hologramm, das je von Menschen geschaffen wurde.«

Mrs. Norman sagt: »Was meinst du mit ›technisch gesehen‹?«

Mr. Norman sagt: »Was dagegen, wenn ich die Vögel anschalte?«

Mrs. Norman sagt: »Ich habe geträumt, ich hätte eine Schildkröte gefunden, in der noch eine CD steckte. Aber ich hatte keine Ahnung, wie ich die CD herauskriegen sollte. Das war sehr frustrierend, zumal ich ja wusste, dass die CD noch drin war. Es war die CD mit den Shopping-Mall-Sonaten, die ich so liebe. Und ausgerechnet die waren in der Schildkröte.«

Matthew, der Ältere, kommt herunter. Farbenfrohe Haie kreisen um seine Pyjamahosen und schnappen nach fetten, faulen Robben. Er hat mit einem Messer oder einer stumpfen Schere die Ärmel seiner Pyjamajacke abgeschnitten.

Mr. Norman schaut im Internet nach dem Wetter. Er will das Wetter außerdem im Fernsehen ansehen und bittet Matthew, im Fernsehen den Wetterkanal einzuschalten.

Matthew seufzt und sagt: »Welchen?«

Mr. Norman sagt: »Den auf der Treppe.«

Matthew sagt: »Doch nicht welchen Fernseher, welchen Wetterkanal?«

Mr. Norman sagt: »Wie viele gibt es denn?«

Matthew schaut genervt. Er ist in einem schwierigen Alter. Oder vielleicht ist wirklich etwas nicht in Ordnung mit ihm. Oder vielleicht ist das auch ganz normal. Er sagt: »Es gibt Wetter-Network, Wetter-Network Plus und Extrem-Wetter.«

Mrs. Norman sitzt sehr aufrecht in der Internet-Ecke der Küche. Sie druckt gerade eine Straßenkarte aus und schaut dabei im Internet nach dem Wetter. Sie sagt: »Es gibt auch noch das Europawetter.«

Mr. Norman sagt: »Und wo ist der Unterschied?«

Matthew sagt: »Europawetter ist in unserem Kabel-Package nicht enthalten.«

Curtis kommt mit einem Aktenkoffer herunter.

Mrs. Norman sagt: »Kabel-Package.«

Mr. Norman sagt: »Dann schalt Wetter-Network ein.«

Matthew sagt: »Ich habe es euch schon tausendmal gesagt, und ich sage es von mir aus noch mal: Wetter-Network Plus ist besser.«

Mr. Norman sagt: »Warum denn das?«

Matthew sagt: »Weil es noch topaktueller und noch vollständiger ist.«

Mr. Norman sagt: »Noch vollständiger als 24 Stunden am Tag?«

Matthew sagt: »Es hat mehr Wetter.«

Mrs. Norman sagt: »Ich frage mich, wozu sie Wetter-Network überhaupt noch haben.«

Curtis sagt: »Extrem-Wetter hat so ein Ding, wo sie einem das Wetter aus der Perspektive des Wetters zeigen. Das ist krass.«

Mr. Norman sagt: »Dann geh auf Wetter-Network Plus.«

Matthew sagt: »Ich weiß aber das Programm nicht.«

Mrs. Norman (in der Internet-Ecke der Küche) sagt: »Kleinen Moment. Ich schau mal im örtlichen Kabelprogrammverzeichnis nach.«

12.

Fernseher von früher, Teil 2

Der Punkt ist doch folgender: Früher war Fernsehen eine klar definierte, zeitlich begrenzte Tätigkeit, ähnlich wie Bowling oder virtuelles Extrem-Snowboarden. Man tat es, oder man tat es nicht. Umgekehrt ausgedrückt, man tat es nicht oder man tat es. Ein, aus. Aus, ein. 0 oder 1, ein binäres System, einfach, zielgerichtet, mit einem Anfang und einem Ende. Man stellte den Fernseher an, wenn man gucken wollte, und man stellte ihn wieder ab, wenn man geguckt hatte. Wenn man genug hatte, stellte man den Fernseher ab. Aus heutiger Sicht mag das seltsam erscheinen. Ähnlich wie die zentimeterdicken Begrenzungsmasken rund um den sichtbaren Teil des Bildschirms, die man einmal für absolut undurchdringlich hielt. Der Gedanke, dass sich diese Guckkasten-Grenze einmal auflösen würde, schien absurd. Aber genau das ist passiert. Je heller, schärfer und klarer die Fernsehbilder wurden, desto unschärfer und undeutlicher wurde die Maske. Die Bilder liefen gewissermaßen über, fluteten die amerikanischen Wohnstuben und flimmerten bald auch im hintersten Winkel. Schritt um Schritt wurde das Fernsehen grenzenlos und verschwand das Fernsehgucken als klar definierte, binäre Tätigkeit. Das Fernsehen verhedderte sich in unserem Leben, und eine Entflechtung ist nicht in Sicht. Wir sind ein Leben lang *on*, permanent auf Empfang (d.h. bis uns irgendwann der Saft abgeknipst wird). Aber freiwillig? Freiwillig schaltet man ein Leben doch nicht ein und aus, aus und ein, ein und aus. Ebenso wenig wie das Fernsehen, das so untrennbar, so unentwirrbar mit unserem Leben verbunden ist. Man würde (und könnte) es nicht ausschalten, selbst wenn man es könnte. Und man kann es ja nicht einmal, weil es keinen Ausschaltknopf mehr gibt, weil Fernseher mittlerweile in die Wand eingebaut werden, weil sie sich in Geschäften und Restaurants festgesetzt haben, hoch oben in den Ecken, und Pixel auf unsere Pommes regnen lassen. Und vor allem, weil sie da sind (und dazu *on*), selbst wenn sie nicht da sind. Haben Sie einmal die Episode aus *American Nightmare* gesehen, in der dieser Mann lediglich seinen Fernseher ausschalten will? Aber es gibt eben keinen Knopf zum Ausschalten und auch kein Kabel, das er aus dem Stecker ziehen könnte. Nach und nach dreht er durch und läuft schreiend hin und her. Die Szene ist beängstigend, aber auf eine gewisse Art auch wieder komisch. Der irre Blick, als er schließlich ein Gewehr holt, sich direkt vor den großen Fernseher stellt und abdrückt. Die nächste Einstellung, den explodierenden Fernseher, sehen wir aus der Froschperspektive. Dann ein dumpfes Geräusch wie von etwas, das auf den Boden fällt, und ein zuckender Fuß am rechten unteren Bildschirmrand. Durch unseren Bildschirm sehen wir, wie der andere Bildschirm explodiert, und daraufhin nur diesen zuckenden Fuß. Als später die Cops kommen, stoßen sie auf eine männliche Leiche – mit einem Kopfschuss. Ziemlich coole Pointe.

13.
Taupunkt

Mr. Norman starrt auf den Fernseher auf der Treppe. Rote Pfeile und blaue Pfeile kämpfen um die meteorologische Vorherrschaft. Wolken und Dezimalwerte rasen an Küstenlinien entlang. Lustige gelbe Sonnen, lustiger und gelber als in Wirklichkeit, sind über die Wetterkarte verteilt. Die Sonnen haben Smiley-Gesichter, obwohl sie auf der Erde Brandflecken hinterlassen.

Es gibt eine Unwettermeldung, eine Hitze-Hitparade, eine Windwarnung, ein Smog-Special, einen Pollenalarm, eine Tiefdruckrinne, es gibt Fallwinde und einen Hurrikan der Stufe 3. Das Wetter ist buchstäblich *überall*. In einem fort greift das Wetter diesen schutzlosen Planeten an, aber den Leuten geht es am Arsch vorbei.

In einem Fenster in der rechten oberen Bildschirmecke läuft ein anderer Kanal. Bild in Bild: eine vielfach ausgezeichnete Meteo-Doku von Extrem-Wetter namens *Was nun, Taifun?* Einspieler in Zeitlupe: ein Reiskorn, das eine Autotür aufschlitzt.

Mrs. Norman kommt vorbei. Sie sagt: »Interessanter Einspieler.«

Da hat sie verdammt Recht, es ist ein unglaublicher Einspieler, man möchte sogar sagen ein ultimativer Quantensprung, was Einspieler angeht. Auch Mr. Norman ist an dem Einspeiler voll interessiert – wenn nur sein Sohn Matthew nicht so angeödet dreinschauen würde. Irgendetwas ist da nicht in Ordnung.

Manchmal befällt Mr. Norman so eine Ahnung, dass Matthew schwul sein könnte. Er meint jedoch, die Homosexualität seines Sohns ginge für ihn persönlich in Ordnung, alles kein Problem. Und wenn es einmal so weit sei, würde er mit ihm reden.

So könnte er etwa sagen: »Matty, ich bin zwar nicht schwul, aber ich bin auch nicht von gestern.«

Er könnte sagen: »Matty, Hass ist keine Einstellung.«

Und weiter könnte er sagen: »Ich bin froh, dass wir darüber geredet haben. Lebe dein Anderssein.«

Mr. Norman sagt: »Ich glaube, es fängt an zu regnen.«

Curtis, der Jüngere, dessen essayistische Leistung den Normans die Reise nach Las Vegas ermöglicht hat, ein pummeliges Kind, nicht sonderlich sportlich und klar pro-Bär, ein guter Junge, freundlich offen, wenngleich kein großer Leser, eher der Typ PlayMax-Extreme-Death-Spieler, sagt: »Was?«

Mr. Norman sagt: »Ich glaube, es regnet.« Und fügt für sich selbst hinzu: »*Gay Pride.* Warum soll er sich auch dafür entschuldigen?«

Sedge Kellerman, der Wettermann, sagt: »Der Bären-Index (B.I.) bezeichnet das gefühlte Wärmegefühl eines Bären bei einer bestimmten Temperatur.«

Bild in Bild: Asiatische Kids flitzen über einen Schulhof wie Kugeln. Schöner Einspieler, wahrscheinlich Archiv.

Curtis sagt: »Nein. Ich war gerade draußen und habe die Satellitenschüssel auf unserem Mehrzweckfahrzeug mit permanentem Allradantrieb (Sport Utility Vehicle) montiert. Es sieht zwar nach Regen aus, aber regnen tut es noch nicht.«

Mr. Norman sagt: »Dann schau dir mal das Satellitenbild an.«

Mrs. Norman schaut aus ihrer Internet-Ecke in der Küche auf den Fernseher auf der Treppe. Sie sagt: »Das ist ein Satellitenbild von Finnland.«

Curtis (der Jüngere) sagt: »Meine Lehrerin sagt, die Holländer hätten überhaupt keine Kultur mehr. Alles weg.«

Matthew sagt: »Na und? Wer will schon holländische Kultur?«

Curtis sagt: »Ihr Gärtner kommt auch aus Holland. Das ist so ein Buckliger, und der sagt das auch: dass die ganze Kultur verkümmert ist.«

Mrs. Norman sitzt so aufrecht, dass sie sich nach hinten zu lehnen scheint.

Sedge sagt: »Sieht aus, als hätten wir heute herrliches Flugwetter. Ein prima Tag für Luftschläge, was meinst du, Chuck?«

Mrs. Norman sagt: »Luftdruck bedeutet, wie stark der Himmel auf uns herunterdrückt.«

Mr. Norman sagt: »Aber Schwerkraft ist eine Konstante. Das hat schon Newton gesagt.«

Der Jüngere, Curtis, sagt: »Man weiß heute, dass der berühmte Newtonsche Apfelschuss nie stattgefunden hat.«

Mrs. Norman sagt: »Und was ist dann der Taupunkt?«

Mr. Normans älterer Sohn (Matthew) sagt: »Holzschuhe, Tulpen und Fjorde? Nein danke, muss ich nicht haben.«

Chuck (Co-Anchorman von Sedge im Morgenprogramm bei Wetterkanal Plus) sagt: »Alles Gute, ihr Himmelhunde! Mit oder auf eurem Schild kehrt zurück aus der Schlacht!«

Mr. Norman sagt: »Offenbar beträgt die Top-Temperatur von heute nur 85 Grad.«

Matthew sagt: »Fahrenheit oder was?«

Curtis sagt: »Ich glaube, das ist das Europawetter, Dad.«

Sedge Kellerman sagt: »Und nun zurück zu Gail mit den Luftfeuchtigkeits-News.«

Mrs. Norman schaut im Internet nach. Sie sagt, die Holländer hätten allerhand unternommen, um sich ein vielseitiges und lebendiges Kulturleben zu erhalten.

14.
Live-Schalte

Oben bleckt ein Mann im Regenparka sein kantiges, blendend weißes Lächeln in die Kamera und teilt sich den Split-Screen mit einer wunderhübschen TV-Personality. Sie gehören beide zu den Beautiful People, das sieht man sofort.

Sie (Lee Ann Cordero) sagt: Schauen wir mal, was Trevor Foxx draußen am Singer Outdoor Pavillion macht. Trevor, bei dem Regen sieht es so aus, als wäre das Ganze eher was für Kiemenatmer.

Mich interessiert aber nur eines: Treiben sie es miteinander oder nicht?

Er (Trevor Foxx) sagt: Haha. Das kannst du laut sagen, Lee Ann.

Lee Ann sagt: Trevor, verrate unseren Zuschauern doch bitte, was du außer Regen an diesem Morgen noch gesehen hast.

Trevor Foxx sagt: Ja, Lee Ann, trotz sintflutartiger Regenfälle haben sich hier am Singer Outdoor Pavillion etwa 10 000 Menschen eingefunden, die die Rede von Reverend Marty Munson live miterleben wollten. Reverend Munson, der erst in der vergangenen Woche auf Bewährung entlassen wurde, sprach etwa eine Stunde lang, vor allem über die Bedeutung des Glaubens in unserer schnelllebigen Zeit. Zugleich appellierte er an die Anwesenden, für die Opfer des Erdrutsches in Mexico City und die Flüchtlinge in Illinois zu beten.

Verdammt, du weißt genau, dass sie es miteinander treiben. Sie passen zueinander. Scheiß-Promis.

Lee Ann Cordero sagt: Trevor, was weißt du über den Gesundheitszustand des Reverend?

Trevor Foxx lächelt.

Lee Ann Cordero sagt: Trevor?

Trevor Foxx lächelt. Diese Zähne, dieses *Weiß*.

Lee Ann Cordero sagt: Trevor?

Trevor Foxx wendet sich nach rechts. Er sagt: Sind wir noch auf Sendung?

Lee Ann Cordero sagt: Offenbar haben wir hier ein kleines technisches Problem.

Trevor sagt: Ich glaube nicht.

Lee Ann sagt: Sobald die Verbindung wieder steht, schalten wir noch einmal zu Trevor.

Trevor sagt: Kiemenatmer! Wie witzig! Barbie sitzt auf ihrem fetten Arsch im Studio, und uns schwemmt dieser Monsun gleich weg. Jede Wette, wenn ich solche Titten hätte, würden sie mich im Sender nicht so abservieren.

Vielleicht haben sie es früher einmal miteinander getrieben, aber jetzt nicht mehr.

Trevor Foxx zuckt mit den Achseln und wendet den Kopf zur Seite, um im Monitor sein Profil zu betrachten. Er sagt: Vielleicht sollte ich mir Koteletten stehen lassen. Die eine Seite sieht ja gut aus, aber bei der anderen könnte man denken, ich hätte die Krätze oder so was.

Lee Ann sagt: Trevor, vielen Dank für diesen Bericht.

Trevor Foxx schaut wieder in die Kamera. Er sagt: Lee Ann?

Lee Ann sagt: Trevor?

Trevor Foxx sagt: Lee Ann?

Es ist ziemlich offensichtlich, dass sie noch viel füreinander empfinden. Man kann gar nicht anders, als ihnen alles Gute zu wünschen.

Trevor Foxx sagt: Lee Ann, in einer Pressekonferenz im Anschluss an die Rede wurde Reverend Munson unter anderem gefragt, ob Gott eher auf Seiten des Bären stehe oder auf der des Hais. Die Antwort fiel Reverend Munson erkennbar nicht leicht, als er sagte, er habe im Knast viel Zeit gehabt, über die Frage nachzudenken. Er sei aber zu dem Schluss gekommen, dass Gott alle seine Kreaturen gleichermaßen liebe – aber den Bären vielleicht doch ein bisschen mehr.

Lee Ann sagt: Das ist ja interessant, Trevor.

Trevor sagt: Und damit zurück zu dir, Lee Ann.

Lee Ann sagt: Danke, Trevor, und gönnt euch mal eine warme Suppe.

15.

Bär gegen Hai: Die Frühstücks-Zerealien

Urlaub mit der ganzen Familie, was könnte schöner sein? Doch gerade vor Reiseantritt ist der richtige Start in den Tag besonders wichtig.

Wenn Sie schon auf eine gesunde Grundlage in Form eines gehaltvollen Frühstücks verzichten müssen, warum weichen Sie nicht einfach auf die intelligente Lösung aus?

Die Normans sitzen alle (bis auf vielleicht einen der Jungs) gemeinsam zusammen miteinander am Küchentisch vor dem Fernseher, ganz so, wie es früher in Familien üblich war. Scheiße, die Szene könnte glatt von Norman Rockwell stammen. Voll der Kitsch!

Der Junge draußen am Rand des Rasenstreifens tut so, als jongliere er mit vier scharfen Gegenständen.

Schokowaffel-Bären, Weich-Haie aus Karamel und kleine Marshmallows in Form von Anwälten, Feuerwaffen und Geld. Dazu auf den Aktionspackungen der Bär-gegen-Hai-Zerealien die Rubbel-Schnüffel-Felder mit drolligen Junghaien.

Die Zerealienpackung (Aktionspackung) sagt: »Auch erhältlich als Familien- und Schnelllebige-Zeit-Packung.«

Die Zerealienpackung sagt: »Kids lieben den Geschmack, erfolgsorientierte Erwachsene schätzen vor allem die Extraportion Energie im berühmten Hungertief – zehn Uhr morgens in Amerika.«

Die Zerealienpackung sagt: »Was passiert mit der Maus, die leichtsinnigerweise einen Bären anklickt? (Lösung innen auf der Packung!)«

Die Zerealienpackung sagt: »Deckt 75 Prozent Ihres Tagesbedarfs an Nougat und 100 Prozent Ihres täglichen Spaßbedarfs!«

Die Zerealienpackung sagt: »Während der Schwangerschaft ist vom Verzehr von Marshmallows abzuraten.«

Die Zerealienpackung sagt: »Testen Sie Ihr Wissen über Bären und Haie mit diesem lustigen Quiz.«

Die Zerealienpackung sagt: »Mit einem unterhaltsamen und gehaltvollen Frühstück hätte Alfred Russel Wallace sogar Darwin aus dem Rennen geworfen.«

Die Zerealienpackung sagt: »Besuchen Sie unsere Webseite.«

Die Zerealienpackung sagt: »Mit kostenlosem Gratis-Pager.«

Die Zerealienpackung sagt: »Unsere Mitmach-Aktion: Zehn super Tipps gegen den Hunger in der Welt.«

Mrs. Norman sagt: »Wir sollten langsam die Sachen in den Wagen packen.«

Die Lösung (innen auf der Packung!) sagt: »Der Bär war nicht sauer auf die Maus, er *gab* ihr nur Saures. Er wartete ab, bis die Maus und der Mäuserich und die kleinen Mäuschen in ihrem Loch eingeschlafen waren, dann trat er die Tür ein, eröffnete das Feuer und legte sie alle um. Rache ist süß!«

Das Fernsehen sagt: »Die Bär-gegen-Hai-Zerealien sind die offiziellen Zerealien von Bär gegen Hai Teil 2.«

Einer der Jungs sagte aber, seines Wissens hätte der Bär die Mausefamilie mit so einem Sensenmann-Ding zerstückelt.

Mit einer Machete?

Nein, einer Sense.

16.

Die Glücksmurmel

Die Normans beladen ihr Mehrzweckfahrzeug mit permanentem Allradantrieb (Sport Utility Vehicle). Es regnet nicht. Der Morgenhimmel ist himmelblau. Quellwolken treiben sacht über den Himmel wie tote Fische über einen See. Der Himmel ist weniger blau als braun.

Jemand sagt: Kumuluswolken.

Jemand sagt: Calamares, Oliven, Tubenligatur, Kabale.

Curtis sagt: »Die da sieht aus wie eine Derringer.«

Matthew dreht sich um und starrt auf die aufgeblähten Fischwolken. Er sagt: »Sie sieht eher aus wie ein Kriegsbeil.«

Curtis sagt: »Nein, nicht *die*. Die *andere*. Siehst du die Harpune? Links davon.«

Matthew sagt: »Ist doch auch egal.«

Mrs. Norman schaut auf das Thermometer an der Seite des Hauses. Sie sagt: »Jemine, kein Wunder, dass es so heiß ist!«

Der E-Atlas sagt, es seien 812 Meilen bis nach Las Vegas, und empfiehlt zwei Tage für die Fahrt (Donnerstag und Freitag), wodurch den Normans der ganze Samstag für Besichtigungen bleibt; nicht umsonst gilt die Stadt als die Unterhaltungsmetropole Nummer eins. Die große Show findet am Samstagabend im Darwin Dome statt, um 21 Uhr Ostküstenzeit, das ist 18 Uhr Pazifische Zeit.

Der E-Atlas empfiehlt den Normans des Weiteren den Besuch der weltgrößten Reklametafel, den Besuch des weltlustigsten virtuellen Wasserparks und den Besuch des weltoriginellsten Daddel-Äffchens. Alle diese Attraktionen befinden sich auf dem Gelände des Sezessionsmuseums Las Vegas.

Sämtliche Nachbarn der Normans hängen jetzt hinter den Gardinen, gucken neidisch aus ihren gift- und druckbehandelten Fenstern auf diese glückliche amerikanische Familie von nebenan. Mein Gott, ich darf gar nicht daran denken, das hätten *wir* sein können! Was zum Teufel ist so besonders an den Normans? Eigentlich wären wir an der Reihe gewesen. Verdammt, warum fahren *wir* jetzt nicht nach Las Vegas, wo Heiterkeit und Frohsinn auf uns warten? Noch so eine Enttäuschung, wie sie das Leben massenhaft bereithält.

Mr. Norman schaut auf seinen Vorgarten. Der Rasen, denkt er, fängt schon wieder an sich zu wellen, zu reißen und abzublättern. Der Rasen, denkt er, flockt und bleicht. Auf jeden Fall ist der Rasen nicht gesund.

Er wuchtet Koffer in sein Sport Utility Vehicle. Er sagt: »Und wie hast du die CD herausbekommen?«

Mrs. Norman sagt: »Was?«

Mr. Normans Zahnersatz sirrt im Strom farb- und geruchloser Datenmengen, als er sagt: »In deinem Traum. Die Schildkröte. Die CD.«

Das Schild eines Mannes sagt: »Durch Pech in Not. Bitte etwas Kleingeld. Gott segne Sie.«

Mrs. Norman sagt: »Oh, sicher.«

Mr. Norman sagt: »Wie du die CD aus der Schildkröte herausbekommen hast.«

Curtis geht zu dem anderen Jungen auf dem Rasen. Der Junge heißt Lloyd, wohnt fünf Häuser weiter und ist nicht wie die anderen Kinder. Sein Vorgarten war einmal für ein paar Tage orange, bevor das mit den Drohbriefen, den nächtlichen Anrufen und den eingeworfenen Fensterscheiben anfing. Jetzt ist der Rasen grün.

Mrs. Norman sagt: »Ach, es war wirklich ärgerlich. Ich musste den Eispickel nehmen und den Panzer aufschlagen.«

Lloyd sagt: »Hallo, Curtis.«

Curtis sagt: »Hallo, Lloyd.«

Lloyd tut so, als würde er Seil springen. Ab und zu verfängt sich das imaginäre Seil an seinem Fuß, und er sagt »verflixt« oder »zum Kuckuck« – und fängt wieder von vorn an. Lloyd sagt: »Hast du auch deinen Pass dabei?«

Curtis sagt: »Ich weiß nicht.«

Lloyd sagt: »Meine Mutter erlaubt nicht, dass ich Bär gegen Hai spiele.«

Curtis sagt: »Das weiß jeder.«

Lloyd sagt: »Sie meint, das Spiel ist dumm und gewalttätig.«

Curtis sagt: »Es ist doch nur ein Spiel.«

Lloyd übt einen Foxtrott und lächelt verlegen vor seiner unsichtbaren Tanzpartnerin.

Curtis sagt: »Will sie das Spiel boykottieren?«

Lloyd sagt: »Sie will gar nichts boykottieren. Sie geht sowieso nicht mehr nach draußen.«

Curtis sagt: »Das weiß jeder.«

Lloyd zwinkert mit den Augen und sagt: »Das Vergnügen ist ganz auf meiner Seite.«

Curtis sagt: »Ist sie verrückt?«

Lloyd hört auf zu tanzen. Seine kleinen Turnschuhe haben zu viele Streifen, um angesagt zu sein. Wirklich *viel* zu viele. Sein Shirt ist aus Frottee.

Er sagt: »Vielleicht.«

Matthew sagt: »Curtis, komm doch mal her und hilf.«

Lloyd sagt: »Meine Mom hat gesagt, ich soll dir sagen, du sollst vorsichtig sein.«

Curtis sagt: »Ich?«

Lloyd schlägt ein Rad auf dem Rasen, dann noch eines. Er sagt: »Ja. Sie sagt, du sollst diesmal besonders vorsichtig sein.«

Matthew sagt: »Komm endlich her, du Arsch.«

Curtis hat schon viele gefährliche Situationen gemeistert, die Hornhaut auf seinem Spieldaumen beweist es. Er sagt: »Bei Bär gegen Hai kann einem nichts passieren.«

Lloyd macht einen Zaubertrick und hält Curtis die offene Hand hin. In seiner Hand liegt eine kleine Glaskugel.

Curtis sagt: »Die Abstimmung in der Schule war unentschieden. Vierzehn Bär-Stimmen gegen vierzehn Hai.

Lloyd sagt: »Curtis, willst du meine Glücksmurmel?«

Curtis sagt: »Obwohl neunundzwanzig in unserer Klasse sind.«

Lloyd sagt: »Du solltest sie wirklich nehmen.«

Curtis sagt: »Du hast nicht mit abgestimmt, oder?«

Matthew wirft mit einem Stock nach Curtis.

Curtis sagt: »Tschüs, Lloyd«, und geht auf die Einfahrt zu. Die Einfahrt ist schwarz gestrichen.

Lloyd geht nach Hause und tut so, als säße er auf einem Pferd oder einem Motorrad.

Matthew sagt: »Seine Mutter ist total verrückt.«

Curtis sagt: »Hey, Matt, was ist eigentlich eine Murmel?«

17.
Der Letzte Folksänger

Währenddessen.

Steigen der Letzte Folksänger und sein Hund in ihren klapprigen Van und brechen auf nach Las Vegas. Der Letzte Folksänger ist müde.

Seine Gitarre sagt: »Dieser Apparat killt künstliche Tiere.«

Beim Fahren öffnet er seine Fanpost.

Ein Brief sagt: »An deiner Stelle würde ich einen großen Bogen um diesen Staat machen, du Kommunistenschwein.«

Ein anderer Brief, geschrieben mit einem blauen Bleistift, sagt: »Du bist schon tot, Motherfucker.«

Woody steckt den Kopf aus der Seitenscheibe. Mit angelegten Ohren und zu Schlitzen verengten Augen leckt er den Wind.

Ein weiterer Brief sagt: »1. Niemand braucht dich hier. 2. Das ist Amerika. 3. Ich hasse dich.«

Der Letzte Folksänger macht den Postsack wieder zu, zieht eine Mundharmonika aus der Brusttasche und spielt den »Bär-gegen-Hai-Freeway-Blues No.8«

Die LKW-Waage ist geschlossen, die linke Spur endet, innerhalb der Baustelle kosten Geschwindigkeitsübertretungen gleich das Doppelte.

Auf dem eingerissenen Plastikbezug der Vorderbank dreht sich Woody dreimal um die eigene Achse, seufzt und legt seinen schweren Labrador-Kopf auf den Schoß des Letzten Folksängers. Seine Stirn knittert sich sorgenvoll, wie es bei Hunden manchmal der Fall ist.

18.
Pastorale Szene

Mr. und Mrs. Norman gehen noch einmal durchs Haus, um zu sehen, ob alles in Ordnung ist. Einige der kleinen roten Lämpchen blinken, andere nicht. Es scheint alles in Ordnung zu sein.

Aber was genau bedeutet klar Schiff machen?

Ein Telefon klingelt.

Hallo?

Mr. Norman?

Ja?

Wie geht es Ihnen heute, Mr. Norman?

Ich bin mit meiner Telefongesellschaft im Grunde zufrieden.

Wirklich? Voll und ganz zufrieden?

Es tut mir Leid, ich wollte gerade gehen.

Ich weiß.

Was?

Mr. Norman, Hand aufs Herz: Ihnen ist doch letztlich egal, wer gewinnt, oder?

Wer ist da?

Einer von Ihnen.

Ich bin mit meinem Internet-Provider im Grunde zufrieden.

Es ist nicht wirklich wichtig, oder? Wer den Endkampf gewinnt, oder?

Wer ist da? Ich muss jetzt Schluss machen.

Mr. Norman, sagt Ihnen der Name TeleTown etwas?

Natürlich.

Was wissen Sie über TeleTown?

Jeder kennt TeleTown. Es ist diese pastorale Szene, die auf unzähligen Postkarten, Kalendern und Bildschirmschonern zu sehen ist.

Das ist aber längst nicht alles.

Da leben diese Zigeuner, die Kekse backen. Dort gibt es eine Million Fernseher und jeden Tag kommen noch welche dazu.

Aber Sie wissen noch längst nicht alles über TeleTown.

Ich weiß auch gar nicht, was eine pastorale Szene ist.

Aber eines sollten Sie wissen: Wir sind immer ganz in Ihrer Nähe.

Wer? In welcher Nähe? Worum geht es eigentlich?

Gute Reise.

Moment, warten Sie.

Ja?

Helfen Sie mir.

Was?

Ich bin mit meiner Autoversicherung im Grunde zufrieden.

Auf Wiedersehen.

Mrs. Norman sagt: »Wer war denn das?«

Mr. Norman sagt: »Ein mysteriöser Anruf.«

Mrs. Norman sagt: »Und was wollte er?«

Mr. Norman sagt: »Wenn ich das wüsste.«

19.

Maus bleibt Maus

Die Normans von Amerika haben noch nicht einmal ihre Einfahrt verlassen, als Curtis, der jüngere der beiden Jungs auf der Rückbank ihres Mehrzweck-Sport-Utility-Fahrzeugs, von einem Pärchen berichtet, wo die Frau ein Kind gekriegt hat, obwohl sie im Gefängnis saß, was daran lag, dass der Mann einen ungehörigen Besuch gemacht hat, wo sie sich Löcher in die Jeans geschnitten haben und es so gemacht haben, dass die Überwachungskamera im Besuchsraum nichts mitgekriegt hat.

Mr. Norman (am Steuer) sagt: »Guter Gott!« Er ist leicht erregt. Vor allem über das Detail mit den Löchern.

Mrs. Norman (auf dem Beifahrersitz) sagt: »Es handelt sich nicht um einen *ungehörigen* Besuch, Curtis, sondern einen *Angehörigen*-Besuch.

Curtis sagt: »Hab ich doch gesagt.«

Mr. Norman, nackenfreundlich unterstützt von seinem Vibra-Dream Plus, sagt: »Du hast gesagt *hellhörig*.«

Curtis sagt: »Aber genau so haben sie es im Fernsehen gesagt.«

Mr. Norman sagt: »Sie haben *hellhörig* gesagt?«

Curtis sagt: »Ja. Auf dem Gefängniskanal.«

Mr. Norman sagt: »Hmmm.«

Mrs. Norman (in ihrer breiten, bauchchakrafreundlichen

Sitzhaltung) sagt: »Nein, Liebelein, du hast *ungehörig* gesagt.«

Curtis sagt: »Aber ich schwöre, es war hellhörig.«

Mrs. Norman sagt: »Und ich möchte auch nicht, dass ihr da hinten über Gefängnis-Sex sprecht.«

Irgendwo ganz in der Nähe gibt es eine Explosion, welche die futuristischen Kaffeetassen-Halter in ihrem Mehrzweck-Sport-Utility-Fahrzeug erzittern lässt. Irgendjemand ganz in der Nähe schreit.

Curtis sagt: »Aber genau das haben sie im Fernsehen gesagt.«

Mr. Norman sagt: »Tja, wo ein Wille ist, ist auch ein Weg.«

Mrs. Norman sagt: »Aber Larry!«

Die Eheleute Norman schlafen schon länger nicht mehr im selben Bett. Mr. Norman leidet unter Schlafstörungen, und Mrs. Norman konzentriert sich neuerdings lieber auf ihre Körperhaltung. Sie haben sich irgendwo kennen und lieben gelernt und irgendwann gewusst, das ist es, und es gab ja auch unglaubliche Liebesnächte, oder? Ineinander verschlungen, kichernd über ihre verliebt-verrückten Scherze, als sie sich gegenseitig über das Gesicht streichelten und die Betten zerwühlt waren, als sie im Geruch des anderen lebten und sich schmerzhaft schimmernd eine gemeinsame Zukunft abzeichnete und gegen Morgen eine Uhr irgendwo drei schlug, drei und vier, und das mitten in der Woche. Curtis sagt etwas, und dann sagt auch Matthew etwas. Das waren ihre Nächte, seine Lippen auf ihrem pulsierenden Hals, als er sagte, Liebling, ich will mit dir schlafen in jedem Staat der Union und Vegas dazu. Liebling, ich will dich in mir verewigen.

Das war kein Film. Es kann wirklich so gewesen sein. Ein Film war es nicht.

Mr. Norman steuert sein Mehrzweck-Sport-Utility-Fahrzeug durch eine prächtige Allee. Mächtige Stämme in klassischer Untergangsstimmung, entlaubte Äste, die wie Knochenhände über die ölige Straße greifen.

Und immer schien es, als ringelten sich ihre Haare, Mrs. Normans Haare, im Schlaf, was am Morgen so schön wild und ungezähmt aussah.

Mr. Norman sagt: »Kinder, wer weiß, was das für Bäume sind?« Ein Quiz.

Die Jungs sagen: »Tote Bäume.«

Mr. Norman sagt: »Soso, aber eine Maus bleibt eine Maus, auch wenn sie tot ist.«

Mrs. Norman sagt: »Das liegt an der Hitze.«

Mr. Norman sagt: »Ich dachte, es wären eher die Altlasten im Boden.«

Matthew sagt: »Ich dachte, es wäre das holländische Kalksterben.«

Mrs. Norman sagt: »Kann sein, aber erst die Hitze macht die Altlasten so gefährlich. Es ist eine symbiotische Beziehung.«

Sie (das schnurlose Massagekissen) sagt: »Sie sind ein hervorragender Fahrer, Sir.«

Matthew sagt zu Curtis (seinem jüngeren Bruder): »*Ungehöriger* Besuch?«

Matthew sagt: »Spasti.«

Curtis sagt: »Selber Spasti.«

Sie sind sich begegnet und haben sich prompt ineinander verliebt. Er war noch nie einem Menschen begegnet, der so schön Wasserski fahren konnte. Eine Frau, die so über die

Wellen zischt, bringt Männerherzen einfach zum Schmelzen. Eine Frau mit gebräunten Oberarmen und einer eigenen Schwimmweste lässt einen all die anderen vergessen.

Matthew sagt: »Du Pimmel-Sandwich.«

Curtis sagt: »Selber Pimmel-Sandwich.«

Matthew sagt: »Laber, laber, laber – du Bären-Versteher.«

Mrs. Norman sagt: »Kinder, es heißt Penis, und jetzt gebt Ruhe da hinten.«

Matthew sagt: »Du weißt doch gar nicht, was ein Pimmel-Sandwich ist.«

Curtis sagt: »Weiß ich wohl.«

Mr. Norman: »Ich weiß *auch* nicht, was ein Pimmel-Sandwich ist.«

Er (unser Held) lenkt das burgunderrote Mehrzweck-Sport-Utility-Fahrzeug mit permanentem Allradantrieb über die Tangente auf den Freeway, wobei er um ausgebrannte amerikanische Familienautos mit elektrischen Fensterhebern und ABS Slalom fahren muss.

Die Normans auf großer Fahrt.

20.
Kopfnuss

Und nun dies …

Tom, wo kommt der Bär-gegen-Hai-Hype eigentlich her?

Nun, Mindy, über diese Frage wurde schon viel Tinte und sogar Blut vergossen. Derzeit sind verschiedene Verfahren anhängig, die Licht in den Sachverhalt bringen sollen, wie Amerikas beliebtestes Freizeitvergnügen tatsächlich entstanden ist.

Kannst du uns das genauer erklären, Tom.

Gern, Mindy. Sehr verbreitet, könnte man sagen, ist beispielsweise die Auffassung, Bär gegen Hai sei ein sehr altes Spiel. Vor einiger Zeit präsentierte ein Altertumsforscher aus Kolumbien sogar ein Textfragment eines wenig bekannten französischen Theologen, das angeblich aus dem elften Jahrhundert stammt. In diesem Fragment ereifert sich der Verfasser über eine Debatte, die seiner Meinung nach nichts weiter sei als Affentheater, um einen modernen Ausdruck zu benutzen. Und dennoch, Mindy, scheint mir, war dieses Mönchlein ein klarer Bär-Befürworter.

(Mindy lacht. Die Knochenstruktur ihres Gesichtsschädels ist ausgezeichnet. Ihr Exfreund Nate hat viel Geld bei Bär gegen Hai Teil 1 verloren.)

In der Übersetzung liest sich das wie folgt: »Warum stiftet die Causa gleichwohl solche Konfusion? Der grimme

Bär ist ein wahrhaft wehrhaftes Tier... Und auch der Hai nennt Zähne sein eigen, die dem Schlund der Hölle zur Ehre gereichten, doch entdecken wir an seinen Flossen gewisse Zeichen von Schwäche und auch, könnte man sagen, Furchtsamkeit.«

Tom, das heißt, die Frage geht mindestens auf mittelalterliche Zeiten zurück?

Nun, Mindy, hinsichtlich der Echtheit des Fragments bestehen zumindest erhebliche Zweifel. So wurde auf der Jahreskonferenz einer angesehenen wissenschaftlichen Gesellschaft bereits der Verdacht laut, dass es sich dabei um eine Fälschung handle, was zu tumultartigen Szenen in der sonst so friedlichen Gelehrtenrepublik führte. Einem Bericht zufolge soll einem Aquin-Experten sogar versehentlich ein Auge ausgestochen worden sein.

Das ist ja interessant, Tom. Aber gibt es noch andere Anfänge des Bär-gegen-Hai-Kults?

Die gibt es in der Tat, Mindy. Es gibt zum Beispiel Leute, die behaupten, das Spiel sei weit älter als das Mittelalter, und verweisen dabei auf die buddhistische Tradition des »Koan«, das ist eine Denksportaufgabe für Zen-Schüler, deren Unlösbarkeit dazu beitragen sollte, die Fesseln der Vernunft abzustreifen und wahre, könnte man sagen, Erleuchtung zu erlangen.

Also eine Art Kopfnuss, Tom?

Das könnte man sagen, ja. Doch während die Frage tatsächlich eine faszinierende meditativ-spirituelle Qualität besitzt, steht der Nachweis einer Zen-Traditionslinie noch aus und ist auch eher unwahrscheinlich.

Und wie verhält es sich mit dem berühmten Darwin-Spruch?

Nun, Mindy, auch für das berühmte Diktum von Charles Darwin gegenüber Huxley – »Wenn der Bummel-Grummel-Bär dem grauslichen Hai auch nur eine Schramme zufügt, fress ich meinen Hut« – gibt es wissenschaftlich keinen Beleg. Es gehört vermutlich, könnte man sagen, ins Reich der Fabel.

Aber was bedeutet das jetzt für uns, Tom?

Nun, Mindy, alle Fachleute sind sich mittlerweile einig, dass die Bär-gegen-Hai-Frage »Wer gewinnt, der Bär oder der Hai?« weder mittelalterlichen noch viktorianischen Ursprungs ist, sondern in Wirklichkeit, könnte man sagen, nicht älter als acht bis zehn Jahre.

Ach wirklich?

Ja. Seit sich vor etwa fünf Jahren ein findiger junger Mann namens Elton Thigpen die Rechte an der Bär-gegen-Hai-Idee sicherte und an HardCorp verkaufte, haben nicht weniger als 250 Leute den Anspruch erhoben, der eigentliche Erfinder dieser, könnte man sagen, zeitgemäßen Form des Koan zu sein. 27 Klagen wurden zumindest nicht abgewiesen.

Klagen gegen Mr. Thigpen?

Könne man sagen, ja, aber auch gegen HardCorp und andere.

Ich verstehe. Und wann hört dieser Wahnsinn endlich auf, Tom?

Nun, Mindy, bestimmt nicht vor dem Endkampf am 18. August, wenn See und Land in Las Vegas aufeinander treffen.

Und gibt es schon Pläne für eine Revanche, falls der Bär gewinnen sollte?

Eine Revanche kann man nie ausschließen, Mindy.

Danke für dieses Gespräch, Tom. Und bleiben Sie dran. Gleich kommt The Zinger mit Ihrem Wochenendwetter. Außerdem haben wir für Sie die neuesten Bilder des entsetzlichen Zugunglücks der vergangenen Nacht.

21.

Bei Gott sind alle Dinge möglich

Der Tageskilometerzähler sagt: »111«, und die Digitaluhr im Cockpit des Mehrzweck-Sport-Utility-Fahrzeugs sagt: »1:12.«

Entdecken Sie die Möglichkeiten?

Mr. Norman beschleunigt über der vom Tempomat vorgegebenen Geschwindigkeit hinaus. Er sucht nach einem Stück Authentizität wie zu der Zeit, als Mrs. Norman beim Küssen seine Zähne ableckte. Waren das seine Zähne? War das ihre Zunge? War das im Fernsehen? Irgendetwas wurde geleckt, irgendetwas wurde gebissen. Es war so schön und ist so lange her.

Mrs. Norman sagt: »Was machst du denn da?«

Mr. Norman sagt: »Ich versuche, den Tageskilometerzähler mit der Uhr zu synchronisieren.« Er sagt: »Das wäre sicher hübsch.«

Mrs. Norman sagt: »Hübsch?«

Mr. Norman sagt: »Ja, es würde mir Freude machen.« Er drückt weiter das Gaspedal nieder, muss aber immer wieder scharf auf den Seitenstreifen ausweichen, um langsamere Autos zu überholen und um nicht mit Ölfeuern, toten Hunden und Landstreichern zu kollidieren. Er sagt: »Es hätte einen Sinn.«

Das Vibra-Dream Plus sagt: »Jaaa! Ooooh-jaaa!«

Mrs. Norman spannt ihren Oberkörper an, wodurch ihre Körperhaltung noch besser wird als zuvor. Sie sagt: »Warum verstellen wir nicht einfach die Uhr, dann passt es doch auch.«

Das also ist Mr. Normans Lebenspartnerin. Einfach die Uhr und den Tageskilometerzähler verstellen? Woher kommt dieser gefühlsmäßige Abgrund, der sich auf einmal zwischen ihnen auftut? Hätte er ihn unter Umständen schon spüren können, als damals jemand seine Zähne leckte?

Mr. Norman sagt: »Aber das wäre keine Leistung.«

Er reißt am Steuer und zieht auf den staubigen, sonnenverbrannten Mittelstreifen, um einen Schulbus mit einem aufgemalten Hai zu überholen. Der Hai erstreckt sich über die gesamte Länge des Busses und trägt eine violette Robe mit Goldlettern.

Die Satinrobe sagt: »Bei Gott sind alle Dinge möglich.«

Über die Schwanzflosse des Hais hat ein Bärrorist das Wort »FLUKE« gesprayt.

Mrs. Norman sagt: »Und was wäre die Leistung?«

Mr. Norman fährt mit der Zunge über seine oberen Schneidezähne und sagt: »Der Sinn dahinter.«

Der Tageskilometerzähler sagt: »112.«

Mr. Norman sagt: »Hey, guckt mal her, Jungs, wir haben es geschafft.«

Die Jungs schlafen (fest) hinter und unter ihren Sonnenbrillen und Kopfhörern. Matthew trägt eine Baseballkappe mit dreieckigen Zähnen auf dem Schirm und Atemschlitzen an den Seiten. Die Kappe ist eine ziemlich coole Cap.

Der Neun-Zoll-Fernseher befindet sich auf dem Boden des Fahrzeugs und zeigt nach oben. Der Wettermann von

Extremwetter, ein ehemaliger Kriegskorrespondent, sagt: »Und so sieht das Ganze aus der Sicht des Nebels aus.«

Jede Wette, dass Matthew über die Leistung seines Vaters glatt hinweggegangen wäre. Und dass Curtis die Sprache auf etwas gebracht hätte, was jemand anders unlängst gemacht hätte und das *richtig* cool gewesen wäre.

Die Digitaluhr sagt: »1:13.«

Mr. Norman sagt: »Scheibenkleister.«

Er verringert das Tempo und stellt den Tempomat neu ein.

Mrs. Norman sagt: »Aber Schatz, du hast es geschafft.«

Mr. Norman sagt: »Ja, ein paar Sekunden lang waren sie synchron.«

Ein weiterer Fanbrief, tief unten im Postsack des letzten Folksängers, sagt: »Wenn du glaubst, das, was dir bei Bär-gegen-Hai-On-Ice passiert ist, wäre schlimm, dann hast du noch nichts gesehen.«

Mrs. Norman sagt: »Und es war allein deine Leistung.«

Mr. Norman sagt: »Komisch, aber ich spüre gar nichts.«

22.

Fernseher von früher, Teil 3

Früher kamen die Leute nach einem harten Arbeitstag nach Hause, setzten sich mit schlechter Körperhaltung vor den Fernseher und zappten sich durch die Kanäle. Den ganzen lieben langen Abend zappten sie von einem Kanal zum andern, aber überall lief der gleiche Müll, den sie nicht sehen wollten. Das war in den Jahren der Fernbedienung. Ich persönlich erinnere mich sogar noch an die Zeit, in der Programme *von Hand* umgeschaltet wurden. Den Leuten war klar, dass sie gerade irgendwo etwas verpassten. Sie wollten etwas Besseres. Es gab Hunderte von Kanälen, aber die meisten davon waren für den spezifischen, ganz individuellen Geschmack des einzelnen Zuschauers völlig ungeeignet. Alle wollten fernsehen, aber Fernsehen machte keinen Spaß. Dauernd *zapp, zapp, zapp*. Dann kam ESP-TV, das TV, das Sie kennt, jawohl, Sie ganz persönlich, das TV, das Ihre Gedanken lesen kann. Bei ESP-TV wählen Sie aus einem Hauptmenü bis zu 38 persönliche Interessensgebiete (PIG) aus (wie etwa Tennis und verwandte Sportarten, Nutzgarten-News, Soft- bis mittelharte Erotik, Oldtimer-Rennen usw.) und ESP-TV zeigt Ihnen genau das, was Sie sehen wollen. Ach so, Sie mögen keine Oldtimer-Rennen oder hungernde afrikanische Kinder? Kein Problem, Sie brauchen sie nie wieder zu sehen. *Nie* wieder. Dazu der patentierte Sensor, der sofort registriert, wann sich der Zuschauer zu langweilen beginnt oder aus einem anderen Grund mit dem Angebot nicht zufrieden ist. Heutige Fernseher zappen sich von selber weiter und suchen in Sekundenschnelle das passende Programm für jeden einzelnen Zuschauer. Die alten ESP-TV-Werbeclips sind längst Klassiker, beispielsweise der mit der Frau im Paillettenbikini, die mit einem Vorschlaghammer eine herkömmliche Fernbedienung zertrümmert.

»Kurz und gut, Roger, die Fernbedienung gehört der Vergangenheit an – wie das Waffeleisen oder der Roman.«

»Und genau wie unerfüllte Zuschauerwünsche, Buzz!«

23.

Die Zehn-Sekunden-Diskussionsrunde

Mr. Norman fährt. Las Vegas ist noch weit mit seinen Oben-ohne-Frauen, billigen Cafeterias, dem Klingeling der Geldspielautomaten. Und auch der Kampf Bär gegen Hai ist noch weit, aber echter als das Leben selbst, während die Nation den Atem an- und ihre Wettscheine festhält.

Neil Postman sagt: »Unwissenheit lässt sich allemal beheben. Aber was sollen wir tun, wenn wir Unwissenheit für Wissen halten?«

Egal, alles wird gut. Las Vegas wird es richten. Dieses Erlebnis wird uns verwandeln und erlösen.

Mr. Norman schaltet das Radio ein.

Ein FM-Gangster sagt (FM steht für *frequency modulation*): »Die Schlampe hat so schnell die Biege gemacht, dass Reifenspuren zurückblieben.«

Mr. Norman drückt die Suchfunktion.

Eine Vertrauen erweckende Stimme sagt: »Wenn Sie von den Labertaschen der anderen Sender die Nase voll haben, gehen Sie doch auf Smash 94, die Rock-Station mit Laberschutz. Wir reden nicht, wir spielen nur extreme Soft-Mucke, die Musik, die *Sie* hören wollen.«

Mr. Norman drückt die Suchfunktion.

Eine aufgeregte Stimme sagt: »Hernia-Limonade – verdreht Ihnen mehr als nur den Kopf.«

Mr. Norman drückt die Suchfunktion.

Der Nachbar des mutmaßlichen Täters sagt: »Eigentlich war er ein ganz unauffälliger Typ, lebte ziemlich zurückgezogen, hatte kaum Freunde oder so.«

Mr. Norman drückt den AM-Knopf (AM steht für *ante meridiem*).

Ein Schnulzensänger (alter weißer Typ) schnulzt.

Mr. Norman drückt die Suchfunktion.

Ein Moderator sagt: »Willkommen bei unserer Zehn-Sekunden-Diskussionsrunde. Thema heute: Abtreibung. Wer das erste Wort hat, darüber haben wir bereits per Münzwurf entschieden. Ich frage also unsere Diskussionsrunde: Sind Sie bereit? Dann auf die Plätze… fertig… LOS!«

Eine Meinungsführerin (Helen) sagt: »Freiheit heißt entscheiden können, Rick.«

Ein Mitglied einer Denkfabrik (Rick) sagt: »Aber Abtreibung, Helen, ist Mord.«

Helen sagt: »Wenn Sie gegen eine Abtreibung sind, Rick, dann treiben Sie einfach nicht ab.«

Rick sagt: »Helen, haben Sie jemals eines dieser kleinen Würmchen gesehen, die da abgesaugt werden?«

Der Moderator betätigt einen Gong und sagt: »Okay, das war's. Vielen Dank an Rick Higgins und Helen Glass.«

Helen sagt: »Rick, auch mit Gesetzen kann man Frauen vergewaltigen.«

Mr. Norman hat keine klare Meinung zu Abtreibung. Da sind zahlreiche Aspekte zu berücksichtigen.

Rick sagt: »Halt bloß die Schnauze, Helen.«

Mr. Norman drückt weiter die Suchfunktion, bis er auf Bär-gegen-Hai-Talk-Radio landet.

»Oh, das gefällt mir«, sagt Mrs. Norman. »Das ist immer so interessant.«

Mr. Norman sagt: »Es ist ein Forum.«

Mrs. Norman sagt: »Es ist das griechische Ideal der partizipatorischen Demokratie.«

Mr. Norman sagt: »Wie eine Gemeinderatssitzung.«

Mrs. Norman sagt: »Ein globales Dorf.«

Mr. Norman sagt: »Glasfasertechnik.«

Hinten auf dem Rücksitz dreht sich Curtis, ein wirklich netter Junge, im Schlaf und sagt: »Virtueller Gipfel.«

24.

Bär gegen Hai: Das Talk-Radio

Der energisch-sonore Moderator von Bär-gegen-Hai-Talk-Radio sagt: »Da sind wir wieder, und bei mir im Studio ist jetzt Dr. Sara Meredith, ihres Zeichens Dozentin für Veterinärpsychologie mit Schwerpunkt Animalisches Aggressionsverhalten und Autorin des umstrittenen Buchs *Der Flossen-Faktor*. Vielen Dank, dass Sie kommen konnten, Dr. Meredith.«

Dr. Meredith sagt: »Ich danke *Ihnen*, Wild Simon.«

Wild Simon sagt: »Und hier auch schon der nächste Anrufer: Wayne aus Roanoke, Virginia. Danke, dass du angerufen hast, Wayne. Deine Frage an Dr. Meredith?«

Wayne sagt: »Nee, ich wollte nur sagen, großes Kompliment, du machst eine Supersendung.«

Wild Simon sagt: »Danke, Wayne.«

Dr. Meredith sagt: »Hallo, Wayne.«

Wayne sagt: »Hallo.«

Wild Simon sagt: »Deine Frage, Wayne?«

Wayne sagt: »Ich habe eigentlich gar keine Frage. Ich wollte nur sagen, der Hai kriegt den Bär am Arsch.«

Wild Simon sagt: »Danke für diese Meinung, Wayne.«

Matthew sagt: »Das habe ich ja schon immer gesagt. Aber auf mich hört ja keiner.«

Wild Simon sagt: »Nun, wenn ich Sie richtig verstanden

habe, Dr. Meredith, ist das auch die These Ihres Buchs *Der Flossen-Faktor*.«

Dr. Meredith sagt: »Stark vereinfacht ja.«

Wild Simon sagt: »Aufgrund der Flossen also?«

Dr. Meredith sagt: »Was?«

Wild Simon sagt: »Dass der Hai aufgrund seiner Flossen gewinnen wird.«

Dr. Meredith sagt: »Ja. Meiner Meinung nach wird zu viel Gewicht auf die Zähne gelegt.«

Mrs. Norman denkt sich ihr Rückgrat als Baumstamm – wie empfohlen.

Wild Simon sagt: »Aber ein Hai verfügt über mehrere, rasiermesserscharfe Zahnreihen. Für jeden verlorenen Zahn rücken zwei weitere nach. Der Biss eines Hais durchtrennt selbst Knochen oder Metall.«

Dr. Meredith seufzt. Sie sagt: »Das stimmt.«

Wild Simon sagt: »Wohingegen Haifischflossen in vielen asiatischen Ländern als Delikatesse gelten.«

Dr. Meredith sagt: »Das stimmt.«

Wild Simon sagt: »Gibt Ihnen das nicht zu denken?«

Dr. Meredith: »Darüber habe ich offen gestanden noch nicht nachgedacht.«

Wild Simon sagt: »Okay. Unser nächster Anrufer: Tina aus der Bronx. Du bist dran, Tina.«

Tina sagt: »Unser Wort *Berserker* geht auf die alte skandinavische Kriegersitte zurück, nämlich den so genannten *Bär-Serk*, das war so ein ölgetränktes Hemd aus Bärenfell, das dem Krieger totale Bärenkräfte verlieh. Deswegen waren die Wikinger auch so wild und konnten glatt einen Brustpanzer durchbeißen und waren sogar gegen Feuer geschützt, was ihnen fast nichts ausgemacht hat.«

Wild Simon sagt: »Tina, hast du eine Frage an Dr. Meredith?«

Wild Simon sagt: »Tina?«

Mr. Norman ist glücklich. Das heißt nicht direkt glücklich, aber ihm ist wohlig warm im einschläfernden Stimmengelull.

Wild Simon sagt: »Dr. Meredith, wie man hört, haben Sie sogar Morddrohungen erhalten.«

Dr. Meredith sagt: »Das stimmt.«

Wild Simon sagt: »Andererseits, es könnte schlimmer sein. Zum Beispiel wenn es überhaupt keine Resonanz auf Ihr Buch gäbe, habe ich nicht Recht?«

Dr. Meredith sagt: »Wahrscheinlich.«

Wild Simon sagt: »Wissen Sie, das erinnert mich an Richard Petty, den Rennfahrer, aber es kann auch jemand anders gewesen sein. Jedenfalls, dieser Richard Petty wurde vom Publikum immer nur ausgebuht, und als ihn einmal ein Reporter fragte, ob ihm die Buhrufe nicht an die Substanz gingen, wissen Sie, was er da geantwortet hat?«

Dr. Meredith: »Fährt Richard Petty denn noch Rennen?«

Wild Simon sagt: »Er sagte: ›Immerhin machen sie Krach.‹«

Dr. Meredith: »Das stimmt. Krach ist nie verkehrt.«

Wild Simon sagt: »Und diese Morddrohungen stammen von Bär-Fans?«

Dr. Meredith sagt: »Ja. Aber einige sind auch von Hai-Fans, die die Meinung vertreten, Flossen wären nicht so wichtig.«

Wild Simon sagt: »Verrückte Welt, kann ich nur sagen.«

Dr. Meredith (Autorin des Buchs *Der Flossen-Faktor*) sagt: »Insgesamt waren die Reaktionen aber eher positiv.«

Wild Simon sagt: »Wir haben gerade noch Zeit für einen weiteren Anrufer. In der Leitung ist unser alter Freund Dale aus Houston. Hallo, Dale, schön, dass du wieder angerufen hast. Deine Frage an Dr. Meredith?«

Dale sagt: »Hallo?«

Wild Simon sagt: »Du bist dran, Dale. Du hast noch zwanzig Sekunden.«

Dr. Meredith sagt: »Hallo, Dale.«

Curtis sagt: »In Houston ist es windiger als in der so genannten *Windy City* Chicago.«

Dale sagt: »Die Leute halten nur deswegen zum Bär, weil er aussieht wie wir. Ein Bär hat Arme und Beine und Augen. Die Bär-Fraktion ist am Ende ziemlich rassistisch, weil Bären wie Menschen sind. Wir sind beide Wirbeltiere.«

Dr. Meredith sagt: »Haie sind ebenfalls Wirbeltiere, Dale.«

Dale (aus Houston) sagt: »Na ja, wir sind beide auch Säugetiere.«

Wild Simon sagt: »Sind Haie nicht auch Säugetiere?«

Dr. Meredith sagt: »Sie verwechseln das mit Fledermäusen.«

Dale sagt: »Ein Hai ist schon deshalb kein Säugetier, weil er keinen Beutel hat und die Jungen ohne Fell zur Welt kommen.«

Wild Simon sagt: »Dale, wie lautet deine Frage an Dr. Meredith.«

Dale sagt: »Ich möchte Rusty und Bingo aus Galveston grüßen.«

Matthew sagt: »Dale ist echt zum Kotzen.«

Dr. Meredith sagt: »Auf Wiedersehen, Dale.«

25.
Sauce Hollandaise

Ist das holländische Ulmensterben streng genommen wirklich holländisch?

Was meinst du mit streng genommen?

Ist die Ulme nun holländisch oder das Sterben oder beides oder was?

Nein, es ist nur ein Beispiel für ein unklares Attribut.

Wie in Groß-Tier-Klinik?

Wie in Porno-Heft-Verlag.

Wie in kleines TV-Zimmer?

Wie in rote Ampel-Phase.

Wie in durchwachsene Rinder-Steaks?

Nein.

Was ist mit holländischer Onkel?

Man sagt nicht mehr holländischer Onkel. Das ist so, als würde man sagen, jemand sei ein Zwerg. Besser, man sagt Kleinwüchsiger.

Holländische Onkel wollen, dass man sie Kleinwüchsige nennt?

Man sagt ja auch nicht mehr holländische Courage, das diskriminiert betrunkene Menschen.

Was ist mit holländischer Nougat?

Das ist okay.

Holländische Malerei?

Geht auch.

Holländisch-Guinea?

Man sagt heute Surinam.

Holländischer Käse, holländische Auktion, holländischer Schäferhund, roter holländischer Bellefleur, holländischer Kolonialstil?

Alle okay.

Sauce Hollandaise.

Du meinst diesen flambierten Nachtisch?

Nein, das ist Banane Florentiner Art.

26.

Hahnenkampf ist nichts als Krampf

Ein Sicherheitshinweis von Jasper Palace, der Stimme von Onkel Jaws aus der Dienstagabend-Comedyserie *Hai Society*:

Eyh, Leute, alle mal herhören, hier ist nämlich euer lieber Onkel aus dem Radio mit einer Durchsage an sämtliche präpubertierenden Mutanten da draußen an den Geräten. Okay, wir alle wissen, wie viel Spaß man mit Bären und Haien haben kann. Bär und Hai sind geil, und das geht auch voll in Ordnung.

Aber, ihr Banditen, irgendwann hört der Spaß auf. Denn wo sich Bär und Hai gute Nacht sagen, habt ihr nichts zu suchen. Raubtiere sind kein Spielzeug, auch wenn sie noch so cool aussehen. Allein im letzten Jahr wurden bei Reality-Kämpfen sechzehn Menschen getötet. Für die Doofis: das sind sechzehn abgeleichte Leichen in zwölf Monaten neben Dutzenden Verletzten mit echt schnittigen Wunden und Hunderten von Spasten, die heute im Knast sitzen. Und wofür das alles? Nur weil sie versucht haben, unsere uramerikanische Spaßkultur in ihre eigenen, kriminellen und völlig verblödeten Griffel zu nehmen.

Also sperrt eure kleinen grauen Zellen auf und überlasst Bär und Hai den Computerfritzen. Und wenn ihr jemanden kennt, der sich eines dieser biestigen Biester besorgen möchte oder einen realen, das heißt illegalen Kampf veranstalten will, haltet euch von ihm fern und zeigt ihm die kalte Schulter. Nicht umsonst heißt es: Quäle nie ein Tier zum Scherz, denn es könnt' dein eignes sein. Haha. Aber Spaß beiseite: Hahnenkampf ist nichts als Krampf. Und noch ein Wort an die Eltern unter euch: Man kann nicht früh genug mit den Kids über die Gefahren reden, die von lebenden Bären oder Haien ausgehen, erst recht, wenn sie aufeinander gehetzt werden. Sorgen wir lieber alle dafür, dass Bär gegen Hai das bleibt, was es schon immer war, ein Fun-Ding im Rahmen uramerikanischer Spaßkultur, im Rahmen von Sicherheit und Ordnung und im Rahmen der Gesetze, habe ich mich verständlich ausgedrückt?

Yes, Ma'am.

Und damit, Leute, ratzfatz und Halali – bis zur *Hai Society*! Nicht vergessen, jeden Dienstagabend auf eurem Lieblingssender.

27.
Planet Peanut-Splitter

Aber bei alledem dürfen wir die Normans nicht vergessen.

Sie fahren nach Las Vegas. Danach zu urteilen, wie die Reklametafeln und Einkaufsparadiese an ihnen vorbeisausen, kommen sie gut voran. Von Zeit zu Zeit wird der eine oder andere Megastore abgerissen, und ein neuer, größerer kommt an seine Stelle. In den größeren geht mehr rein.

Die Familie hat jetzt 194 amerikanische Meilen hinter sich, und Mr. Norman weiß es.

Ein Hinweisschild sagt: »Nächste Ausfahrt Planet Peanut-Splitter.« Dazu das Bild eines Astronauten auf einer Mondoberfläche aus braunem Zuckerzeug, der der Bodenstation mit erhobenem Daumen signalisiert: Alles im grünen Bereich. Das Bild ist nostalgisch und futuristisch zugleich. Janusköpfig: Einerseits die klebrige Candymasse eines neuen Millenniums, andererseits Reminiszenzen an die unwiderstehlichen Süßigkeiten der Kindheit. Der Nachgeschmack der Zeit. Spezielle Zutat: die eigene Erinnerung. Diese PR-Leute haben wirklich das Unmögliche geschafft, haben das gute alte Erdnuss-Krokant vom Staub befreit und gehörig aufpoliert, ein Update, das ihm gut getan hat, denn auf diese Weise passt es wunderbar in die schnelllebige Zeit von heute. Erdnuss-Splitter ist wieder da – und wichtiger denn je. Deshalb fahren Sie *hier* ab.

Mr. Norman fährt ab. Bei einer solchen Reise darf die Spontaneität nicht zu kurz kommen.

Mrs. Norman spielt ein elektronisches Strickspiel. Um zu gewinnen, muss man einen Schal, einen Wollmantel oder einen Rollkragenpulli stricken, nur dass es kein Pulli ist, den man anziehen kann. Es gibt – auf einer eigenen Kassette – sogar eine Kreuzstich-Version. Und eine namens *Stopf-Duell*.

Mrs. Norman sagt: »Wo fährst du hin?«

Kroko, kokett, Krokant.

Mr. Norman sagt: »Ich dachte, wir genehmigen uns ein Peanut-Krokant.«

Matthew sagt: »Genau. Und dann kannst du dir das Zeug ewig aus den Backenzähnen popeln.«

Mrs. Norman schaut von ihrem Strickspiel auf. Sie ist auf dem Handschuh-Level. Man hört das Ticken einer Uhr und dann das Klirren von Glas. Game over. Stricken ist ein Spiel der schnellen Entscheidung. Wer zögert, stirbt.

Mrs. Norman sagt: »Larry, du weißt doch, ich bin allergisch gegen Peanut-Splitter. Davon schwillt meine Zunge immer an.«

Mr. Norman sagt: »Was?«

Mrs. Norman sagt: »Das weißt du doch genau.«

Mr. Norman parkt das Mehrzweck-Sport-Utility-Fahrzeug mit permanentem Allradantrieb auf dem riesigen Parkplatz von Planet Peanut-Splitter. Ein Mann mit Plastikflosse auf dem Rücken verteilt Handzettel.

Mr. Norman sagt: »Dann nehmen wir eben Splitter ohne Peanut.«

Mrs. Norman sagt: »Nein, was ich nicht vertrage, ist das Splitter. Peanut allein geht.«

Mr. Norman stellt den Motor ab, lässt aber beide Hände auf dem Steuer. Er starrt vor sich hin. Manchmal befällt ihn eine ungeheure Müdigkeit.

Er sagt: »Warst du schon immer so allergisch?«

Mrs. Norman sagt: »Es ist irgendetwas in dem Splitter. Meine Zunge schwillt dann sofort an.«

Curtis sagt: »Zeig doch mal, Mom.«

Mrs. Norman sagt: »Trotzdem eine nette Idee.«

Geradezu, *splittzenmäßig*, geradezu *krokan-tastisch*.

Mrs. Norman sagt: »Wo wir schon einmal angehalten haben, könnten wir auch etwas essen.«

Matthew sagt: »Hey, wie viele Bären braucht man, um eine Glühbirne zu wechseln.«

Fuhr Mrs. Norman wirklich so gut Wasserski? Wo hat sie diesen Leberfleck und wie sieht er aus? Was war das Komische, das sie einmal mit fünf Jahren getan hat? Mag sie das Fruchtfleisch in ihrem O-Saft? Wo haben sie ihre Flitterwochen verbracht? Wie fühlt sich ihr Bauch an, wenn er (der Bauch) sich gegen einen anderen drückt? Mit der Bitte um eine schnelle Antwort: In welche Klasse geht Matthew? Wie gut ist Curtis in der Schule? Mögen ihn die anderen Kinder? Wer sind die anderen Personen in Mr. Normans Auto und warum schwellen ihre Zungen an? Es sind noch 618 Meilen bis nach Las Vegas, aber was kommt danach? Ein Bär, ein Hai, eine ebene Spielfläche.

Mr. Norman legt seinen Kopf auf das Steuer.

Er sagt: »Fünf.«

28.

Darwin Dome

Von der Sache her hat sich Folgendes zugetragen:

HardCorp teilte der Stadt Las Vegas mit, die Show Bär gegen Hai, Teil 2 (»Tiere sehen Rot«) würde sich nach einem neuen Spielort umsehen, falls keine neue Arena mit mindestens 65 000 Sitzplätzen errichtet würde. Dem Vernehmen nach hatte HardCorp von anderen Städten (einschließlich Los Angeles, Buffalo und Miami) entsprechende Angebote erhalten.

Im Finanzausschuss rechnete man die Sache mit spitzem Bleistift durch und kam zu dem Ergebnis, dass man ausschließlich für das Bär-Hai-Event drei Casinos abreißen und den Darwin Dome bauen konnte und selbst dann noch schwarze Zahlen schrieb, wenn man anschließend den Darwin Dome abriss und die drei Casinos wieder hinstellte.

Von der Sache her also ein todsicheres Geschäft.

Die besten Karten gingen weg an Wirtschaftsleute, Politiker, hohe Militärs, Filmstars, Profisportler, Wrestler, TV-Größen, ausländische Diplomaten, Marionettenregierungen, Models, Gangster und Gameshow-Moderatoren.

Fünfzehntausend Karten wurden über eine Lotterie unter die Leute gebracht. Über 21 Millionen Leute (21 000 000) kauften Lose. Die glücklichen Gewinner erwarben sich damit das Recht, zwei Karten zum Preis von jeweils 2500 $ käuflich zu erwerben.

Eine Hand voll Karten wanderten in eine Sonderaktion von Sea-n-Lea-Meat-Snacks, Angebot gilt nur dort, wo es nicht gegen gesetzliche Bestimmungen verstößt, Einzelheiten entnehmen Sie bitte dem Packungsaufdruck.

Und vier Karten erhielt der Gewinner des landesweiten Aufsatzwettbewerbs in den Elementarschulen und seine Familie. Die Schüler sollten in einem Aufsatz von nicht mehr als 250 Wörtern die Frage beantworten: »Was bedeutet Bär gegen Hai für Amerika?«

Curtis Norman aus Amerika, der von all den Sea-n-Lea-Meat-Snacks schon ziemlich pummelig geworden war, gewann den Aufsatzwettbewerb.

29.
Witzecke

Wie viele Bären braucht man, um eine Glühbirne zu wechseln?

Wie viele?

Fünf. Einen, der die Glühbirne wechselt, und vier, die sich gegenseitig die Haizähne aus dem Hintern popeln.

Klopf-klopf. Wer da?

Der Bär.

Welcher Bär?

Der, der den Hai bär-erdigt.

Ein unsichtbarer Bär sitzt beim Arzt im Wartezimmer.

Die Sprechstundenhilfe, die zufällig ein Hai ist, sagt zu dem unsichtbaren Bären: »Tut mir Leid, aber der Doktor kann Sie sich heute nicht mehr ansehen.«

Warum sind die Hühner über die Straße gelaufen?

Antwort: Um zu gucken, wie der Bär/Hai dem Hai/Bär den Kopf abreißt und sich an seinen Eingeweiden gütlich tut.

Weißt du, wie man ganz zu Anfang das Internet genannt hat?

Keine Ahnung. Wie?

Du glaubst es nicht: einen *Datenhighway*.

30.
Moralische Integrität

Das Schild sagt: »Tante Mae's urige Interstate-Taverne.«

Ein anderes Schild sagt: »Hier erhältlich: Bär-gegen-Hai-Lose.«

Ein weiteres Schild sagt: »Bär-B-Cue.«

Mrs. Norman sagt: »Das sieht doch gut aus.«

Die Bedienung sagt: »Ein Tisch für vier?«

Sie (die Bedienung) sagt: »Raucher oder Nichtraucher?«

Sie sagt: »Mit Internetanschluss?«

Die Normans folgen den Tatzen-Aufklebern auf den Bodenfliesen bis zu ihrem Tisch. Mr. Norman überlegt, wie man sich am besten selbst umbringt. Er hat mal so etwas im Fernsehen gesehen. Es war ein Gewinnspiel.

Mrs. Norman fragt die Kellnerin, ob der Urige-Tante-Mae-Interstate-BärBurger wirklich mit Bärenfleisch zubereitet werde oder ob es sich lediglich um eine nette Bezeichnung für etwas ganz Gewöhnliches handle wie bei Haia Colada.

Die Kellnerin sagt: »Eine Sekunde, ich mach mich mal für Sie schlau.«

Ein Popsänger sagt: »Baby-Baby-Baby-Baby.«

Thoreau sagt: »Wie haben nichts Eiligeres zu tun als zwischen Maine und Texas eine Telegraphenleitung zu bauen …«

An der Wand über der Nische der Normans ist ein Fernseher angebracht. Ein Reporter auf einer belebten Innenstadtstraße interviewt Passanten. Es könnte New Orleans sein oder auch Lansing.

Matthew spielt auf seiner tragbaren Spielekonsole Bärentöter. Das Spiel sagt: »Biep, biep. Grrrrrr.«

Er (Matthew) sagt: »Ich habe im Internet gesehen, dass sie jetzt auch schon echte Bären und Haie gegeneinander antreten lassen.

Mrs. Norman sagt: »Ja, davon habe ich auch gelesen. Man nennt das Hahnenkämpfe.«

Curtis, der Jüngste, aufgewachsen mit Zuckeraustauschstoff, vollintegrierten Speicherchips und digitalen Schnittstellen, sagt: »Was?«

Mrs. Norman sagt: »Man nennt das so, weil das Männchen als Hahn bezeichnet wird.«

Curtis sagt: »Und wie nennt man das Frauchen?«

Mr. Norman starrt auf den Fernseher. Man könnte beispielsweise irgendwo hinunterspringen. Er sagt: »Angeblich gewinnt fast immer der Hai.«

Matthew stößt Curtis in die Rippen und sagt: »Siehst du?«

Curtis sagt: »Aua.«

Der Popsänger sagt: »Oooh yeah, don't you feel it, Baby?«

Die Kellnerin sagt: »Es handelt sich um einen normalen Hamburger.«

Mrs. Norman sagt: »Also von einer Kuh?«

Die Kellnerin, die mitunter ohne ersichtlichen Grund in Tränen ausbricht und in Psychotests auf die Frage »Fühlen Sie sich oft mutlos und verzweifelt?« das Kästchen mit »Stimme voll und ganz zu« ankreuzt, sagt: »Sekunde, ich mach mich mal für Sie schlau.«

Bärentöter sagt: »Tick-tick-tick-tick.« Die Zeit läuft ab. Und wenn du die Bärenhöhle nicht innerhalb einer bestimmten Zeit findest und die drei kleinen Bären mit einem Felsbrocken erledigst, kommt die Bärenmutter zurück und zerstückelt dich mit einer Hellebarde.

Der Mann am Nebentisch sagt: »Ich habe mal auf einer Hahnenkampf-Webseite gelesen, der Bär hätte so einen Hai einfach ins Publikum geworfen. Fünf Verletzte.«

Curtis sagt: »Ratzfatz und Halali!«

Matthew sagt: »Stimmt. Aber auf derselben Webseite stand auch, dass der Bär gerufen hat: ›Ich *zerschmettere* dich!‹ – was ich doch ernsthaft bezweifeln möchte.«

Thoreau sagt: »... und das, obwohl sich Maine und Texas vielleicht gar nichts Wichtiges mitzuteilen haben.«

Mr. Norman schaut vom Fernseher weg und hinüber zu dem Mann am Nebentisch. Der Kerl guckt so komisch und deutet mit konspirativ knappen Kopfbewegungen auf irgendetwas – aber auf was? Auf die Dessert-Theke? Das Klo? Den Prozac-Kuschel-Kiosk? (PKK)

Curtis sagt: »Mit dem Internet erheben sich eine Reihe schmerzhafter Fragen, was Glaubwürdigkeit und moralische Integrität dieses Mediums betrifft.«

Alle schauen auf Curtis, diesen Präpubertanten und Videospiel-Junkie. An seinem Keyboard hat er zahllosen Kreaturen das Leben genommen, Kinderspiel, und von Cybernutten mit Megatitten von hier bis Minnesota sexuelle Gefälligkeiten in unglaublichen Dimensionen empfangen, von digitalen Fickmaschinen, die nur den Zweck haben, Curtis Norman maximal zu befriedigen.

Matthew sagt (zu Curtis): »Halt bloß den Mund, du Schwuchtel.«

Mr. Norman weiß jedoch, dass er mit dem Sich-selbst-Umbringen lieber wartet, bis Bär gegen Hai Teil 2 vorbei ist. Danach ist der Weg frei. Zum Beispiel mit Strom, das dürfte nicht allzu schwer sein. Strom gab es überall.

Eine Frau im Fernsehen, eine Einkaufstüte auf dem Arm, sagt dem Reporter, Haie wären zu 90 Prozent ein wandelndes Zahnlabor.

Curtis sagt: »Das war im Internet. Die Webseite von dem Professor. Obwohl, ein richtiger Professor war er gar nicht, bloß ein Fischer, der aber viel gelesen hat, was somit dem Argument hinsichtlich der moralischen Integrität keinen Abbruch tut.«

Die Kellnerin sagt: »Überwiegend Kuh.«

Die Normans bestellen BärBurger. Und zwei Erdbär-Shakes für die Kinder.

Curtis sagt: »Könnte ich bitte den Zuckeraustauschstoff haben?«

Ein Mann im Fernsehen (mit Motorradhelm und einem blutigen Hemd) sagt, Bären seien so schnell wie Pumas.

Matthew sagt: »Man darf nicht vergessen: Jeder Leser der Sonntagsausgabe der New York Times bekommt mehr Informationen als das französische Landvolk des achtzehnten Jahrhunderts in seinem ganzen Leben.«

Mrs. Norman sagt: »In *ihrem* ganzen Leben.«

Der Kopfnicker vom Nebentisch sagt: »Stimmt, aber die Leuten leben heute auch länger.«

Mr. Norman (Kohlenmonoxid ist auch immer eine Option) sagte: »Woher hast du denn diese Information?«

Matthew sagt: »Aus einer Sendung über die französische Landbevölkerung. Sie hatten damals echte Zahnfleischprobleme.«

Mrs. Norman sagt: »Aber so, wie ich das gehört habe, weiß der gewohnheitsmäßige Zeitungsleser von der Sache her sogar mehr als ein ganz normaler Franzose im achtzehnten Jahrhundert.«

Curtis sagt: »Der Punkt ist, man weiß nicht, was man glauben soll.«

Matthew sagt: »Nein, der Punkt ist, dass es eben viel zu glauben gibt.«

Mr. Norman sagt: »Ist es nicht vielmehr der Punkt, dass man nicht alles glauben soll?«

Die Kellnerin sagt: »Ist das nicht alles ein und dasselbe?«

Der Reporter im Fernsehen sagt: »Zurück zu dir, Derek.«

31.
Bär gegen Hai: Der Aufsatz

EIN GRUND ZU LEBEN

(von Curtis Norman)

In der heutigen Gesellschaft gibt es jede Menge schlechte Nachrichten. Beispiele dafür sind Tornados, Attentate, Lebensmittelskandale und Killerbienen. Andere Beispiele sind Umweltverschmutzung, schlechte Straßen, Heroin, minderjährige Schwangerschaften und Tollwut. Diese Probleme sind die Schuld von niemand, die meisten (wie die Killerbienen) sind sogar ganz natürlich und keinem menschlichen Schicksal unterworfen.

Mit so vielen schlechten Nachrichten überall kann man oft gar nicht glücklich sein. Zum Beispiel sind viele Leute schlecht drauf und nicht wenige begehen Selbstmord. Männer entscheiden sich hier lieber für Waffen und Frauen für Tabletten. Ich sage aber: Entscheidet euch für das Leben!

Bär gegen Hai erlaubt den Menschen, ihre Probleme und den ganzen Ärger in der Welt zu vergessen und einfach glücklich zu sein. Bär gegen Hai bringt darüber hinaus Spannung in den Tag. Statt über Bandenkriege oder eine desolate Infastruktur zu jammern, kommt bei den Leuten wieder Freude auf. Weil sie dann glücklich sind. Endlich können sie an etwas anderes denken. Was mich jetzt interessieren würde: Auf welcher Seite stehen Sie? Sind Sie eher für den Bär oder den Hai? Und was ist überhaupt mit diesem Flossen-Faktor?

Abschließend möchte ich bemerken, dass mein Gärtner Holländer ist und keine Kultur mehr hat. An Amerika ist so toll, dass es noch eine Kultur hat und dass Bär gegen Hai uns bei dieser Kultur unter die Arme greift.

32.
Das Pelz-Team

Der Mann am Nebentisch (der, der Mr. Norman so komisch angeguckt hat) setzt sich schließlich zu den Normans. Er quetscht sich zu den Jungs auf die Bank. Er trägt ein altes verschossenes schwarzes Bär-gegen-Hai-Teil-1-T-Shirt, vom ersten Kampf von vor zwei Jahren.

Es (das T-Shirt) sieht aus wie ein Klassiker. Es sieht absolut authentisch aus, obwohl man solche ausgeblichenen, fadenscheinigen T-Shirts bereits so ausgeblichen und fadenscheinig kaufen kann. Der Unterschied ist wirklich kaum zu bemerken, eine echte Spitzenleistung.

Curtis bemerkt das T-Shirt. Er sagt: »Waren Sie da?«

Der Mann nickt. Er sagt: »Dritte Reihe. Mein Onkel arbeitete im Bär-Programmier-Team. Er hat mir die Karten geschenkt.«

Curtis sagt: »Schade, was dann passiert ist.«

Der Mann sagt: »Yeah.«

Curtis sagt: »War der Kopf des Bären wirklich so klein?«

Mrs. Norman sagt: »Aber Curtis!«

Der Mann sagt: »Nein, das ist schon in Ordnung.«

Curtis sagt: »Ich habe im Internet gelesen, die Internet-Bilder von diesem kleinen Kopf wären lauter Fakes.«

Der Mann sagt: »Das habe ich auch gelesen, aber ich war

da und kann nur sagen: Der Kopf des Bären war ziemlich klein.«

Matthew sagt: »Hat Ihr Onkel Ihnen danach noch weitere Karten geschenkt?«

Mrs. Norman sagt: »Aber Matthew!«

Der Mann sagt: »Er wurde gefeuert. HardCorp hat sämtliche Programmierer gefeuert, obwohl mein Onkel nur im Pelz-Team gearbeitet hat. Er hat nie etwas anderes gemacht als Pelz.«

Matthew: »Der Pelz sah auch immer ein bisschen räudig aus.«

Mr. Norman sagt: »Ich frage mich, warum wir zwar Bären und Haie auf den Mond schießen können, aber eine vernünftige Rasierklinge für empfindliche Haut nicht hinkriegen.«

Curtis sagt: »Haben Sie eine eigene Webseite?«

Mrs. Norman sagt: »Aber letztlich war es gut, dass sie noch einmal von vorn angefangen haben. Außerdem hat man dann etwas, auf das man sich freuen kann.«

Die knisternde Lautsprecherdurchsage sagt: »Hat jemand ein Baby verloren? Hier oben liegt ein kleines Baby.«

Ein Popsänger sagt: »Oh my sweet angel, I can't live without you.«

Mrs. Norman sagt: »Vorfreude ist ja immer die schönste Freude.«

Der Mann sagt: »Ich sage nicht, dass es ein Bär mit normal großem Kopf mit einem Hai aufnehmen kann, aber ein fairer Kampf war das nicht.«

Mrs. Norman sagt: »Und was macht er jetzt?«

Der Mann tritt Mr. Norman heimlich gegen das Schienbein. Er sagt: »Was?«

Mrs. Norman sagt: »Ihr Onkel, was macht er jetzt?«

Der Popsänger verspricht hoch und heilig, den Ehemann von Sweet Angel Baby-Baby-Baby umzulegen.

Der Mann sagt: »Na ja, er hat sich erschossen.«

33.

Eingetragene Warenzeichen

Beutelratte gegen Eichhörnchen
Eule gegen Reh
Tintenfisch gegen Affe
Kuh gegen Mastiff
Schädling gegen Ekelpaket
Skorpion gegen Taube
Blind gegen Taub
Jude gegen Puertoricaner
Katze gegen Köter
Spanisches Moos gegen Kudzu
Hitler gegen Elvis
Knirps gegen Schlange
Abteilungsleiter gegen Penner
Oliver Wendell Holmes gegen Sherlock Holmes

34.
Ein Hai schläft nie

Der Mann vom Nebentisch löffelt seine Haifischblut-Suppe zu Ende, die in Wirklichkeit eine leckere Tomatensuppe mit Basilikum ist.

Die knisternde Lautsprecherdurchsage sagt: »Verehrte Gäste, bitte vergewissern Sie sich, dass sie kein Baby verloren haben.«

Durch die bildschirmförmigen Fenster der Taverne kann Mr. Norman den endlosen Verkehr auf der Interstate sehen. Sieht die Polizei auf dem Mittelstreifen, mit der Radarpistole im Anschlag. Sieht den speziellen Käfigtransporter, der von Landstreichern überquillt. Er sieht die Wanderarbeiter, die frische Reklametafeln aufstellen, darauf tief ausgeschnittene Airbrush-Frauen mit ihren sexy Shampoos, sexy Insektensprays, sexy Fleischkonserven für Familien, in denen es schnell gehen muss und wo niemand Zeit zum Kochen hat, schmeckt aber genauso wie frisches Fleisch, überhaupt kein Unterschied, okay, Sie haben mich überzeugt, ich probier's.

Die Bedienung, die (wie angekreuzt) oft unter Schlafstörungen leidet, sagt: »Kann ich Ihnen noch etwas bringen?«

Im Fernsehen sagt ein wütender und heruntergekommener Mann ohne Verbindungen, ohne Aktiendepot, ohne Krankenversicherung oder Internet-Provider oder auch nur ein bisschen Höflichkeit und Anstand und nicht zuletzt ohne Aussicht auf geilen Cybersex mit heißen Reklameschlampen, mit denen die modernen Schnellstraßen gepflastert sind, zu einem Reporter: »Was?«

Der Reporter (operative Nasenkorrektur, schusssichere Weste) sagt: »Sir, wer, meinen Sie, wird den Kampf zwischen Bär und Hai gewinnen?«

Der wütende, heruntergekommene Mann sagt: »Ein Hai schläft nie.«

Er kommt dem Reporter bedrohlich nah und stößt ihm den gestreckten Zeigefinger vor die Brust. Er sagt: »Sobald ein Hai einschläft, geht er unter.«

Curtis sagt: »Vorteil Bär.«

Die Bedienung sagt: »Vielleicht noch einen Kaffee oder einen Nachtisch?«

Der Mann sagt: »Nicht so hastig mit den jungen Pferden!«

Curtis sagt: »Wenn der Hai nie schläft, ist er bestimmt ziemlich müde und groggy. Man muss sich nur vorstellen, wie man sich selber fühlt, wenn man nicht geschlafen hat.«

Der Mann versucht, Mr. Norman auf einer Papierserviette eine Botschaft hinüberzuschieben. Er sagt: »Ich weiß nicht, worauf du hinauswillst.«

Matthew sagt: »Bären hingegen schlafen das halbe Jahr.«

Der Mann sagt: »Das stimmt.«

Die Bedienung sagt: »Mit Milch oder ohne?«

Curtis sagt: »Genau. Der Bär vergräbt sich im weichen Boden und hält während der Wintermonate seinen Winterschlaf. Dadurch ist er später, wenn er aufgewacht ist und gegen Haie kämpft, von seiner mentalen Verfassung her stärker und gut ausgeruht.«

Mrs. Norman sagt: »Von *ihrer* Verfassung.« Es ist schwierig, auf dem puddingweichen Polster orthopädisch richtig zu sitzen. Schwierig, aber nicht unmöglich.

Der Mann vom Nebentisch, der Signalgeber und Verfasser geheimer Serviettenkassiber, sagt: »Allmählich wird mir alles klar.«

Curtis lächelt und führt am Tisch einen kleinen Tanz auf.

Matthew sagt: »Moment mal, Thomas Edison brauchte überhaupt keinen Schlaf.«

Der Mann vom Nebentisch sagt: »Nun hör sich einer das an. Die Geschichte mit dem Pferdeschwanz und der Brille kannte ich ja, und natürlich auch die Sache mit dem Blitzableiter-Drachen, aber die Schlaflosigkeit ist neu.«

Ein niedliches rothaariges Mädchen schaut sehnsüchtig auf die Kuchenstücke in der Dessert-Theke. Ihr T-Shirt sagt: »Schon mal einen *Hai* im Zirkus gesehen?«

Mrs. Norman sagt: »Aber handelt es sich streng genommen noch um Schlaflosigkeit, wenn man gar keinen Schlaf braucht?«

Der Mann sagt: »Was meinen Sie mit streng genommen?«

Mr. Norman schaut aus den smogverschmierten Fernseher-Fenstern auf die Interstate, wo ein Trupp Wanderarbeiter soeben eine Reklametafel aufstellt, auf dem der gekreuzigte Jesus zu sehen ist. Allem Anschein nach beschäftigt Jesus einen Privattrainer. Die Farben sind sexy, die Komposition avantgardistisch. Jesus hat klasse Brustmuskeln, ein energisches Kinn und tief gebräunte Haut. Die Reklametafel sagt: »Jesus liebt die Wahrheit und verabscheut Müll.«

Die knisternde Lautsprecherdurchsage beschreibt das Baby als kahl und schmutzig. Bekleidet mit einem kleinen Overall. Abzuholen an der Kasse.

Die Bedienung sagt: »Schlaflosigkeit bedeutet mehr oder weniger, dass man zwar schlafen will, aber nicht kann.«

Der Mann sagt: »Aber man kann Hunger haben und trotzdem nichts essen, oder nicht?«

Die Bedienung sagt: »Ja, das kann man.«

Mr. Norman sagt: »Thomas Edison hat einmal gesagt: Hey, Watson, komm mal her, ich brauche dich.«

Mrs. Norman sagt: »Aber nein, Schatz, das verwechselst du mit Alexander Lloyd Webber.«

Matthew sagt: »Edison hat nie geschlafen und trotzdem die Elektrizität erfunden. Dieser Schlafmangel beweist eine gewisse Entschlossenheit und physische Stärke, wohingegen ein Winterschlaf eher auf eine gewisse Trägheit schließen lässt.«

Der Mann vom Nebentisch sagt: »Mir war klar, dass die Argumentation des Kleinen nicht ganz astrein war, obwohl ich nicht sagen konnte, worin die eigentliche Schwachstelle bestand.«

Das Serviettenkassiber sagt: »Du bist nicht allein. Es gibt noch andere wie dich. Wenn du die Augen offen hältst, wirst du uns finden.«

Die Bedienung sagt: »Wie wär's mit einer Bärentatze oder einem Browny-Bärchen?«

Curtis sagt: »Ein Bär hätte Thomas Edison zerfetzt.«

Das Baby sitzt zwischen Pfefferminz und Zahnstochern und schaut besorgt umher.

35.
Oliver Wendell Holmes gegen Sherlock Holmes

Watson war Frank Lloyd Wrights Assistent?

Wenn ich Watson wäre, würde ich Sherlock sagen, wenn er mich unbedingt braucht, soll er herkommen.

Wer würde den Kampf zwischen Oliver Wendell Holmes und Sherlock Holmes gewinnen?

Hätten beide denn einen normal großen Kopf?

Ja.

Und keine Hilfe von irgendwelchen Assistenten?

Nein.

Keine versteckten Waffen? Immerhin tragen beide diese langen fließenden Gewänder.

Nein.

Dann Sherlock.

Der Meinung bin ich nicht. Ich meine, Ollie würde diesem frei erfundenen Schnüffler schon heimleuchten.

Wem hat eigentlich Igor assistiert?

Wittgenstein.

Die meisten Leute halten Wittgenstein für das Monster, aber wenn man die Originalübersetzung liest, war Wittgenstein in Wirklichkeit der Doktor.

Und wie hieß das Monster.

Tonto heißt dumm.

Angeblich hatte auch Lindbergh einen Assistenten.

36.
Die erogene Zone des Hais

Mr. Norman hat erhebliche Empfangsstörungen, was sowohl das Gespräch am Tisch als auch den Fernseher über dem Tisch und das niedliche rothaarige Mädchen angeht (dessen T-Shirt-Rücken sagt: »Halt deine dicke fette Bären-Klappe!«), ja, er registriert nicht einmal die sexy-cleveren Reklametafeln hinter dem bildschirmförmigen Fenstern.

Mr. Norman denkt an Sex mit Haien. Aber nicht auf eine unanständige oder gar perverse Art, überhaupt nicht. In Mr. Normans Phantasie steht das zärtliche Liebesspiel im Vordergrund – rücksichtsvoll, sensibel, aquatisch. Er imaginiert die strapazierfähige, gummiartige Haut eines schuppenlosen Hais. Er stellt sich vor, wie es ist, die Flossen zu streicheln oder an den Kiemenschlitzen zu spielen, die er für die erogene Zone eines Hais hält. Warmes Salzwasser spielt an ihren Körpern.

Seetang, Korallen, spanische Galeonen, funkelnde Dublonen.

Der Hai streckt den Rücken, stöhnt durch rasiermesserscharfe Zähne. Das ist nicht schmutzig. Das ist echte, wundervolle Liebe, aber Mr. Norman weiß auch, dass niemand ihn verstehen wird.

Wie auch?

37.

www.lindberghschwindel.com

Gott zum Gruße, ihr Net-Nomaden und Ungläubigen. Ihr seid vielleicht des Suchens müde, denn euer Weg war steinig und arm an essbarem Wild, und der lohnenden Früchte gab es wenig in der wüsten Welt. Jetzt hungert euch nach dem herzhaften Mahl der Krieger. Das Dogma ist euch Plankton, ihr verlangt nach dem blutigen Fleisch der WAHRHEIT!

Schöpft neuen Mut, ihr habt, zumindest jetzt, den sicheren Hafen erreicht, die freundliche Herberge auf eurer Wanderschaft. Allein die Tatsache, dass ihr hier seid, zeigt: Ihr lasst euch nicht knebeln von den nichtswürdigen Nebelkerzen unserer Medienmaschine. Ihr schluckt keine offiziellen Sprüche, die schnöden Zuckerchen und ollen Kamellen, die uns unsere »Regierung« zum gefälligen Verzehr vorsetzt. Recht so. Ihr und euresgleichen zählt zu einer aussterbenden Rasse von Nomaden auf dieser wüsten Welt, und euch gebührt die allerhöchste Anerkennung.

Nun aber zum harten Brocken in der Buchstabensuppe der Wahrheit. Unten findet ihr eine Reihe unwiderlegbarer Tatsachen, von denen jede einzelne ausreicht, Zweifel an der Echtheit dieses so genannten »Alleinflugs« über den »Atlantik« zu wecken. Umso mehr in ihrer geballten Masse! Wahrlich, die unwiderlegbaren Tatsachen sind in der Lage, dieses Lügengebäude zu schleifen, auf dass kein Stein auf dem anderen bleibe.

FAKT IST: Die *Spirit of Enola Gay*, das »Flugzeug«, das »Lindbergh« 1927 angeblich benutzt hat, ist bei der amerikanischen Luftfahrtbehörde nirgendwo registriert. Es scheint geradeso, als habe dieser Flugapparat gar nicht existiert!

FAKT IST: Kürzlich freigegebene Aufnahmen von sowjetischen Spionagesatelliten enthüllen, dass »Lindbergh« eine Abkürzung genommen und den »Atlantik« in Wirklichkeit nie überflogen hat. Offenbar führte seine Route über Kanada und die Ostsee, und selbst auf dieser Strecke war er nicht der Erste.

FAKT IST: Im Jahr 1952 trat eine Holländerin an die Öffentlichkeit, die behauptete, mit an Bord der *Spirit of Enola Gay* gewesen zu sein, was zumindest auf den Aspekt des »Alleinflugs« einige Schatten wirft.

FAKT IST: Man kann in einem so kleinen Flugzeug überhaupt nicht ausreichend Treibstoff mitnehmen.

FAKT IST: Kurz bevor die ganze traurige Wahrheit über Lindberghs Transatlantikflug ans Licht zu kommen drohte, kam es »zufällig« zur »Entführung« des so genannten »Lindbergh-Babys«, was eine unabhängige Untersuchung der dubiosen Pioniertat durch entsprechende Nebelkerzen unmöglich machte.

Euch aber, ihr Net-Nomaden, wünsche ich eine gute Reise. Denkt immer daran: Auf dem steinigen Weg der wüsten Welt bedarf der Wanderer gehaltvollerer Kost als das Opium so genannter »Bären« und »Haie«, willfährige Werkzeuge in der Hand des Großkapitals, die nur darauf aus sind, uns vom Weg der WAHRHEIT abzubringen.

38.

Kleine Fische, große Fische

Der Mann vom Nebentisch begleitet die Normans hinaus zu ihrem Mehrzweck-Sport-Utility-Fahrzeug, das auf dem Parkplatz von *Tante Mae's uriger Interstate-Taverne* abgestellt ist.

Chopper sagen: »Brumm!«

Er sagt: »Hat mich echt gefreut, euch kennen zu lernen.«

Curtis sagt: »Gleichfalls.«

Der Mann sagt zu Mrs. Norman: »Sie haben eine nette Familie. Ihre Kinder sind sehr gescheit.

Mrs. Norman sagt: »Danke. In der Schule hält man sie zwar nur für Durchschnitt, aber ich habe schon immer geahnt, dass sie Talent haben.«

Mr. Norman schließt das Mehrzweck-Sport-Utiltiy-Fahrzeug auf und setzt sich auf den Fahrersitz. Er denkt noch immer darüber nach, wie es wäre, mit einem Hai zu schlafen. Er meint, dass ein guter Fernsehfilm für einen Kabelsender dabei herauskäme, so im Stil von *Sie kamen aus unterschiedlichen Welten*.

Der Mann sagt: »Angeblich ist der Computerhai bzw. -bär noch echter als in echt.«

Curtis sagt: »Stimmt, mehr lebensecht.«

Mr. Norman startet das Mehrzweck-Sport-Utiltiy-Fahrzeug. Er meint, man könnte es nennen: *Kleine Fische, große*

Fische. Oder etwas vergleichbar Cleveres. Vielleicht könnte das Haibaby mit einem anderen vertauscht werden. Oder vielleicht könnte eine Leihmutter das Haibaby austragen. Und sich später weigern, das Haibaby herauszurücken.

Mrs. Norman sagt: »Eigentlich sind sie genau so wie andere Bären und Haie, nur eben mehr.«

Matthew: »Außer in Teil 1.«

Und natürlich gäbe es eine Gerichtsszene. Anwälte würden vortragen, dass der Hai als Mutter ungeeignet sei. Zeugen würden vernommen. Es gäbe jede Menge Einsprüche. Euer Ehren, das gehört nicht zur Sache. Dieser stahlharte Typ, der in *Bear Beach* die Figur des Turk spielt, könnte den Richter spielen. Einigen Einsprüchen würde stattgegeben, andere würde abgewiesen.

Curtis sagt: »Das war menschliches Versagen.«

Matthew sagt: »Trotzdem.«

Der Mann sagt: »Angeblich haben sie es diesmal hingekriegt.«

Ein Polizist mit einem Elektroschockgerät zerrt einen halb nackten Mann aus dem Müllcontainer auf dem Parkplatz. Er (der Polizist) sagt: »An Ihrer Stelle würde ich nicht den Revolverhelden spielen, Mister.«

Mrs. Norman legt die Hand auf den Griff der Beifahrertür. Matthew und Curtis lehnen an dem Wagen. Der Mann vom Nebentisch verlagert sein Gewicht abwechselnd von einem Fuß auf den anderen.

Der Mann zuckt nervös und reibt seine Handflächen an der Hose.

Der Film ginge vermutlich traurig aus, aber nicht ohne eine positive Botschaft und einen Stich ins Bittersüße. Mr.

Norman überlegt, ob er nicht als künstlerischer Berater an dem Film mitwirken könne.

Mrs. Norman sagt: »Nun gut.«

Der Mann sagt: »Es war wirklich nett mit euch.«

Mrs. Norman sagt: »Kinder, wir müssen.«

Der Mann sagt: »Wir bleiben in Verbindung.«

Matthew und Curtis klettern in das Fahrzeug, legen Sicherheitsgurt und Kopfhörer an. Mrs. Norman sitzt auf dem Beifahrersitz, schließt die Autotür und lässt ihr Seitenfenster herunter. Sie sagt: »Passen Sie auf sich auf.«

Der Mann sagt: »Und danke für das Browny-Bärchen.« Er geht um den Wagen herum zur Fahrerseite und klopft an die Scheibe. Mr. Norman lässt die Seitenscheibe herunter. Der Mann sagt: »Und fahren Sie bloß vorsichtig.« Er (der Mann) steckt seine Hand in das Mehrzweck-Sport-Utility-Fahrzeug, und sobald Mr. Norman den Händedruck erwidert, fällt ihm ein Zettel in den Schoß.

Mr. Norman sagt: »Danke.«

Der Zettel sagt: »*Wir können dir helfen.*«

Mr. Norman steuert seinen Wagen vom Parkplatz herunter. Die Kinder und Mrs. Norman winken dem Mann zu, und der Mann winkt zurück.

Kläger, Strafantrag, inoffizielles Schuldeingeständnis.

Mrs. Norman sagt: »Der war aber nett.«

Mr. Norman sagt: »Ihr Zeuge, Steve.«

39.
Pseudo-Kontext

Okay. Sind Sie bereit?

Antwort: In seinem seit vielen Jahren nicht mehr aufgelegten Buch *Wir amüsieren uns zu Tode: Urteilsbildung im Zeitalter der Unterhaltungsindustrie* schrieb dieser verbiesterte Kulturkritiker: »Als Pseudokontext bezeichnet man eine Struktur, die einmal erfunden wurde, um völlig unwichtige Informationshäppchen zu etwas Sinnvollem aufzupusten. Doch weder führt ein solcher Pseudokontext zu irgendeiner Konsequenz noch lassen sich dadurch Problemlösungsmöglichkeiten aufzeigen. Letztes und einzig verbleibendes Ziel von Pseudokontexten, also von Informationen ohne den geringsten Bezug zu unserem wirklichen Leben, ist natürlich Unterhaltung.«

Frage: Wer ist Neil Postman.

40.

Bär gegen Hai Teil 1: Eine Insider-Geschichte

Ein Auszug aus *Nackt unter Haien: Meine zwei Jahre bei HardCorp* von Alex Reid, aufgeschrieben von Wendy Timlin.

Mir ist natürlich klar, dass sich die meisten Leuten nur noch an den Kopf des Bären erinnern. Ein Jammer, denn an diesem Abend in Los Angeles ist uns wahrhaftig ein Wunder gelungen, das die Welt veränderte. Von einem echten Kampf zwischen Bär und Hai hatten Menschen meiner Generation nicht einmal zu träumen gewagt. Schön, es hatte immer schon Hahnenkämpfe gegeben, aber ich spreche von Reality, einer genuinen, computernanimierten 3-D-Projektion. Ich spreche von Action so lebensnah, dass lebende Bären und Haie dagegen wie Witzfiguren aussehen.

Über viele Jahre war Bär gegen Hai reine Zukunftsmusik, und niemand rechnete ernsthaft damit, dass sich dies in absehbarer Zeit ändern könnte. Die Frage nach dem Ausgang des Kampfs war ebenso spekulativ wie die Frage: »Wie viele Engel passen auf einen Stecknadelkopf?« oder »Wie klingt eine einzelne klatschende Hand?« oder »Wer war der bessere Präsident, Martin Van Buren oder Howard Taft?« Dann der Durchbruch. Praktisch über Nacht waren wir den entscheidenden Schritt weitergekommen. Wir waren plötzlich in der Lage, ein Stück Zen in unsere Technologie zu integrieren – für ein Spektakel der Superlative, ein Event, ein Mega-Experiment, etwas, das Sie sehen und hören können, etwas, auf das Sie Geld wetten können. Es war die reine Magie. Es war Wissenschaft und Technik vom Feinsten, wie sich auf einmal Lösungen für unlösbar geglaubte Probleme abzeichneten.

Aber wir waren zu schnell, wir hatten uns zu weit vorgewagt. Wir waren wie besoffen von unserer eigenen Macht. Schon eine Woche vor der Show wusste ich, dass wir den Praxistest nicht bestehen würden, was ich auch meinem Vorgesetzten Mr. B. mitteilte. Mr. B. allerdings war der Ansicht, dass es nun kein Zurück mehr gebe, und ich glaube sogar, dass er damit Recht hatte. Keiner aus dem Team schlief mehr. In einer geheimen Untergrund-Arena in New Mexico fand die Kostümprobe statt und eine Simulation des Kampfs. Unsere Szenerie war vollkommen überzeugend und enthielt sowohl Strand- als auch Wald-Elemente. Und die Tiere sahen phantastisch aus. Die Zähne hätten etwas weißer sein können, aber der Gesamteindruck stimmte, und wir fühlten uns wie die Götter. Aber wir landeten ziemlich bald auf dem harten Boden der Tatsachen, als nämlich der Bär und der Hai partout nicht kämpfen wollten. Sie »verweigerten die Kampfhandlungen«, wie es in verschiedenen HardCorp-Akten später hieß. So lange wir auch warteten, es passierte einfach nichts. Es war geradeso, als nähmen sie sich gar nicht wahr. Nach drei Stunden verkleinerten wir das Set um die Hälfte, in der Hoffnung, auf diese Weise eine Begegnung zu erzwingen, aber mir kam es vor, als hätten die Tiere überhaupt kein Interesse an blutigen Auseinandersetzungen. Als der Bär irgendwann einschlief und der Hai lediglich nach einem Bühnenarbeiter schnappte, brachen wir das Ganze ab und starteten das Notprogramm.

Uns blieben noch sechs Tage bis zur Show. Wir zogen sämtliche Programmierer aus dem Van-Buren-gegen-Taft-Projekt ab und steckten sie zu Bär-gegen-Hai. Aber man darf nicht vergessen: Es handelte sich um Millionen von Programmzeilen, die darüber hinaus noch alle miteinander verkettet waren wie der Gordische Knoten. Wenn Sie davon auch nur eine einzige Zeile umschreiben, wirkt sich das auf alle anderen aus. Oder wie wir damals sagten: Änderst du die Katze, änderst du die Ratze. Schließlich brachten wir sie so weit, dass sie aufeinander losgingen, aber der Kopf des Bären war auf einmal nicht mehr derselbe. Der Kopf war, wie wir Programmierer sagen, »minimiert«, und zwar um ziemlich genau 40 Prozent minimiert. Ich weiß, dass sich viele Leute furchtbar darüber aufregten, aber um die Wahrheit zu sagen: Als es dunkel wurde und die Musik einsetzte, waren wir nicht einmal sicher, dass der Bär überhaupt einen Kopf haben würde oder ob der Hai nicht plötzlich ein Fell hatte und dergleichen.

Wir haben den Leuten ein Wunder geboten. Magie. Wir gaben ihnen vierzehn Sekunden, die sie nie vergessen werden, und ich persönlich stehe noch heute dazu.

41.

Ein weiser und wohlwollender Despot

Zurück auf der Interstate.

Das Armaturenbrett im Mehrzweck-Sport-Utility-Fahrzeug der Normans sagt: »Vergiss deine Sorgen, alles läuft super.«

Das Armaturenbrett sagt: »Überlass mir nur alles.«

Es (das preisgekrönte Spitzenmodell seiner Klasse) sagt: »Wehre dich nicht dagegen. Schau mich an. Schau mich an, lass dich fallen, wir alle werden ewig leben.«

Das Armaturenbrett toleriert weder Angst noch Zynismus oder irgendwelche Schwachheiten im Cockpit. Erlaubt es schlicht nicht. Sondern verwandelt negative Gefühle mit 100 Zauberaugen in aktive Sicherheit, dafür sorgen die Messeinrichtungen, Anzeigen, Displays. Das Armaturenbrett beruhigt bis zur zweiten Stelle hinterm Komma mit nie erlahmender Wachsamkeit und einem erschreckenden Willen zur Macht, dafür stehen die vielen Lichter, grell und sachlich, wo die Fahrsicherheit berührt ist, warm und seelenvoll, wo es um den Fahrkomfort geht.

Dieses Armaturenbrett ist menschenfreundliche Technologie, die perfekte Verbindung von harten Daten und softem, skandinavischem Design.

Dieses Armaturenbrett verändert deine Sicht auf Armaturenbretter. Dieses Armaturenbrett erhält von Verbraucherschutzorganisationen regelmäßig Bestnoten – als »vertrauenswürdigstes Armaturenbrett auf dem Markt«.

Das Armaturenbrett sagt: »Alles ist so, wie es sein sollte.« Und das Armaturenbrett *hat Recht.*

Die Anzeigen führen stumme, aber entschlossene Zweikämpfe (Tachometer gegen Tageskilometeranzeiger, Thermo gegen Tacho), überbieten sich ständig an Genauigkeit, denn hier wirken gesunde Marktkräfte. Jede Anzeige respektiert die andere, aber fürchtet sie nicht. Jede Anzeige ist glücklich über ihre Funktion und will das Beste daraus machen, im stolzen Bewusstsein ihrer gottgegebenen Fähigkeit.

Die Tankanzeige bestätigt, dass der dickbäuchige Tank sozusagen *annähernd optimal voll* ist. Die Öldruckanzeige versichert, dass der Öldruck bemerkenswert konstant ist. Die verschiedenen Thermometer sammeln Daten an drei verschiedenen Stellen: erstens, Außenseite des Fahrzeugs (heiße 36 Grad); zweitens, Innentemperatur (angenehme 23 Grad); drittens Motor. Aber auch da null Problemo, alles im königsblauen Bereich.

Das Armaturenbrett kennt den Weg nach Las Vegas.

Der Ladezustand der Batterie könnte nicht besser sein, die Scheinwerfer sind eingeschaltet, die Zeit: 15:38 (pazifische Zeit). Die Geschwindigkeit liegt bei 74 Meilen pro Stunde, der Allradantrieb ist abgeschaltet (kann aber jederzeit zugeschaltet werden), die Klimaanlage ist eingeschaltet (kann aber bei Bedarf jederzeit abgeschaltet werden).

Das orangefarbene Lämpchen dort bedeutet, dass die Reifen in nächster Zeit wohl nicht platzen werden.

Das Armaturenbrett weiß: 24 Gran sind ein Pennygewicht, drei Skrupel sind eine Drachme, 20 mal 24 Bogen sind ein Ries. Ein Hogshead sind zwei Fass, ein Verwaltungsbezirk sind 36 Quadratmeilen. Man muss schon ziemlich früh aufstehen, um gegen so ein Armaturenbrett zu gewinnen.

Das Autotelefon, die Navigationshilfe, der CD-Player, der Tempomat – alles funktioniert so diskret und geräuscharm wie ein erstklassiger Kellner oder Verkäufer. Diese Geräte bedrängen einen nicht, sind jedoch sogleich zur Stelle, wenn sie gebraucht werden.

Mrs. Norman sagt: »An diesem Wochenende werden wir erleben, wie Geschichte geschrieben wird.«

Mr. Norman entspannt sich. Er hält das Armaturenbrett für einen weisen und wohlwollenden Despoten. Natürlich muss man Opfer bringen, aber muss man, um jenen Idealzustand von Glück und Stabilität zu ereichen, nicht immer ein kleines bisschen Freiheit aufgeben?

Mit leicht schläfriger Stimme sagt Mr. Norman: »Geschichte?«

Mrs. Norman sagt: »Ein Erlebnis, an dem wir alle teilhaben. Etwas, das wir an unsere Kinder und Enkelkinder weitergeben können.«

Matthew sagt: »Nicht, dass die DVD nicht nächsten Monat herauskommt.«

Das Armaturenbrett sagt, dass sich die Waschflüssigkeit für die Scheibenwaschanlage ziemlich genau auf dem vom Hersteller empfohlenen Niveau befindet.

42.
Jüngste Umfragen

- Die Mehrheit der Amerikaner (52 Prozent) glaubt, dass der Hai gewinnen wird.
- Während eine überwältigende Mehrheit der Amerikaner (88 Prozent) weiß, welches Ereignis am 18. August in Las Vegas stattfinden wird, wissen gerade einmal 34 Prozent, gegen welches Land wir gerade Krieg führen.
- Fast zwei Drittel aller holländischen Kinder im Alter von zwei Jahren erkennen ein Bild mit einem Bären und einem Hai.
- Fast 70 Prozent der Amerikaner stimmen darin überein, das der Bär »lustiger und sympathischer rüberkommt« als der Hai.
- Die Sympathiewerte von HardCorp liegen derzeit um 71 Prozent, eine eindrucksvolle Erholung nach dem Allzeit-Tief von 18 Prozent zwei Jahre zuvor.
- Sechzig Prozent aller Amerikaner haben in den vergangenen sechs Monaten mindestens eine Packung Sea-n-Lea-Meat-Snacks gekauft.
- Fast die Hälfte der amerikanischen Bevölkerung (46 Prozent) hält Haie für Säugetiere.

- Achtunddreißig Prozent der Amerikaner waren der Meinung, der Bär und/oder der Hai gehörten zu den fünf wichtigsten Persönlichkeiten des Jahrzehnts.
- Die Hälfte der Amerikaner will sich den Endkampf per PayView anschauen.
- Zwei Prozent der Amerikaner haben schon einmal einen Hahnenkampf gesehen.
- Von den 45 Prozent der Amerikaner, die an die Evolution glauben, glauben 58 Prozent, der Mensch stamme direkt vom Bären ab.
- Befragt, wie sie reagieren würden, wenn sie einem Bären oder einem Hai begegneten, antworteten 36 Prozent, sie würden ihn abknallen. 33 Prozent gaben an, sie würden ihn einfangen. 22 Prozent würden ihn füttern. 8 Prozent sagten, sie würden ihn in Ruhe lassen oder weglaufen, während 1 Prozent gerne Sex mit ihm hätte.
- Achtundsechzig Prozent der Amerikaner wissen nicht, dass sowohl Bären als auch Haie auf der Roten Liste der vom Aussterben bedrohten Tierarten stehen.
- Vierzehn Prozent der Amerikaner sind der Ansicht, eine gute Körperhaltung trage nachhaltig zur Gesundheit bei.

43.
Ein Aufsatz, der nicht gewonnen hat

BÄR GEGEN HAI
DAS KLASSISCHE STRATEGIE-
UND UNTERHALTUNGSSPIEL
(von C.H. Bachelder)

Für 280 Millionen oder mehr Spieler.
Geeignet für Kinder ab 0 Jahren und für Erwachsene.

Das braucht man: Alle wichtigen Medien, Internet, ein überdachtes Stadion, Sponsoren aus der Industrie, der erste Verfassungszusatz, Patriotismus, Militärbasen, Arbeitslosigkeit, Hungerlöhne, eine selbstgefällige und politisch impotente Bevölkerung, Mord und Totschlag, Crack und Kokain, Mode und Fashion, standardisierte Testverfahren.

Spielvoraussetzungen: Gib jedem Spieler einen Fernseher, eine zweite Hypothek, einen Job, bei dem man langsam verblödet, immense Kreditkartenschulden und ein Set von Fastfood-Action-Figuren aus Plastik.

Das Spiel: Jeder Spieler schaut Fernsehen.

Ziel des Spiels: Einer sinnvollen Arbeit nachgehen und zwischenmenschliche Verbindungen knüpfen.

Und so gewinnt man: Ha!

44.
Ein konkretes Gefühl

Sind das alles Wunschnummernschilder auf der Interstate nach Las Vegas? Nummernschilder mit kryptischen kleinen Liebeserklärungen. Echt, irgendwann gewöhnt man sich so sehr an diese Kurzschrift, dass man sofort denkt: BR = BEAR, SHRK = Shark, LUV = Love, LMAA = Leck mich. So in der Art.

Mr. Norman sagt: »Vielleicht sollte ich im Büro anrufen.«

Mrs. Norman, die Mr. Norman früher an ungewöhnlichen Stellen berührte und nicht nur berührte, sondern seine Hand auch an ungewöhnliche Stellen ihres eigenen Körper geführt hat, von deren Existenz Mr. Norman zwar gehört hatte, klar, die ihm, Mr. Norman, jedoch bis zu jenem Moment beinahe irreal vorgekommen waren, so wie übrigens auch jetzt wieder, nach dem Zersetzungswerk vieler Jahre und der Fehlbarkeit seines eigenen Gedächtnisses, sodass diese Stellen genauso gut einer anderen Frau hätten gehören können, einer ehemaligen Freundin, einer Sekretärin in seinem Büro, oder, falls all dies überhaupt je geschehen war, im Fernsehen geschehen war, Mrs. Norman also sagt: »Warum?«

Mr. Norman sagt: »Was?«

Mrs. Norman sagt: »Warum solltest du im Büro anrufen?«

Mr. Norman sagt: »Ich hab's ihnen versprochen.«

Mrs. Norman sagt: »Dann aber schnell.«

Mr. Norman ruft im Büro an.

Hinten sagt Matthew: »Ich sagte ja, ein Hai ist eine Killermaschine.«

Hinten sagt Curtis: »Quatsch. Hast du schon einmal einen Bär gesehen, wenn das Wasser vor Lachs kocht?«

Ein Mann im Büro sagt: »Hallo?«

Mr. Norman sagt: »Hallo, hier ist Larry Norman.«

Der Mann sagt: »Hey, Larry.«

Mr. Norman sagt: »Ich wollte mich nur mal kurz melden.«

Der Mann sagt: »Danke. Und selbst?«

Mr. Norman sagt: »Alles okay.«

Hinten sagt Matthew: »Ein Hai ist perfekt ans Töten angepasst. Genau genommen hat er sich auch nicht in Millionen Jahren entwickelt, Gott hat ihn von Anfang an so geschaffen.«

Mrs. Norman auf dem Beifahrersitz sagt: »Was meinst du mit *genau genommen*?«

Im Vorwort sagt Aldous Huxley: »Aus heutiger Sicht scheint es durchaus möglich, dass diese Horrorvorstellung bereits im nächsten Jahrhundert Wirklichkeit wird.«

Mr. Norman sagt: »Wie läuft's denn bei euch so?«

Der Mann sagt: »Irgendein Schuldirektor aus Wichita hat dreißig Deko-Laptops für seinen Computerraum bestellt.«

Mr. Norman sagt: »Den Kids gefällt das bestimmt.«

Der Mann sagt: »Ruf doch morgen noch einmal an, zur selben Zeit.«

Mr. Norman sagt: »Gemacht.«

Der Mann sagt: »Hör mal, Larry, bevor du auflegst: Wie fühlt man sich eigentlich da draußen in Amerika?«

Mr. Norman sagt: »Keine Ahnung. Ziemlich gutes Gefühl, würde ich sagen.«

Der Mann sagt: »Yeah? Ist es ein konkretes Gefühl?«

Mr. Norman sagt: »Konkretes Gefühl?«

Der Mann sagt: »Yeah. Kannst du es fühlen?«

Mr. Norman sagt: »Ob ich das Gefühl fühlen kann?«

Der Mann sagt: »Yeah. Ist es so konkret, dass du es mit Händen greifen kannst?«

Mr. Norman sagt: »Ich denke schon. Es ist ziemlich konkret.«

Der Mann sagt: »Dachte ich mir.«

Hinten auf dem Rücksitz sagt eine Fernsehpersönlichkeit: »Nach jüngsten Umfragen glauben 72 von den 39 Prozent der Amerikaner, die wissen, wer Martin Van Buren war, dass er entweder ›besser‹ oder sogar ›viel besser‹ war als William Howard Taft.«

Hinten sagt Curtis: »Tafty Taft braucht dringend etwas PR.«

Der Mann im Büro sagt: »Bis dann, Larry.«

Hinten sagt Matthew: »Wenn das Wasser vor Lachs *kocht*?«

Mr. Norman auf der Fahrerseite weiß: »Ein kleiner Ruck am Steuer, und alles ist vorbei.«

45.

In der Kürze liegt... der Witz

Unser Angebot im EPICenter: Für jeden gekauften Epigraph (medium oder large) legen wir noch einen Gratis-Epigraph drauf (small, in englischer Sprache). Dieses Angebot gilt nur bei teilnehmenden Händlern.

EPICenter steht auch weiterhin für schnellen, zuverlässigen Service und bietet Ihnen neben Epigraphen eine reiche Auswahl an Epigrammen, Epitaphen, Epilogen, Epitheta, Episteln und weiteren Leckerbissen für den epikureischen Geschmack.

Wir wissen, Ihre karriereorientierte Leseumwelt ist geprägt von Hektik und Rastlosigkeit. Wir wissen, dass Freizeit heute ebenso ausgestorben ist wie die dazugehörige Freizeitmode oder der Blauwal. Wir wissen aber auch, dass jenes alte Sprichwort stimmt, das da lautet: In der Kürze liegt der ... Witz.

Unser geschultes EPIPersonal berät sie gern. Deshalb: EPICenter. Da kommt man zum Punkt.

46.
Von Highlight zu Highlight

Die amerikanische Familie fährt in ihrem amerikanischen Fahrzeug immer weiter über das amerikanische Interstate-Netz. Ihr Ziel: der Freistaat Las Vegas.

Es gibt fadenscheinige Himmel, fruchtlose Schmerzen.

Es gibt die Anmut in Fetzen.

Es gibt die Bernsteinwellen der Übelkeit.

Es gibt die königspurpurne Majestät der Reklamewände, unzählige Reklamewände, stell dir nur mal vor, was die ersten Siedler dachten, als sie solche Wunder zum ersten Mal zu Gesicht bekamen. Die Reklamewände sind groß genug, um, sagen wir mal, Zigaretten und einen Strand in einem Bild unterzubringen, und sexy genug, um zwischen beidem eine Verbindung herzustellen. Eine *starke* Verbindung. Diese Reklamewände vollbringen das Wunder und stiften unzählige Verbindungen. Rasierwasser und Macht etwa gehen eine natürliche und auch vernünftige Koalition ein, das Büro an der Ecke als telos für einen herbwürzigen Herrenduft. Mineralwasser in Flaschen ist Ausdruck eines ungebändigten Individualismus. Überbackene Käsehäppchen und Glück werden ununterscheidbar. Gewürzmischungen harmonieren mit einem glücklichen Familienleben auf eine Art, welche die alte Frage nahe legt, was eigentlich zuerst da gewesen ist, die Henne oder das Ei.

Ein leicht sonnengebleichtes Frühstücks-Würstchen, hysterisch vergrößert, damit man seine Struktur erkennen kann, macht sich vor einer Familie breit, deren Mitglieder sich augenscheinlich so toll finden, dass sie sofort zusammenziehen würden, wenn sie nicht schon verwandt wären, sagt: »Ich bin zu 80% aus echtem Fleisch!«

Ein Casino verspricht Fun für die ganze Familie.

Ein Politiker verspricht Spaß für die gesamte Familie.

Ein Laden namens *Gracious Native Americans*, wo man echten Indianertinnef kaufen kann, verspricht bequemes Bezahlen per Scheckkarte. Besuchen Sie uns in der Baracken-Mall am Straßenrand, Ausfahrt HIER.

Auf einer riesigen Digitaluhr läuft der Countdown: noch soundsoviele Tage, Stunden, Minuten, Sekunden, Sekundenbruchteile bis zu Bär gegen Hai Teil 2.

Curtis sagt: »Ich muss pinkeln wie ein *Renntier*.«

47.
Mini-Tod

Die Normans fahren an vielen Ausfahrten vorbei – und vielen Mini-Märkten. Mr. Norman quält der Verdacht, dass er an den besten Mini-Märkten immer vorbeifährt und ausgerechnet an dem einen Mini-Markt hält, dessen Angebot an Mais-Chips, individuell verpackten Sahneschnitten und Limo mehr als bescheiden ist. Nur: Von außen sind die guten Mini-Märkte von den schlechten kaum zu unterscheiden. Leider hält sich das Armaturenbrett mit entsprechenden Auskünften verdächtig zurück, und die Namen der einzelnen Mini-Märkte sagen ohnehin wenig. Nicht überall, wo *Quick* zu »Kwik« mutiert und *and* zu »n« zerhackt wird, erwartet den Kunden dieselbe Schnelligkeit, Bequemlichkeit, dieselbe reiche Auswahl. Mr. Norman hat zwar die Botschaft hinter solchen Stop-»n«-Shop-Ankündigungen verstanden, aber er glaubt sie nicht mehr.

Werden wenigstens die Mini-Märkte besser, je näher sie Las Vegas kommen? Steigert sich ihr Fun-Faktor? Ein interessanter Gedanke. Ich bin bloß nicht sicher, ob er zutrifft.

Und so folgt Mini-Markt auf Mini-Markt auf Mini-Markt. Wenn in demselben Tempo wie jetzt weiter neue Mini-Märkte entstehen, gibt es in zwanzig Jahren mehr Mini-Märkte als Menschen. Eine Nation der Stopper und Shopper, Tanker und Snacker. Es ist das Ende der Geographie, das Ende des Road-Romans. Versuch doch mal, auf US-Straßen eine Handlung voranzutreiben. Es geht nicht. Auch die Normans sind mittlerweile 302 Meilen gefahren (486 km). Man merkt es nicht, aber es ist die reine Wahrheit.

Das Mehrzweck-Sport-Utility-Fahrzeug benötigt frischen Kraftstoff, und Matthew oder Curtis, einer von den beiden da hinten, muss pinkeln, doch welchen Mini-Markt wählt man da? Entscheidet man sich für einen, schließt man alle anderen aus. Es fühlt sich an, als hätte man etwas verloren, es fühlt sich an wie ein Mini-Tod. Robert Frost, ein Dichter aus Neuengland, hat darüber in einem seiner bekannteren Gedichte auch schon nachgedacht.

Mr. Norman entscheidet sich für eine Gas-n-Dash-Tankstelle und dort für die Tankstation 16. Während Mrs. Norman und die Jungs auf die Toilette gehen, lässt Mr. Norman frischen Kraftstoff in sein Fahrzeug laufen und putzt die Windschutzscheibe.

Ein Mann an Tankstation 22 sagt zu Mr. Norman: »Und Sie? Wo fahren Sie hin?«

Mr. Norman sagt: »Was?«

Der Mann sagt: »Wo Sie hinfahren?«

Mr. Norman sagt: »Las Vegas.«

Ein Plakat mit dem Bild eines kleinen Mädchens sagt: »Wer hat mich gesehen?«

Der Mann sagt: »Aha, Sie fahren zu der großen Show?«

Mr. Norman sagt: »Was?«

Der Mann sagt: »Fahren Sie zum Finalkampf von Bär gegen Hai?« Er sagt tatsächlich Finalkampf. In unserer schnelllebigen Zeit, denkt Mr. Norman, sagt eigentlich niemand mehr Finalkampf. Keine Zeit. Deswegen hält Mr. Norman den Mann kurzzeitig für einen Ausländer, obwohl er Amerikanisch spricht.

Mr. Norman, misstrauisch geworden, sagt: »Ja.«

Der Mann an Tankstation 22 sagt: »Dann sind Sie gewiss aufgeregt.«

Mr. Norman sagt: »Ich denke schon.«

Der Mann sagt: »Die meisten Leute, die nach Las Vegas fahren, sind verdammt aufgeregt.«

Mr. Norman sagt: »Auch ich bin verdammt aufgeregt. Es ist mit Händen zu greifen.«

Zwischen den Autos stehen die Benzinpfützen. Sie schillern in allen Regenbogenfarben. Ein handgemaltes Schild sagt: »Nach Einbruch der Dunkelheit bitte Vorkasse.«

Der Mann sagt: »Ich habe gestern den Vorkampf im Fernsehen gesehen, und der Bär war in Topform. Drahtig, schnell und stark. Das Fell hatte richtigen Striegelschiller.«

Mr. Norman sagt: »Striegelschiller?«

Der Mann sagt: »Glanz. Schimmer.«

Mr. Norman sagt: »Oh.«

In einer nahe gelegenen Fabrik, die Speicherchips und Schaltsysteme produziert, sagt ein leitender Angestellter: »Wir müssen sechshundert von euch freistellen.«

Der Mann von Station 22 verlässt seine Tankinsel und geht auf Mr. Norman zu. Seine Augen sind hell, klar und nehmen seine Umgebung scharf in den Blick. Ganz ruhig sagt er: »Hör mal, du kannst auch anders leben.«

Mr. Norman sagt: »Was?«

Der verdächtige Mann sagt: »Ich war auch mal so wie du. Hab in einem Büro gearbeitet. Dauernd nur gequatscht, konnte gar nicht mehr aufhören. Hatte ESP-TV, downgeloadete Uplinks, Wunsch-Nummernschild, eine Frau, von der ich irgendwann nicht einmal mehr wusste, wie sie hieß, das volle Programm, die vollen fünf Yards. Bis eines Tages.«

Mr. Norman sagt: »Die vollen *neun* Yards.«

Der Mann sagt: »Was?«

Mr. Norman sagt: »Es heißt die vollen neun Yards. Sie sagten fünf.«

Der Mann von Station 22 sagt: »Die Maßangabe ist unmaßgeblich.«

Mr. Normans sagt: »Aber fünf Yards sind eben nicht voll.«

Der Mann sagt: »Sag ich ja.«

Mr. Norman sagt: »Wo kommt der Ausdruck Ihrer Meinung nach her? Football?«

Der Mann sagt: »Fünf Yards, neun Yards, was spielt das für eine Rolle? Der Punkt ist.«

Mr. Norman sagt: »Oder aus der Textilindustrie?«

Der Mann sagt: »Glaub mir, du kannst auch anders leben als jetzt, besser. Und du bist nicht allein, es gibt noch mehr Leute wie uns. Aber schmeiß deinen Fernseher raus.«

Mr. Norman sagt: »Wollen Sie mir etwas verkaufen? Ich habe schon einen guten Fernseher. Mehrere sogar.«

Mrs. Norman und die Kinder, beladen mit hübschen, leckeren Ess-Sachen, kommen über den Parkplatz auf den Wagen zu.

Mr. Norman sagt: »Ich muss jetzt gehen.«

Der Mann sagt: »Denk darüber nach, was ich gesagt habe.«

Ariel Dorfman sagt: »Wir haben Schilde, die man auch als Spiegel verwenden kann.«

Der Mann sagt: »Wir haben nicht viel, aber wir sind wach.«

Zusammen mit Frau und den Kindern Matthew und diesem anderen, dem jüngeren, steigt Mr. Norman in sein Auto.

Ein Schild sagt: »Behinderte Personen, die Lose kaufen wollen, bitte hupen.«

Mrs. Norman sagt: »Dieser Typ von Tankstation 22 hatte genau die Körperhaltung, von der man immer liest.«

Mr. Norman sagt: »Aber seine Augen waren so komisch.«

48.
Wie ein Rennpferd

Wie kommt es eigentlich, dass Rennpferde immer so dringend müssen?

Die Frage ist, wie pinkeln Rennpferde überhaupt?

Ich meine, warum sollte ein Rennpferd mehr pinkeln als, sagen wir, ein gewöhnlicher Ackergaul oder ein Pferd aus der Marlboro-Werbung?

Sie tun es im Stehen, nicht?

Rennen sie so schnell, weil sie so dringend müssen, oder ist die schnelle Gangart die Ursache für ihren Harndrang?

Ich glaube nicht, dass sie sich dabei hinhocken.

Beides ist möglich.

Jedenfalls heben sie nicht das Bein. Ich glaube, sie lassen es einfach laufen.

Na ja, kommt drauf an, was für ein Pferd du meinst.

Ich dachte, wir hätten das Thema bereits auf Rennpferde eingegrenzt.

Also es gibt Hengste, Stuten, Traber und Deckhengste und Fohlen, alle pinkeln verschieden.

Was ist mit einem Palomino?

Verschieden.

Seitpferd?

Verschieden.

Aber das ist ein Wallach.

Genauso wie der Earl Grey.

Entscheidend ist allemal der Widerrist.

Fessel, Kruppe, Hose, Sprunggelenk.

Röhrbein, Fesselgelenk, Maul.

Der Maulkorb ist eine Erfindung der Spanier.

Hufe statt Füße.

Aber festhalten musst du dich schon. Mein Freund Billy wurde mal abgeworfen und hat sich dabei das Röhrbein gebrochen.

49.

Prinzessin Adelaides wertes Befinden

Im Studio begrüße ich jetzt… hör mal, Mitch, hast du auch den Eindruck, dass wir dauernd Leute begrüßen?

O ja. Grüßen, grüßen, grüßen. Ich komme mir vor wie ein verdammter Grußonkel.

Ob die Leute vor, sagen wir, 1950 auch gesagt haben: Im Studio begrüße ich…

Lächerlich.

Ich begrüße im Studio: Mr. Sowieso. Im vergangenen Sommer begrüßte Sie an dieser Stelle…

Genau das ist unsere Aufgabe. Wir begrüßen Leute. Leute begrüßen uns.

Wir begrüßen Sie als unser neues Mitglied. Begrüßen Sie jetzt und sparen Sie später.

Und freuen Sie sich auf unseren Begrüßungs-Cocktail.

Begrüßen Sie ihr Schicksal.

Grußhand, Grußfuß. Grußwort, Grußadresse, Grußkarte. Logisch.

Das Wort *grüßen* klingt nach einer Weile richtig komisch, ähnlich wie *Schüssel.*

Grüßen. Grüßen. Grüßen.

Schüssel. Schüssel.

Okay, begrüßen Sie mit uns *hier* im Studio *über* Satellit *direkt* aus London… Hey, Mitch –

Ich hab schon verstanden, du brauchst es nicht noch einmal zu sagen.

Früher war das mal anders. Die Begrüßung war an den Begrüßten gerichtet und noch keine Identifikationsformel für einen Dritten.

Und nicht zu vergessen, Barbara: Sie war noch gebunden an Zeit und Raum. Aber, wir selbst *hier* im Studio *über* Satellit *direkt* aus der Mondumlaufbahn, haben schon den früheren Präsidenten Martin Van Buren in seiner Raumkapsel begrüßt.

Ich weiß.

Das Wort begrüßen hat einen grundlegenden Bedeutungswandel erfahren. Begrüßen ist hip. Im Gegensatz zu anderen Verben. Denk nur an die vielen, vielen Verben, die auf dem Müllhaufen der Geschichte gelandet und nur noch für verkalkte Professoren interessant sind.

Mir fällt keins ein.

Siehst du? Genau mein Punkt.

Wir haben eine ganze Technologie rund um das Begrüßen entwickelt. Denk an all die Netzwerke, denk an den Bankautomaten an der Ecke. Computer begrüßen sich ständig. Hallo und willkommen. Aber jetzt rück deine Datenpakete heraus. Für den unsichtbaren Dritten.

Doch vielleicht beträfen die ersten Meldungen, die in das große amerikanische Schlappohr sickerten, lediglich das Befinden von Prinzessin Adelaide, die mit Keuchhusten darniederliegt.

Hey, ich sehe, er hat seinen Thoreau wohl studiert.

Aber sicher, Barbara. Immerhin werden wir ihn in der kommenden Woche hier bei uns im Studio begrüßen.

50.
Akkordischer Knoten

Zurück ins Mehrzweck-Sport-Utility-Fahrzeug, das mittlerweile wieder seine normale Reisegeschwindigkeit erreicht hat. Jetzt ist Familienzeit angesagt. Nr. Norman hört seinen Anrufbeantworter ab, während Mrs. Norman im Internet Schulsachen für die Jungs bestellt. Matthew spielt *Bear Killer*, und der andere, der Jüngere, hört etwas auf seinem Kopfhörer, spielt *Deep Sea Gore III* und kauft im E-Shop etwas Nettes für seine Perle daheim.

Matthew sagt: »Hey, was ist eigentlich ein korsischer Knoten?«

Mrs. Norman sagt: »Ich glaube, du meinst Gordischer Knoten.«

Curtis, der wegen der Kopfhörer lauter spricht als gewöhnlich, sagt: »Ich dachte immer, es heißt akkordischer Knoten.«

Bear Killer sagt: »Ich zerschmettere dich!«

Matthew sagt: »Das macht keinen Sinn.«

Curtis sagt: »Das tut ein akkordischer Knoten auch nicht, Arschgesicht.«

Mrs. Norman sagt: »Curtis, nenn Gordon nicht Arschgesicht.«

Matthew sagt: »Ich heiße Matthew.«

Mrs. Norman sagt: »Zwar seid ihr beide im Irrtum, dennoch enthält sowohl deine, Matthew, als auch deine, Curtis, Äußerung einen Rest von – und zwar ganz individuellem – Sinn.«

Deep Sea Gore III sagt: »Mein Femur ist zerschmettert, Hank.«

Curtis sagt: »Der akkordische Knoten war im Kern ein Knoten, mit dem phrygische Bären gefesselt wurden, aber die Bären zerschmetterten den Knoten mit ihrem singenden Schwert.«

Die erste Etappe nähert sich ihrem Ende.

Matthew sagt: »Aber wie macht der akkordische Knoten, der falsch ist, Sinn und der korsische Knoten nicht?«

Sie (der Anrufbeantworter) sagt: »Sie haben zurzeit vierzehn neue Nachrichten.« Ihre Stimme klingt rauchig, aber zurückhaltend. Wow!

Mr. Norman fühlt sich erschöpft, aber da ist noch etwas anderes.

Immer noch lauter als gewöhnlich sagt Curtis: »Bei den Bären-Pionieren haben wir Hakenschlag, Trossenstek und Slipschlaufe gelernt.

Übelkeit, sicher, das auch, und leicht schwindlig ist ihm. Aufgedunsen von zu viel Natrium, überflüssig zu sagen. Desorientiert, taub.

Mrs. Norman sagt: »Aber erst bei den Pfadfindern bekommt ihr Bären zu fesseln.«

Sie (der Anrufbeantworter) sagt: »Um die erste Nachricht abzuhören, drücken Sie die 1.« So selbstlos, wie sie da zu Hause sitzt und Anrufe entgegennimmt, während sich die Familie auf großer Fahrt befindet.

Aber da ist noch etwas anderes. In ihm. Etwas anderes neben Herzstolpern, Sodbrennen und Völlegefühl.

Matthew sagt: »Einen Bären kannst du schon mit einem verdammten Achterknoten fesseln.«

Der Anrufbeantworter sagt: »Wenn Sie diese Nachricht speichern wollen, drücken Sie die 2.« Die Stimme ist wirklich bemerkenswert. Schwer zu sagen, wie weit ihre sexuellen Erfahrungen reichen.

Er (Mr. Norman) kommt nicht zur Ruhe, er fühlt sich unruhig. Obwohl, unruhig ist das falsche Wort.

Curtis sagt: »Yeah, das haben die Phryger auch gedacht, und dann mussten sie die Klinge des Bären schmecken.«

Sie sagt: »Ooh, drück die 2 *noch* einmal.«

Einsam.

51.
Aufsatzthemen

1. Ein ebenso obskurer wie fanatischer Medienkritiker schrieb einmal: »In Amerika wird uns keine Gelegenheit der Unterhaltung vorenthalten.« Schildere eine Gelegenheit, in der dir dieses Grundrecht vorenthalten wurde. Was hast du dabei empfunden?

2. Erläutere die Bedeutung des Reisemotivs im Literaturkanon der Westlichen Welt (LWW). Wie verfährt der Autor mit diesem Motiv (positiv und/oder negativ) in seinem Werk? Was empfindest du dabei?

3. Führe eine Umfrage in deiner Familie und im Internet durch. Warum und warum nicht? Erläutere. Diskutiere. Vergleiche und stelle gegenüber. Bitte ausreichenden Rand lassen. Bitte keine Täuschungsversuche. Enttäusche uns nicht. Maßgebend sind in jedem Fall die Maßgaben der Princeton Review. Vergiss nicht: Sowohl im französischen Krieg als auch in den Indianerkriegen kämpften Franzosen und Indianer Seite an Seite. Was empfindest du heute dabei?

4. Inwiefern ist die Verwendung des Präsens symptomatisch für die Vernichtung von Erinnerung, Geschichte und kritischer Reflexion, und welche Perspektiven ergeben sich daraus für die Zukunft?

5. Stell dir einen Kampf zwischen einem Bären und einem Hai vor. Wer von beiden wird deiner Meinung nach diesen Kampf für sich entscheiden? Begründe deine Meinung.

6. Schreib über eine Zeit, in der dich der Konsum von Kulturgut lediglich schwach, passiv, devot, schwindlig, entfremdet, isoliert, klein, markentreu, blöde, willfährig, leichtgläubig, zynisch, politisch impotent und fühllos gemacht hat. Was hast du dabei empfunden?

7. Italo Calvino schrieb einmal: »An der Satire schätze ich nicht so sehr ihre Nähe zur Komödie, sondern die Tatsache, dass sie immer beides enthält: Spott *und* Moral. Wer den Moralisten spielt, hält sich für anständiger als die anderen, der Spötter hält sich für schlauer. Die Satire hingegen schließt die Frage nach der Wahrheit ebenso aus wie ein ernsthaftes Anliegen.« Du lieber Himmel. Na gut. (a) Findest du, das Buch kocht nur so vor Spott und Moral. (b) Glaubst du, der Autor hält sich für anständiger oder schlauer als du? (c) Was empfindest du dabei? (d) Was, glaubst du, empfindet der Autor dabei, wenn er nachts in seinem Bett liegt? (e) Glaubst du nicht auch, dass der Autor, nachts in seinem Bett, nicht lieber ein ernsthafteres Buch geschrieben hätte, möglicherweise ein Buch mit einem *Anliegen*? (f) Mit tiefen Einsichten in die menschliche Natur? (g) Hast du nicht auch den Eindruck, der Autor versteckt seinen Schmerz hinter Lagen von dummen Scherzen, von denen dieses Kapitel auch nur ein weiterer ist. (h) Oder auch das Wort *kochen*? (i) Oder jede verdammte Figur in diesem Buch, ein Scherz? (j) Hat Barthelme den Trick mit dem Quiz nicht schon 1965 oder so gebracht? (k) Würdest du dem

Autor glauben, dass es ihm ehrlich Leid tut? (l) Leid unter all den ironischen Verkrustungen? (m) Dass er ganz traurig ist darüber und dass er die ganze Sache zutiefst bedauert? (n) Und bei allem Respekt für Mr. Calvino, glaubst du nicht auch, dass zur Satire nicht noch ein weiteres Element gehört, nämlich die als schmerzlich empfundene Vermutung des Satirikers, dass es um die Dinge besser bestellt sein könnte, als es gegenwärtig der Fall ist? (o) Und das sogar viel besser? (p) Denn weswegen sonst legt er den Finger in die Wunde und macht sich noch darüber lustig? (q) Sind Satiriker vielleicht nur sentimentale Sensibelchen, die sich die Welt als einen etwas freundlicheren Ort wünschen, und nicht nur das, die sogar irgendwie meinen, dass er ein freundlicher Ort sein *könnte*, was ja geradezu die Tragik an dem Ganzen ist, dass die Welt eben so ein grausamer und verblödeter Ort ist? (r) Könntest du dir vorstellen, den Autor in seinem kleinen Apartment zu besuchen, vielleicht auf einen Kaffee und vorausgesetzt, er macht nicht so ein Riesentheater um sich und seine Meinung von der Welt? (s) Muss auch nicht lang sein, so für eine Dreiviertelstunde etwa, was meinst du? (t) Und wenn er sich darüber hinaus für die Bärenporno-Geschichte entschuldigt? (u) Wäre das nicht unter Umständen eine nette Geste und eine sinnvolle Sache? Bitte erläutere deine Meinung hierzu.

52.

www.dernacktebaer.com

Klicken Sie hier für die weltgeilste Bären-Porno-Seite. Mit Hunderten von heißen, superfeuchten Bärenschlampen, von denen Sie schon immer geträumt haben.

Auf Sie warten Bären-Sandwichs, Bären-Muschis, Dessous-Bärchen, Leder-Bären, Bär mit Bär, zwei Girls mit Bär, Teeny-Bären, erfahrene Zirkusbär-Nutten, die nie genug kriegen, dicke Big-Mama-Bären mit acht Titten, Schulmädchen-Bären, devote französische Bärenzofen, die gerne schlucken, SM-Bären, Dildo-Bären, Bärenkinder, Hundestellungs-Bären, rollige Bären, Riesenschwanz-Bären, schlafende Bären und vieles, vieles mehr.

Gerne akzeptieren wir Ihre Visa- oder Mastercard. Nicht geeignet für Jugendliche unter 12 Jahren.

53.
Plugged Inn

Das Hotel der Normans liegt etwas abseits des Interstate. Es gehört zur neuen Plugged-Inn-Kette und bietet seinen Gästen, zumindest in den höherpreisigen Zimmern, jeweils zwei Fernseher, Internetanschluss sowie viele weitere virtuelle Annehmlichkeiten, dazu einen echt realen Swimmingpool.

Die Philosophie des Hauses lässt sich mit den Worten zusammenfassen: *Stilvoll mit der Welt verbunden*. Das ist so wie Arbeit und Freizeit in einem, also fast so wie zu Hause, nur eben nicht zu Hause, sondern irgendwo in einem Hotel. Die Philosophie dahinter ist, dass man keine einzige, ich betone, keine *einzige* Krimiserie oder Videokonferenz oder Erotik-Plauderei im Chatroom mehr verpasst, nur weil man gerade Hunderte von Meilen von zu Hause weg ist. Denn das Plugged Inn ist fast wie das eigene Zuhause, nur eben viel kleiner und viel teurer.

Mr. Norman, herrje, wie war die Fahrt doch lang, sagt: »Was?«

Mrs. Norman startet ihren Computer neu.

Während Curtis seine PIGs (Persönliche Interessensgebiete) programmiert.

Mr. Norman sagt: »Was haltet ihr davon, schwimmen zu gehen?«

Die ganze Norman-Familie (außer Mr. Norman) starrt

auf Mr. Norman, sechs Augen richten sich auf den Mann, der das Wort *schwimmen* in den Mund genommen hat. Mrs. Norman wirft ihm sogar diesen fassungslosen Sitcom-Blick zu, wo man den anderen ansieht, dann kurz wegschaut, als hätte man sich verhört, und dann wieder ansieht. *Schwimmen? Schwimmen?* Wiederholt das Ganze sogar, was aber, weil zu gekünstelt, weitgehend seine Wirkung verfehlt – was sie auch weiß.

Sie (Mrs. Norman) sagt: »Zum Kuckuck.«

Curtis' PIGs sind: Kampfsport, Extrem-Wertpapiere, Australischer Football, Heimtextilien, die Holländer.

Mr. Norman sagt: »Ach komm, Schatz, ein Sprung ins kühle Nass ...« Dabei sieht er sie, na ja, irgendwie komisch an. Zwinkert ihr zu, als er sagt: »Es ist gar niemand im Becken.«

Mrs. Norman sagt: »Was?«

Mr. Norman sagt: »Nicht mal ein Bademeister.«

Mrs. Norman sagt: »Aber ich möchte im Internet nachsehen, wohin wir heute gefahren sind.« Sie loggt sich am Nachttisch-Anschluss ein.

Matthew sieht sich eine Fernsehshow an, in der eine Teilnehmerin mit verbundenen Augen unter verschiedenen Objekten ihren Ehemann herausfinden muss.

Draußen vor dem echten Fenster geht mit einem chemischen Farbenspiel die Sonne unter.

Curtis' Bild: Cooler Einspieler von Wackelkamera. Thema: Gardinen preiswert selbst genäht.

Bild in Bild: ein professionell auf Wackelkamera getrimmter Einspieler von einem Deich.

Eine Frau in Matthews Fernseher sagt: »Das ist aber jetzt mein Paul, ich weiß es.«

Mr. Norman verstümmelt seine Badehose mit einer in seiner Armbanduhr integrierten Schere.

Dent Trilling, der Quizmaster in Matthews Fernsehen, sagt: »Oh, tut mir Leid, Mrs. Tanner, aber das ist nicht Ihr Mann, sondern, ob Sie's glauben oder nicht: ein Chinchilla.«

Mrs. Norman starrt auf den Monitor neben ihrem Bett und checkt den Reiseverlauf. Sie sagt: »Kein Wunder, dass es so viel Spaß gemacht hat.«

Mr. Norman studiert sein Augenzwinkern im Spiegel. Leise sagt er zu seiner Frau: »Ich gehe schon mal ins Wasser. Ich seh dich in ein paar Minuten, du heiße Sexmaus.«

Dem Sitcom-Blick von Mrs. Norman fehlt dagegen das gewisse Etwas.

Curtis' Fernsehen sagt: »Die Blue Chips gehen ab.«

Matthews Fernsehen sagt: »Bis zur nächsten Woche, wenn es wieder heißt... [und an dieser Stelle fällt das Studiopublikum mit ein]... *WAS... SICH... LIEBT... DAS... KENNT... SICH!*«

Hinter der Bühne sagt Paul Tanner zu seiner weinenden Frau: »Verrat mir verdammt noch mal, wie du mich mit einem kleinen südamerikanischen Nagetier verwechseln konntest, das hauptsächlich wegen seines silbergrauen Pelzes gezüchtet wird.«

54.
Non Sequitur

Eine Fernsehpersönlichkeit sagt: Okay, wir haben noch dreißig Sekunden. Erzählen Sie uns von Ihrem neuen, im Selbstverlag erschienenen Buch.

Der Autor des neuen, im Selbstverlag erschienenen Buches sagt: Mein Hauptanliegen, Carol, war darzustellen, dass unsere Informationsgesellschaft die Bedeutung mangelnder Logik, des so genannten *Non Sequitur*, nicht mehr zu erfassen vermag. Mit andere Worten, wir erwarten schon nicht mehr, dass sich aus bestimmten Ursachen bestimmte Folgen ergeben. Oder wir meinen die Ursachen für bestimmte Folgen zu erkennen, wenn sie in Wahrheit auf ganz andere Ursachen zurückgehen.

Die Fernsehpersönlichkeit sagt: »Ich fürchte, ich kann Ihnen nicht ganz folgen.«

Der Autor des neuen, im Selbstverlag erschienenen Buches sagt: Der logische Bruch, das eigentliche Non Sequitur, ist gewissermaßen zur logischen Brücke geworden.

Die Fernsehpersönlichkeit sagt: Das mit dem Sequitur haben Sie schön gesagt.

Der Regisseur der Sendung sagt: Noch fünf Sekunden.

Der Producer der Sendung sagt: Erinnere mich dran, das ich nie wieder einen Autor in meiner Sendung haben will.

Roland Barthes (Autor der *Mythen des Alltags*) sagt: Tatsächlich ist nichts vor dem Mythos sicher.

Der Autor des neuen, im Selbstverlag erschienenen Buches sagt: Wenn sich eine Tatsache aus einer anderen ergibt, es aber auf uns nicht mehr so wirkt, als ergebe sie sich daraus, dann deshalb, weil wir nicht erwarten, dass sich die eine Tatsache aus der anderen ergibt. Wenn sich hingegen aus der einen Tatsache keine andere Tatsache ergibt, es aber so aussieht, als ergebe sie sich daraus, dann deshalb, weil wir es nicht erwarten.

Das ist ein schönes Schlusswort.

Die Fernsehwerbung sagt: Wenn Sie Lungenkrebs haben, gehen Sie ja auch zu einem Spezialisten und nicht zum Hausarzt an der Ecke. Hier bei Green Paint ist es dasselbe. Wir machen nicht nur irgendwelche Grüns, wir machen überhaupt nur Grün. Grün ist unser Job. Egal, was Sie suchen, ob Minz- oder Wald-, Erbsen- oder Tannen-, Salbei- oder Gelbgrün, kommen Sie zu Green Paint, seit über zwanzig Jahren die Spezialisten für Grün. Übrigens, wir färben selbstverständlich auch Ihren Rasen.

55.
Patentierter Antischubber-Einsatz

Im dunklen, heftig gechlorten Pool des Plugged Inn reibt sich Mr. Norman an der bibbernden Mrs. Norman.

Durch klappernde Zähne sagt Mrs. Norman: »Frischer Mintgeschmack.«

Alles läuft gut.

Das Fernsehen am Beckenrand sagt: »Verstopfung als Folge von Durchfallmedikamenten wünscht sich niemand.«

Mr. Norman ergreift die Hand von Mrs. Norman und legt sie auf seinen, na gut, Penis, der durch ein Loch, das er in seine Badehose geschnitten hat, in die Chlorbrühe hinausragt. Im Wasser bewegt sich seine Erektion wie eine Luftschlange, wellt sich und pulsiert. Verlangen in der Lichtbrechung.

Mrs. Norman schnappt nach Luft.

Mr. Norman lässt die Hüfte kreisen, zwinkert ihr aus einem Auge zu, das rot vom Fahren und von den Chemikalien im Wasser ist. Sein nasses Haar steht komisch ab.

Mrs. Norman sagt: »Aber, Larry!«

Mr. Norman sagt: »Ich habe so etwas mal im Fernsehen gesehen.«

Mrs. Norman sagt: »Ich auch. Es war eine interessante Sendung über Sex im Gefängnis.«

Mr. Norman sagt: »Häftlinge sind auch Menschen.«

Er küsst Mrs. Norman auf den Hals. Er leckt sie, schmeckt Urin und Chlor. Wer würde einen Kampf zwischen Schmutzig und Sauber gewinnen?

Eine tote Heuschrecke treibt vorbei.

Mrs. Norman sagt: »Larry, ich habe diese Badehose bei Griffith's gekauft. Sie ist sportlich, aber auch bequem und langlebig, und das bis 100 Meter Tiefe. Schnell trocknend aufgrund des speziellen patentierten Antischubber-Einsatzes.«

Mr. Norman schaut in das dunkle Wasser auf seine patentierte Badehose und sein schimmerndes Flagellum.

Mrs. Norman sagt: »Du hast deine Hose aufgeschnitten.«

Mr. Norman sagt: »Dann kaufen wir eben eine neue.« Unter Wasser grabscht er nach Mrs. Norman.

Ein Schild am Beckenrand sagt: »Wir wünschen uns, dass Sie Ihren Aufenthalt in unserem Hotel genießen und dass sie nicht ins Wasser pinkeln.«

Mrs. Norman sagt: »Aber das können wir nicht. Ich habe sie bei einem Räumungsverkauf gekauft. Sechzig Prozent Rabatt.«

Ein Fernseher auf einem Balkon im dritten Stock sagt: »Jede Menge Nebenhöhlenschleim.«

Ineinander verhakt und etwas umständlich strampeln und schaukeln die Normans im Wasser.

Mrs. Norman sagt: »Autsch!«

Mr. Norman sagt: »Das ist ja ganz schön, aber ich will mehr.«

Mrs. Norman sagt: »Nicht hier.«

Mr. Norman sagt: »Aber was ist mit den Kindern? Machst du dir keine Sorgen?«

Mrs. Norman sagt: »Doch. Jeden Tag meines Lebens.«

56.
Haibauch

Schon mal gesehen, was so alles in einem Haibauch drin ist, so im Fernsehen oder so?
Wer hat das nicht?
Wenn sie den Hai aufschneiden und so?
Klar, ist doch nichts Besonderes. Archivmaterial.
Jede Menge Abfall und Strandgut.
So ein Haibauch ist eine verdammte Müllhalde.
Autoreifen, Ölfässer …
Fremde Haibäuche, Menschenbabys …
Ganze Bäume, Piratenschiffe …
Roboter, Anker …
Plankton, Kabeljaufilet …
Tauchausrüstungen, Treibholz …
Tacos, Wildblumen …
Bratkartoffeln …
Goldbarren …
Rauhaardackel …
Schrott aller Art.
Frisst so ziemlich alles.
Kannst du laut sagen.
Wenn so ein Tier nicht in einem fort frisst, stirbt es.
Hat ja auch zwei Mägen wie eine Kuh.
Drei, nach allem, was ich gehört habe.

Hey, bist du noch wach?

Yeah.

Schon mal auf der Ladefläche eines Pickup gesessen, so vor einer Müllhalde am Arsch der Welt in Minnesota, fast schon Kanada, und dir das Nordlicht angesehen?

Aurora Baerealis.

Und dann, wenn du von dem Dosenbier schon leicht einen in der Birne hast, und das, weswegen du hergekommen bist, ist immer noch nicht passiert, genau dann passiert es, dann siehst du die fette Silhouette von Bären auf dem ganzen Dreck und Abfall.

Klar. Machen sich ja auch gerne über Müllcontainer her. Kennen die nichts.

Ein Behältersystem, das einem Bären standhält, ist noch nicht erfunden worden.

Zu seinen Eigenschaften zählen eine eiserne Skelettstruktur und Tatzen, die wie Hände funktionieren.

Deshalb stehen sie auch auf Honig.

Und nicht einmal den kalorienarmen.

Shit, Mann.

57.
Eine subtile Massenvernichtungswaffe

Mr. Norman kann nicht schlafen, und das ist neu.

Das Fernsehen wirft unterhaltsame Schatten an die Wand.

Im Bett nebenan sprechen die Söhne von Mr. Norman im Schlaf. Ein endloses Zwiegespräch, das einmal eng, einmal weiter geknüpft ist – wie zwei Plastik-Weinranken, die sich an einer künstlichen Eiche emporwinden.

Unmittelbar neben ihm schläft Mrs. Norman und schnarcht leise, während die Kopfhörer ihrer Wirbelsäule Mut zusprechen.

Mr. Norman kleidet sich an und wandert durch die Korridore des Plugged Inn. Er hört seine Mitreisenden in ihren Boxen. Auf einem Zimmer streitet sich ein Pärchen laut und leidenschaftlich, doch wie sich herausstellt, ist es lediglich der Fernseher. In einem anderen Zimmer vögelt ein Paar, dass die Heide wackelt, doch auch hier handelt es sich lediglich um Fernsehen. In anderen Zimmern bringt ein Vater seiner Tochter das Angeln bei, trauert eine Familie um den Tod der Großmutter, redet ein Mann mit seinem Lieblingsbier, bringt eine Frau Karriere und Haushalt unter einen Hut.

Die fernsehfreien Leute sind still. Sie könnten genauso gut gar nicht da sein.

Mr. Norman wandert durch das Labyrinth des Plugged

Inn, auf der Suche nach etwas, das er selber nicht näher bestimmen kann. Irgendetwas eben, aber was genau? Vielleicht ein mildes, bekömmliches Ice-Bier ohne bitteren Nachgeschmack? Ein Twin-Cam-Motor? Ein herzhafter Snack, der sättigt bis zum nächsten Tag? Vielleicht eine teure durchgestylte Gammelfrisur, die der Welt sagt: Meine Haare sind mir egal, solange es so viele ernstere Probleme auf der Welt gibt wie die Ozonschicht und Armut?

Er (Mr. Norman) mit seiner ungestylten Gammelfrisur steht schließlich vor einem kleinen Fernsehraum im dritten Stock. Die Tür ist zu, aber er hört Stimmen von drinnen.

Eine Stimme (oder nur das Fernsehen?) sagt: »Fett ohne Reue.«

Eine andere Stimme (Verschwörer Nr. 1) sagt: »Hör zu, ich hasse Asiaten genau wie jeder andere hier, aber wir können nicht den ganzen verfickten Freistaat Las Vegas in die Luft jagen.«

Eine weitere Stimme (Verschwörer Nr. 2) sagt: »Aber irgendetwas *müssen* wir in die Luft jagen.«

Die verschlossene Tür ist aber nicht abgeschlossen, und so macht sie Mr. Norman auf. Ihm steht der Sinn nach Gesellschaft.

In der Mitte des Zimmers sitzen sieben oder acht stiernackige Männer mit wilden runden Augen um eine große Landkarte und einer Kiste Hernia-Limo. Die Männer starren Mr. Norman an. Einige richten ihre Pistolen auf ihn.

Einer der stiernackigen, wild blickenden Männer sagt: »Parole?«

Mr. Norman, ein Mann, der nur gekommen ist, um sich zusammen mit seiner Familie Bär gegen Hai Teil 2 anzusehen, aber nicht schlafen kann und deshalb durch die Hotelflure wandert, auf der Suche nach irgendetwas, das er wirklich haben möchte, Mr. Norman sagt: »Was?«

Die Männer senken ihre Pistolen. Einer sagt: »Auch schon da? Jetzt nimm dir endlich ein Herney.«

Ein anderer sagt: »Wir haben mit dir gerechnet.«

Mr. Norman zieht einen Stuhl heran und setzt sich in den lockeren Kreis. Es fühlt sich gut an, zu einer Gemeinschaft zu gehören.

Einer der stiernackigen Männer sagt: »Also, wir stimmen doch alle darin überein, dass Bär gegen Hai eine Seuche ist, ein Krebsgeschwür, eine subtile Massenvernichtungswaffe, die auf diese Nation losgelassen wurde von hart arbeitenden gerissenen Schlitzaugen, die die Weltherrschaft anstreben.«

Ein untersetzter Bierbauch sagt: »Das hast du gut gesagt.«

Der eloquente Stiernacken fährt fort: »Darüber hinaus stimmen wir alle darin überein, dass irgendeine Art von Detonation immer noch die wirkungsvollste Art ist, einen Schlag gegen diese elfenbeinfarbenen Hungerhaken und feindlichen Striche in der Landschaft zu führen.«

Die Männer sagen: »Hört, hört.«

Mr. Norman hat den Eindruck, dass irgendetwas ganz und gar nicht in Ordnung ist, dennoch scheint ihm die Logik des Gesagten unabweisbar.

Das Fernsehen sagt: »Haben Sie auch genug von Ihren unansehnlichen Schienbeinen?«

Mr. Norman wird allmählich schläfrig. Er sagt: »Sieht aus und fühlt sich an wie frisch vom Schwein.«

Der eloquente Verschwörer sagt: »Und da wir nicht ganz Las Vegas in die Luft jagen können, müssen wir uns entscheiden: entweder ein Casino oder eine Grundschule oder eine Einrichtung für betreutes Wohnen. Ich bitte um euer Handzeichen für das Casino.«

Ein Plugged-Inn-Wachmann schaut durch die Tür und tippt mit der Hand an seine Kappe.

Mr. Norman gähnt und bietet dem Wachmann eine Hernia-Limo an.

58.
Textgestalt

Da sind wir wieder. Aber bevor wir unser Gespräch mit Dr. Underwood fortsetzen…

Ich bin eigentlich noch nicht Doktor…

…möchte ich unsere Zuhörer an unsere Webseite erinnern, Weh-weh-weh-in-einem-Wort-Faszinationblutbad-dot-com-Schrägstrich-ein-Wort-Aktionfürmehr-Schrägstrich-Bürgerdemokratie. Dort können Sie nicht nur voten und shoppen, sondern erfahren auch, auf wessen Seite Ihr Lieblinspromi steht. Lesen Sie die regelmäßigen Bären-Berichte und Hai-Hintergründe oder machen Sie den Persönlichkeitstest, der Ihnen verrät, ob und inwieweit Sie bereits dem typischen Bär- beziehungsweise Hai-Fan-Profil entsprechen. Oder mailen Sie uns Ihre Antwort auf die Frage der Woche. Vielleicht wissen Sie ja noch: Der glückliche Gewinner der vergangenen Woche kam aus Cincinnati und konnte eine der begehrten Freikarten sein Eigen nennen, nachdem er seine rechte Hand aufgegessen hatte.

Wow!

In dieser Woche wollen wir von Ihnen wissen: »Was würden *Sie* für ein Bär-gegen-Hai-Ticket tun?«

Also, Leute, lasst euch was einfallen. Seid kreativ.

Und nun zu Ihnen, Dr. Underwood…

Ich bin eigentlich noch nicht promoviert.

Sie behaupten, Shakespeare sei ein klarer Bär-Befürworter gewesen.

Das ist richtig.

Auf welcher Grundlage behaupten Sie dies?

Auf Grundlage der Texte. Die Online-Konkordanz des von ihm hinterlassenen Werks nennt vierhundert Mal das Wort Bär.

Und Haie kommen seltener vor?

Nur ganze zwei Mal. In *Hamlet* tritt der junge Fortinbras auf, der sich ein Heer landloser Abenteurer »aufhai't«, und dann noch …

Was ist mit den Hexen in *Macbeth*?

Die Hexen in *Macbeth*, richtig.

Sie rühren allerhand Sachen in ihr Süppchen, unter anderem »Gaum und Rachen aus des Haifisch [sic!] scharfem Schlund«, habe ich Recht, Doktor?

Ja.

»Mischt, ihr alle, mischt am Schwalle, Feuer, brenn, und Kessel, walle!« Ich meine, das ist doch ein Horrorszenario. Von eines Bären scharfem Schlund hingegen lesen wir nichts.

Dennoch, Haie sind bei Shakespeare deutlich unterrepräsentiert. Viel häufiger stoßen Sie auf Ziegen, Krabben, Wale, Kröten, Würmer, Wölfe, Delfine, Schafe und, last but not least, Bären.

Aber was, Dr. Underwood, sagen Sie zu Newmans elegantem Umkehrschluss, gerade die beunruhigende Abwesenheit von Haien im Werk Shakespeares sei ein Indiz für Shakespeares Respekt, Phobie, auf jeden Fall Hochachtung vor diesen maritimen Killermaschinen?

Mit Verlaub, ich halte diese Ansicht für töricht. Es gibt bei Shakespeare auch eine beunruhigende Abwesenheit von

Familien-Kombis, doch ich käme nie auf die Idee, auf dieser Tatsache meine Karriere aufzubauen.

Aber um noch einmal auf »Gaum und Rachen aus des Haifisch scharfem Schlund« zurückzukommen. Sie müssen zugeben, das ist ziemlich heftig, Doc.

Unsinn. In *Romeo und Julia* haben wir »wilde Bären«, im *Sturm* »niegezähmte Bären«, in *Troilus und Cressida* sind sie »täppisch«, bei *König Lear* ist es der »zott'ge Bär«, was wollen Sie noch? Im *Wintermärchen* macht jemand sogar seinen Abgang, indem er von einem Bären von der Bühne gejagt wird.

Aber »zott'ger Bär« klingt nicht gerade bedrohlich.

Warten Sie's ab. Der Bär ist angekettet und ziemlich sauer.

Was heißt eigentlich Gaum?

Und in *Macbeth*, fünfter Akt, siebte Szene, heißt es: »Fliehen kann ich nicht, muss, wie der Bär, der Hatz entgegenkämpfen.«

Szene sieben, sagen Sie?

Ja.

Aber stirbt Macbeth nicht, während er wie ein Bär kämpft?

Das ist nicht der Punkt.

Was würden Sie jemandem sagen, der darauf hinweist, dass Shakespeares Stücke mehr als vierhundert Jahre vor Bär gegen Hai geschrieben wurden?

Ich würde es schlicht als historischen Provinzialismus übelster Provenienz bezeichnen. Bär gegen Hai markiert lediglich die jüngste Ausprägung eines archetypischen Dualismus.

Aber was sagen Sie dazu, dass das Wort *bear* im englischen Original überwiegend gar nicht Bär bedeutet, sondern *tragen*?

Wenn man Sie so hört, könnte man meinen, Freud hätte nie gelebt.

Sie behaupten also, es handle sich um eine Äußerung des Unbewussten?

Ja.

Stichwort Unbewusstes. Beeindruckt Sie die Tatsache, dass Shakespeare mehrere Dramen über einen gewissen König *Hai*-nrich geschrieben hat, sieben, um genau zu sein?

Nein, das beeindruckt mich nicht. In frühen Dokumenten taucht der Name Shakespeare ja auch oft in der Form Shakesbär auf, aber das bedeutet rein gar nichts. Mir geht es um die Textgestalt im engeren Sinn.

Dr. Underwood, wie werden Ihre Thesen in Fachkreisen aufgenommen?

Sie werden aufgenommen, wie alle gefährlichen neuen Wahrheiten gemeinhin aufgenommen werden, der Rest ist Schweigen.

Klingt ja nicht schlecht. Ihnen auch weiterhin viel Erfolg, Dr. Underwood.

59.
Haihals

Mr. Norman erwacht im Fernsehzimmer des Plugged Inn. Die Terrorgruppe ist verschwunden. War das wirklich eine Terrorgruppe oder nur ein realistischer Film über eine Terrorgruppe? Mr. Norman fragt sich, was aus der Terrorgruppe geworden ist. Wenn es kein Zweiteiler ist, haben die Cops diese Burschen sicher schon aus dem Verkehr gezogen. Auf jeden Fall nächste Woche wieder einschalten.

Ein Zettelchen unter Mr. Normans Sessel sagt: »Wir sehen uns in Las Vegas.«

Mr. Norman schaut auf seine Uhr, bekommt aber keine Uhrzeit, sondern nur Temperatur, Höhenmeter und eine Liste wichtiger Telefonnummern. Verdammt, wie viel Uhr ist es?

Er (Mr. Norman) sagt: »*It's a cold bowl of chili when love lets you down.*«

Das Fernsehen sagt: »Willst du würfeln oder abgeben, Darrell?«

Toby Wiley (11) aus Statesville, North Carolina, sagt: »Ich würde echte Pisse trinken, um so ein Ticket zu kriegen.«

Shit, wie viel Uhr ist es? Mr. Normans Armbanduhr ist ganz Farbe, Logo und Design. Ist eine echte Klasseuhr, das Ding.

Mr. Norman geht auf sein Zimmer zurück, wo seine Familie Fernsehen guckt und die Taschen packt.

Mrs. Norman sagt: »Ich habe gerade nach dir gesucht. Hast du meine E-Mail nicht bekommen?«

Mr. Norman sagt: »Ich habe genug von meinen unansehnlichen Schienbeinen.«

Die Normans gehen in die Hotelhalle zum Auschecken und um ein kostenloses kontinentales Frühstück einzunehmen.

Mr. Norman sagt: »Calvin, was weißt du über die Ritter vom Orden der Rundaugen?«

Curtis sagt: »Ich heiße Curtis.«

Mr. Norman sagt: »Jetzt sei mal nicht so frech, Cal.«

Curtis sagt: »Es handelt sich um eine Terrorgruppe, Dad. Total durchgeknallte Typen, die dauernd irgendwelche Sachen in die Luft jagen und im Effeff Bären und Haie aufknüpfen. Bloß dass die Haie nie hängen bleiben von wegen kein Hals.

Mr. Norman sagt: »Es heißt *ineffigient*, Junge.«

Matthew sagt: »Streng genommen hat ein Hai sehr wohl einen Hals.«

Ein unbeaufsichtigtes Kind im Pool sagt: »Hilfe.«

Mr. Norman sagt: »Jetzt, wo du es sagst, kommen sie mir auch etwas verdächtig vor.«

Curtis: »Halt dich von den RORA-Typen fern.«

In der Schlange vor dem O-Saft-Ersatz sagt ein stiernackiger Software-Vertreter mit einem Abschluss von der philosophischen Fakultät und einem langen Vorstrafenregister: »Mir wäre ein *analytisches* Frühstück lieber gewesen.«

Der Mann kommt Mr. Norman irgendwie bekannt vor.

Curtis sagt zu dem Software-Vertreter: »Haben Sie eine eigene Webseite?«

Winzige Diamantsplitter der Morgensonne schimmern auf den nassen, wild fuchtelnden Armen des unbeaufsichtigt ertrinkenden Kindes.

Curtis und der Schwerverbrecher tauschen Visitenkarten aus und versprechen, in Kontakt zu bleiben.

60.

Bär gegen Hai: Das Quiz

Testen Sie Ihr Wissen über Bären und Haie in diesem lustigen Quiz. Die folgenden Aussagen sind entweder richtig oder falsch. Die Antworten finden Sie in Kapitel 82.

1. Haie haben keine Zunge. *(Richtig oder falsch?)*
2. Der Polarbär und der Kodiakbär (nordamerikanischer Braunbär) sind die größten Vertreter der Bärenfamilie.
3. Haie haben einen schlechten Gesichtssinn.
4. Fast sämtliche Bären sind Allesfresser. Der Koalabär ist der einzige reine Pflanzenfresser.
5. Unter allen Haiarten sind Blauhaie die fruchtbarsten. Ein einziger Wurf besteht aus 25 bis 50 Jungen, in Ausnahmefällen sogar aus mehr als 100 Jungen.
6. Bären, die sich auf den Winterschlaf vorbereiten, fressen bis zu 20 000 Kalorien täglich.
7. Der Walhai, der über fünfzehn Meter lang werden kann, ist der größte Fisch überhaupt.
8. Fossilienfunde belegen, dass Bären erdgeschichtlich älter sind als Haie.

9. Manche Haie können die Zukunft voraussagen.
10. Die Gallenblasen von Bären, denen heilsame Eigenschaften zugeschrieben werden, erzielen auf dem Schwarzmarkt im asiatischen Raum hohe Preise.
11. Durch Haiangriffe sterben jedes Jahr etwa 25 Menschen.
12. Während des zwei- bis siebenmonatigen Winterschlafs müssen Bären weder fressen oder trinken noch urinieren noch kommt es zur Defäkation.

61.

Die Sieben-Sekunden-Verzögerung

Auf dem Rücksitz spricht Curtis in ein Handy. Er sagt: »Hi.«

Dann sagt er: »Ach, ganz gut.«

Mrs. Norman sagt: »Was dagegen, wenn ich das Radio anmache?«

Mr. Norman sagt: »Weißt du, an meine Kindheit kann ich mich kaum erinnern.«

Ein Talk-Radio-Moderator sagt: »Okay, Zeit für unseren ersten Anrufer. In der Leitung ist Omar aus Fairbanks, Alaska. Hallo, Omar.«

Omar sagt: »Hallo.«

Curtis sagt: »Eigentlich habe ich zwei Fragen.«

Mr. Norman sagt: »Und wenn ich Fotos aus meiner Kindheit sehe, kommt es mir vor, als sei da jemand ganz anderer drauf.«

Der Talk-Radio-Moderator sagt: »Wie läuft's denn so bei euch da oben in Fairbanks?«

Curtis sagt: »Erstens, welche Position vertreten Sie in der gegenwärtigen Hai-Arche-Diskussion? Ich meine, Noah hätte einen riesigen Wassertank gebraucht, um einen Hai mit an Bord zu nehmen, was bei dem Stand der Technik in der frühen Segelschifffahrt sicher nicht einfach gewesen wäre.«

Omar sagt: »Ach, ganz gut.«

Mrs. Norman sagt: »Meinst du, das ginge nicht jedem so?«

Der Talk-Radio-Moderator sagt: »Omar, deine Frage an Reverend Hollis.«

Mr. Norman sagt: »Vielleicht.«

Omar aus Alaska sagt: »Eigentlich habe ich zwei Fragen.«

Der Talk-Radio-Moderator sagt: »Dann schieß los, Omar.«

Mrs. Norman sagt: »Ich meine, die Leute, die wir auf diesen Fotos sehen, also uns selbst, sie sind so viel jünger und knackiger, und sie haben auch so viel ansehnlichere Schienbeine, dass eine Identifikation nicht leicht fällt.«

Omar sagt: »Erstens, welche Position vertreten Sie in der gegenwärtigen Hai-Arche-Diskussion? Ich meine, Noah hätte einen riesigen Wassertank gebraucht, um einen Hai mit an Bord zu nehmen, was bei dem Stand der Technik in der frühen Segelschifffahrt sicher nicht einfach gewesen wäre.«

Mrs. Norman sagt: »Ui, das ist aber eine interessante Frage. Curt, hast du das gehört?«

Curtis sagt: »*Yes, Ma'am.*«

Reverend Hollis sagt: »Nun, wie du vielleicht weißt, erregt diese Frage die Gemüter zurzeit sehr. Und die Bärenfraktion unter den Theologen und Televangelisten kommentieren die von dir genannte Wassertank-Theorie dahingehend, dass Haie vermutlich nicht mit auf der Arche gewesen sind, sondern dass der Teufel die Haie geschickt hat, um Bären und andere edle Wirbeltiere wie Menschen zu zerstören.«

Omar sagt: »*Yes, Ma'am.*«

Mr. Norman sagt: »Aber das Erschreckende daran ist, dass es nicht nur meine Kindheit betrifft. Ich erinnere mich an kaum etwas aus meinem Leben, nicht einmal an das, was vor einer Woche passiert ist.«

Curtis sagt: »Das ist doch totale Scheiße, Reverend.«

Ein Radiozensor sagt: »Schneidet das raus.«

Mr. Norman sagt: »Dann denke ich, vielleicht ist es ganz gut, dass ich mich an nichts erinnere. Denn das wirklich Erschreckende daran ist vielleicht, dass vielleicht gar nichts passiert ist, woran ich mich erinnern könnte.«

Reverend Hollis sagt: »Allerdings weist einiges darauf hin, dass Noah oder ein frommer Schiffsjunge einen Hai in nasse Tücher oder Plastiktüten gewickelt haben könnte oder ihn vielleicht auch nur so ans Deck gekettet haben könnte, immerhin hat es die ganze Zeit geregnet.«

Curtis sagt: »Angenommen, es gäbe einen Kampf zwischen einem Bären und einem der Jünger. Wer, meinen Sie, würde gewinnen?«

Der Talk-Radio-Moderator sagt: »Wenn das mal keine knifflige Frage ist, Reverend.«

Der Talk-Radio-Moderator sagt: »Omar, deine zweite Frage an Reverend Hollis.«

Mrs. Norman sagt: »Larry, du bist nur müde von der vielen Fahrerei.«

Omar sagt: »Angenommen, es gäbe einen Kampf zwischen einem Bären und einem der Jünger. Wer, meinen Sie, würde gewinnen?«

Curtis sagt: »Tja, keine Ahnung. Lukas?«

Mr. Norman sagt: »Müde bin ich auch, aber da ist noch etwas anderes. Wie ein Knopf, der nie gedrückt wurde.«

Reverend Hollis sagt: »Nun, das hängt davon ab, welchen du meinst, so global kann man das nicht sagen. An wen hast du denn gedacht?«

Mrs. Norman sagt: »Knopf?«

Omar sagt: »Tja, keine Ahnung. Lukas?«

Mr. Norman sagt: »So etwas wie ein Knopf für Gefühle oder so.«

Reverend Hollis sagt: »Nun ja, es gibt Hinweise darauf, dass Lukas nicht nur Narkoleptiker war, sondern auch ein echtes Fliegengewicht, sodass ich in seinem Fall nicht hoch wetten würde. Dasselbe gilt für Paulus, Paulus hätte erst recht keine Chance.«

Mr. Norman sagt: »Curtis, Matthew?«

Mrs. Norman sagt: »Matthew schläft, Schatz.«

Reverend Hollis sagt: »Anders verhält es sich schon mit Markus. Markus war ein handfester Bursche und außerdem ziemlich flink für seine Größe. Ein Sieg gegen den Bären läge durchaus im Bereich des Möglichen, Omar.«

Mr. Norman sagt: »Curtis, ich weiß nicht, hast du manchmal den Eindruck, dass irgendetwas nicht stimmt oder anders ist, als es sein sollte, oder dass irgendetwas fehlt?«

Curtis sagt: »Nein.«

Mrs. Norman sagt: »Larry, er ist doch noch ein Kind!«

Der Talk-Radio-Moderator sagt: »Das ist ja interessant, Reverend.«

Mr. Norman sagt: »Genau das ist die Zeit, in der der entscheidende Knopf gedrückt wird. Oder eben nicht gedrückt wird.«

Der Talk-Radio-Moderator sagt: »Omar, hast du noch weitere Fragen an Reverend Hollis?«

Omar sagt: »Nein.«

Mr. Norman sagt: »Curt, hör mal zu. Wenn du irgendwann mal das Gefühl hast, das irgendetwas nicht in Ordnung ist, selbst wenn du nicht weißt, was es ist, dann möchte ich, dass du zu mir kommst und mit mir darüber sprichst.«

Curtis sagt: »Klar doch.«

Mr. Norman sagt: »Das ist gut, mein Sohn. Ich bin nämlich immer für dich da.«

Reverend Hollis sagt: »Danke für die wirklich nicht einfachen Fragen, Omar.«

Der Talk-Radio-Moderator sagt: »Auch von mir ein herzliches Dankeschön, Omar. Und gib allen in Fairbanks einen dicken Bärenschmatz von uns.«

Omar sagt: »Klar doch.«

62.

Wir wissen, dass du weißt

Pssssst, he du da. Einzig Cleverer unter all den Zombies und Robotern in ihren Schicki-Klamotten, die von gar nichts anderem mehr reden können als von Bär und Hai. Ja, dich meine ich, hör doch mal zu.

Das ist nämlich so: Wir von Sexy Pants wissen, dass du weißt, dass Sexy Pants alleine nicht glücklich oder zufrieden oder auch nur sexy machen, ja, nicht einmal Sexy Pants. Und, hey, wir wissen, dass du weißt, dass wir es wissen.

Und wir wissen auch, dass du all die abgestumpften Verbraucher in den Malls siehst, die ihre hart verdienten Dollars für teure Pants ausgeben, die sie an Beutel und Seele entleert zurücklassen.

Aber du, du bist anders. Du bist aus anderem Stoff gemacht, genau wie Sexy Pants. Du spielst dein Spiel und lässt nicht mit dir spielen.

Also grenz dich ab von der verblödeten Masse. Sexy Pants hilft dir dabei.

63.
Mobile Anlaufstelle

Okay, jetzt beruhigen Sie sich mal erst. Erzählen Sie uns, was passiert ist, am besten von Anfang an.

Er hat mich einfach zusammengeschlagen. Und in dem Hai-Kostüm habe ich keine Arme, und so konnte ich mich nicht einmal wehren.

Moment, Moment, eins nach dem anderen. Was wollten Sie eigentlich in dieser Schule?

San Francisco – Florida: 3 zu 2.

Es soll ja nicht echt gekämpft werden.

Okay, beruhigen Sie sich.

Haben Sie Bobby schon gefunden?

Wir suchen noch nach Bobby. Entspannen Sie sich und erzählen Sie uns alles von Anfang an.

Atlanta – Philadelphia: 10 zu 2.

Also, ich und Bobby, wir gehen in diese Schulen. Dabei tragen wir diese Fellkostüme. Ich bin der Hai, er ist der Bär.

Der Hai hat ein Fell?

Na ja, das Fell ist nicht so zottig wie bei dem Bär. Aber finden Sie mal einen Stoff, der sich anfühlt wie bei einem richtigen Knorpeltier.

Verstehe.

Meine Mutter hat uns die Kostüme genäht.

Ihre Mutter heißt wie?

New York Mets – Montreal: 3 zu 1.

Agnes.

Wo arbeiten Sie?

Ich arbeite im Straßenverkehrsamt.

Und das Straßenverkehrsamt bezahlt Sie dafür, dass Sie als Bär oder Hai kostümiert in die Schulen gehen?

Was? Nein, überhaupt nicht. Wir machen das in unserer Freizeit. Ehrenamtlich. Auf freiwilliger Basis.

Bürger helfen Bürgern?

Ja, so als eine Art mobile Anlaufstelle.

Erzählen Sie weiter.

Milwaukee – Cincinnati: 6 zu 5.

Wir fahren von Schule zu Schule und sprechen mit den Kids. Dabei tragen wir die Kostüme.

Ist das nicht ziemlich heiß in so einem Kostüm?

Unbedingt. Und es stinkt obendrein. Tatsache ist, man muss stark sein. Wenn Sie ohnmächtig werden, fangen die Kleinen an zu treten, ich hab es am eigenen Leib erfahren.

Sie sprechen also mit den Kindern?

Ja. Irgendwie gelingt es uns, zu ihnen einen Kontakt aufzubauen. Ich meine, es ist schon nicht leicht, mit seinen eigenen Kindern zu reden, aber sobald ich mein Hai-Kostüm trage, habe ich auf einmal Zugang zu ihnen. Dann hören sie mir zu. Dann respektieren sie mich.

Houston – St. Louis: 8 zu 1.

Und worüber reden Bobby und Sie mit den Kindern?

Na ja, über alles, keine Ahnung. Entschuldigen Sie mich eine Sekunde… Entschuldigung. Aber der Kerl hat mir richtig die Fresse poliert. Haben Sie ihn eigentlich schon geschnappt?

Wir arbeiten daran, Sir.

Wissen Sie, mit beiden Füßen in der Schwanzflosse, da verliert man leicht das Gleichgewicht. Er hat mich einfach umgehauen.

Ja, das sagten Sie.

Also wir reden meistens über Alkohol und Drogen. Einmal, nachdem ein Viertklässler Bobby versehentlich in die Schnauze geschossen hat, war das Thema auch mal der sichere Umgang mit Feuerwaffen. Sonst reden wir über Geschlechtskrankheiten, Fairness und regelmäßiges Lernen, solche Sachen, seltener über Natur und Technik, das ist nicht so mein Gebiet.

Gut.

Chicago – Pittsburgh: 9 zu 5.

Wir setzen uns einfach in die Klasse, ohne großartige Musik oder spezielle Beleuchtung. Nur so als Bär und Hai, die zu den Kindern Kontakt aufbauen.

Und dann kämpfen Sie miteinander.

Ja, die Kinder wollen es so, aber nur am Ende der Stunde und nur zum Spaß, verstehen Sie? Nichts Ernstes. Wir balgen uns auf dem Teppich oder unter den Pulten und ziehen unsere Kampfshow ab. Und die Kinder sind begeistert. Vor allem über Bobbys Karatenummer.

Los Angeles – San Diego: 4 zu 3.

Und wann hatten Sie zum ersten Mal den Eindruck, dass irgendetwas nicht stimmte?

Na ja, etwa in der Mitte unseres Gesprächs war mir klar, dass nicht Bobby in dem Bärenkostüm steckte. Ich hörte ihn schnaufen, und seine Stimme klang so seltsam. Außerdem gab er den Kids lauter schlechte Ratschläge.

Zum Beispiel?

Er meinte zum Beispiel, es wäre eine tolle Idee, zwischen

Grundschule und Mittelschule ein paar Schuljahre einzusparen, um stattdessen lieber kreuz und quer durchs Land zu fahren, von wegen die Welt kennen lernen und so.

Und was geschah dann?

Zu diesem Zeitpunkt habe ich mir langsam Sorgen gemacht, denn wenn das nicht der echte Bobby war, wo war der echte Bobby? Aber ich bin Profi, und die Show muss weitergehen. Colorado – Arizona: 18 zu 13. Trotzdem, glaube ich, war es am Ende eine ziemlich gute Show, weil der Bär und ich nie einer Meinung waren und die Kinder eine Art Fernsehdiskussion geboten bekamen.

Und dann kämpften Sie gegeneinander?

Genau, wie gesagt, die Kids wollten es so. Ich war etwas nervös und flüsterte dem Bär zu: Hey, lass es langsam angehen, okay? Aber da hatte er mich schon umgehauen und fing an, mich zu schlagen und zu treten. Die Kids waren begeistert. Er hat mir zwei Rippen gebrochen.

Und dann hat er das kleine Mädchen entführt?

Zuerst hat er noch auf meinen Hals getreten.

Und dann hat er sich das Mädchen gegriffen?

Ja. Mit der einen Tatze hat er sich einen Laptop geschnappt und mit der anderen dieses kleine Mädchen. Sie kreischte vor Vergnügen, und die Kinder waren vollkommen aus dem Häuschen. Ich übergab mich währenddessen in mein Kostüm.

Anaheim – Seattle: 9 zu 7.

Und dann verließ er die Schule.

Ja, er haute einfach ab. Und Sie haben ihn wirklich noch nicht gefunden?

Wir arbeiten daran, Sir.

Oder Bobby?

Wir arbeiten auch daran.

Oder wenigstens das kleine Mädchen?

Das haben wir gefunden – leider.

Guter Gott.

Was?

Ist das zu fassen? Jetzt weiß ich immer noch nicht, wie die verdammten Yankees gespielt haben.

64.
Krebs

Gegen Mittag halten die Normans an einem Diner namens Surf-n-Surf, ein Fischrestaurant mit unbegrenztem Internetzugang und Kabelfernsehen an jedem Tisch.

Mrs. Norman bestellt Krabbenkuchen und eine Gameshow.

Matthew und Curtis nehmen Fischstäbchen und ein Bären-Cabaret.

Mr. Norman geht auf die Toilette. Er fühlt sich nicht gut. Er fühlt sich schrecklich. Also nicht direkt schrecklich, aber so toll auch wieder nicht. Oder vielleicht fühlt er sich nur ganz normal. Woher weiß man schon, wie man sich fühlt? Ohne Röntgenaufnahmen, ohne Thermometer, ohne Bluttest. Man braucht allerhand medizinisches Gerät, um herauszufinden, wie man sich fühlt. Vermutlich ist es Krebs, denkt Mr. Norman. Was ist Krebs eigentlich? Jeder hat ihn, jeder kriegt ihn, manche sterben daran, andere nicht, aber keiner weiß so genau, was das ist, Krebs. Manchmal ist er maligne, manchmal indigniert. Es ist ein Pilz. Ein Pilz in den eigenen Körperzellen. Das Verhalten von Zellen lässt sich in Kork studieren, wie damals im Biounterricht auf der Highschool. Tumore wachsen in deinen dunklen Ecken, eine systemische Erkrankung. Die Krebszellen breiten sich in deinem System aus wie Nachrichten über Kabelleitungen. Wie *schlechte* Nachrichten: ein Massaker an einer Schule, ein Erdbeben, ein Attentat, ein Baby im Brunnen, ein Baby mit Krampfanfällen, ein Baby ohne Gehirn, ein Baby im Müllcontainer, eine Hungersnot, Gefangenenlager, Katzenfleisch in Katzenfutter, Massenentlassungen, Krebs, Krieg, Flugzeugkatastrophen, Drogen, Verrat, Grausamkeit, Lügen, Dauerregen, Dürre. Mr. Norman denkt, vielleicht riecht Krebs wie Fisch, wie Fake-Fish aus der Mikrowelle in einem Interstate-Restaurant. Mr. Norman weiß nicht, was Krebs ist, was Krebs auslöst oder wie er sich heilen lässt. Er weiß überhaupt nichts über seinen eigenen Körper. Seine Augen richten sich nach draußen, und sein Innenleben ist ein dunkles, feuchtes Mysterium. Immer wieder stellen sich so Sachen heraus. Dass ein Herz überhaupt nicht herzförmig ist und ein Herzkasper nicht lustig, auch wenn er nicht selten im Reizleitungssystem entsteht. Das Herz: eine Pumpe. Das Gehirn: eine Kommandozentrale, die Botschaften versendet. Es (das Gehirn) sagt zu bestimmten Sachen, dass sie bestimmte Sachen ausführen sollen. Wie ein Computer. Es ist leicht, an Spielergebnisse oder Aktienkurse zu kommen. Aber wo ist meine Niere und vor allem: Wie fühle ich mich? Was ist Krebs oder warum habe ich ihn oder habe ihn nicht?

Mr. Norman pinkelte in eine Rinne, die einem Thunfisch nachempfunden ist.

Das Graffito sagt: »Bärenjunge gesucht.«

Das Graffito sagt: »Der D-Dome kommt als Nächstes dran.«

Das Graffito sagt: »In TeleTown wirst du gesunden.«

Das Graffito sagt: »Plätzchen & Proleten.«

Das Graffito sagt: »Die Fischstäbchen sind Haipimmel.«

Hinter der geschlossenen Tür einer Kabine schreit ein Mann vor Schmerz auf.

Die Neonröhren summen und flackern. Das Radio aus dem Deckenlautsprecher sagt: »Wir räumen unsere Lagerbestände. Alles muss raus.«

Mr. Norman öffnet den Mund und starrt in den Spiegel über dem Waschbecken. Sind diese Dinger auf seiner Zunge Geschmacksknospen oder Krebsherde?

Der Mann in der Kabine sagt: »O mein Gott, nein!«

65.
Virtuelles Interview

Im warmen Licht eines Studios sitzt der Interviewer auf einem bequemen Stuhl gegenüber von seinem zweiten, allerdings leeren bequemen Stuhl und sagt allen Ernstes zu niemandem: »Nina, warum haben Sie *Mit Kindern über Bär und Hai reden* geschrieben?

Im warmen Licht eines Studios, Monate und Meilen weit entfernt von dem ersten, in dem der Interviewer die Frage gestellt hat, sitzt Nina Bowen in einem bequemen Stuhl und sagt zu einem Double, einem technischen Assistenten: »Ich war der Meinung, dass ein solches Buch gefehlt hat. Die meisten Eltern reagieren reflexartig negativ auf die Darstellung von Gewalt, und ich habe sogar Verständnis für einen solchen ersten Reflex, obwohl ich andererseits meine, dass er auf Dauer nicht weiterführt.«

Todd, der Interviewer, sagt: »Das müssen Sie uns erklären.« Diesen Satz gibt es vermutlich in zwanzig Takes. Einige dieser *Erklären*-Sätze sind freundlich, ermutigend, verständnisvoll, andere fast schon feindlich, wieder andere amüsiert nach Art einer erhobenen Augenbraue. Die Redakteure suchen jeweils den passenden aus.

Nina, die Verfasserin, sagt: »Todd, es ist doch so: Wenn wir dauernd so ein Geschrei um die Brutalität von Bär gegen Hai machen, wenn wir unseren Kindern die Sendung verbieten oder ihnen verbieten, sich im Internet darüber zu informieren oder sich die Online-Comic-Version anzuschauen oder das Bär-gegen-Hai-Videospiel zu spielen oder mit elektronischen Action-Figuren umzugehen, dann, so meine ich, geben wir ihnen auf subtile, aber umso stärkere Weise zu verstehen, Gewalt sei etwas Falsches und Unnatürliches, etwas, für das sie sich schämen müssen. Ich hingegen glaube, dass eine solche Botschaft den Kindern letztlich eher schadet als nutzt.«

Todd sagt: »Das müssen Sie uns erklären.«

Nina, die auch schon ein Buch mit dem Titel *Jeder Dreck macht Kinder stark* verfasst hat, sagt zu dem technischen Assistenten mit der unreinen Haut: »Todd, die Welt ist nun einmal brutal. Warum also sollen wir Gewalt zensieren? Gewalt ist nur natürlich, schauen Sie sich um. Bären und Haie kämpfen jeden Tag aus Neue um ihr Überleben. Zugegeben, sie kämpfen nicht unbedingt gegeneinander, aber das ändert nichts an der Tatsache, dass sie kämpfen. Gewalt ist Teil der natürlichen Ordnung der Welt, und ich glaube, Kinder sollten das wissen, anstatt sich deswegen zu schämen und Angst davor zu haben. Wir können sie nicht davor beschützen.«

Todd, der Interviewer, sagt: »Ich verstehe.«

Es ist kein besonders starkes *Verstehe*, er hat schon bessere geliefert, aber es war das beste von sechs Takes.

66.

Entertainment-Abgase

Erzähl uns etwas über die amerikanische Landschaft.

Asphalt, Krebs, Mini-Märkte, Draht & Kabel, Heckaufkleber, Reklametafeln, das Wetter. Einiges davon ist immer noch sehr schön.

Erzähl uns von den Grenzstädten.

Die Grenzstädte schießen ab einem Radius von etwa 25 Meilen vor Las Vegas aus dem Boden. Letzte Einkaufsgelegenheit für billigen Alkohol, letzte preiswerte Tankstelle vor Las Vegas, so in dem Stil.

Erzähl uns von TeleTown.

TeleTown liegt am Grund eines riesigen Canyons, aber pittoresk ist etwas anderes. Der Interstate führt direkt darüber hinweg. Die Stadt ist groß und wächst sogar noch weiter.

Erzähl uns, wie man dorthin kommt.

Es gibt verschiedene Ausfahrten auf beiden Seiten des Canyons.

Erzähl uns von den Menschen, die dort leben.

Tja, denen geht es wohl nicht so gut. Alles sehr ärmlich und heruntergekommen.

Erzähl uns, was sie so tun.

Sie schauen Fernsehen.

Erzähl uns, wovon sie ihren Lebensunterhalt bestreiten.

Sie backen diese speziellen Plätzchen und verkaufen sie an die Touristen. Die Plätzchen sind wirklich gut, schmecken richtig nach Ingwer.

Erzähl uns, was sie sonst noch machen.

Keine Ahnung, was sie sonst noch machen. Offenbar gucken sie nur Fernsehen.

Erzähl uns, wie es dort nachts oder an einem bewölkten Tag aussieht.

Nachts oder an einem bewölkten Tag, wenn man dann über die lange Brücke über TeleTown fährt, sieht man das Geflimmer von Millionen Fernsehern. Dieses Geflimmer hängt über der Stadt wie eine gigantische blaugraue Nebelbank. Es sind Entertainment-Abgase, und es sieht einfach nur schön aus.

Erzähl uns, wie die Stadt nicht viel hermacht.

Die Stadt macht nicht viel her. Meilenlang nur Hütten, Baracken, Tipis, Bruchbuden. Ein einziges großes Zigeunerlager, beleuchtet von Millionen Fernsehern. Aber schmutzig ist es komischerweise nicht. Kein Müll auf der Straße, kein bisschen.

Erzähl uns was von Ironie.

Sie ist ein Tyrann.

Erzähl uns, was D.F. Wallace darüber sagt:

In den vergangenen dreißig Jahren hat sich die ironische Äußerung zur alles dominierenden Ausdrucksform überhaupt entwickelt. Der Dauereinsatz tut ihr jedoch nicht gut.

Erzähl uns von den neuen Rebellen.

Sie haben keine Angst vor Sentimentalität oder Melodrama.

Erzähl uns von den Normans.

Die Normans fahren über TeleTown hinweg. Es ist ein

bewölkter Tag. Sie sehen das Geflimmer. An der nächsten Ausfahrt verlassen sie die Interstate, denn sie haben von den Plätzchen gehört.

Erzähl uns davon, wie sie Mr. Norman behandeln.

Sie wissen, wer er ist, als er aus dem Wagen aussteigt. Sie laden ihn ein, ein Weilchen zu bleiben, sich in der Stadt umzuschauen. Zu sehen, wie alles läuft.

Erzähl uns von ihren Augen.

Seltsam, kann ich da nur sagen, sehr seltsam. Wach, klar. Was ist das Gegenteil von glasig?

Erzähl uns, wie keiner von den Leuten Übergewicht hat.

Ich schätze, die haben bloß nicht genug zu essen.

Aber das allein kann es doch nicht sein.

Stimmt. Man sieht keine Dicken. Fast gar nicht.

Erzähl uns davon, wie keiner von den Leuten Fernsehen guckt.

Das stimmt tatsächlich.

Und überall stehen nur schöne Holzmöbel, oder? Und diese unglaublichen Weidenkörbe und selbst gewebten Decken. Was hat es damit auf sich?

Frag mich was Leichteres.

Und die Katzen liegen alle friedlich in der Sonne.

Ist mir nicht aufgefallen.

Erzähl uns davon, wie die Welt da unten nicht so schlecht ist, wie du tust.

Ist sie aber.

Aber du hast dich darüber lustig gemacht. Und über die Leute auch.

Ich hab mich schon dafür entschuldigt. Kapitel 51.

Erzähl uns von den Normans.

Sie kaufen ein paar Plätzchen und fahren zurück auf die

Interstate. TeleTown … ich weiß nicht, irgendetwas an dieser Stadt ist irgendwie nicht geheuer.

Erzähl uns, was dieser eine Mann zu Mr. Norman gesagt hat.

Na ja, er gibt Mr. Norman die Hand und sagt: Du weißt ja, wo du uns findest. Wobei er Mr. Norman direkt in die Augen sieht. Sein Händedruck ist kräftig, seine Haut gegerbt. Er strahlt so viel Offenheit und Anstand aus, dass einem unwohl wird. Alles sehr verdächtig, würde ich sagen.

Erzähl uns von Bär gegen Hai Teil 2.

Wird eine Riesensache. Wird *der* Knaller.

67.
Bär gegen Hai: Die Spannung steigt

Im ersten Mini-Markt kurz hinter TeleTown, kurz vor Las Vegas, wird Curtis von einem bewaffneten Räuber angeschossen. Es ist keine große Sache und auch nicht das erste Mal, und trotzdem hat er immer noch ein bisschen Angst.

Curtis steht in der Schlange vor den Frucht-Schnecken, als der Räuber eine Pistole zieht und den Leuten befiehlt, sich platt auf den Boden zu legen. Alle legen sich platt auf den Boden, nur Curtis nicht, der auf die Pistole starrt und denkt, dass das alles irgendwie nicht real ist. Denn die Pistole ist türkis.

Zwar zittern seine Beine, aber gleichzeitig hat er diesen völlig arglosen Blick. Natürlich kennt er die Sicherheitshinweise: Kinder, seid schlau: Wenn ihr unbewaffnet seid, tut immer, was die bewaffneten Räuber sagen. Die Sache ist nur, dass Curt schon zu viel erlebt hat, auch Überfälle. Er hat Hunderte Raubüberfälle erlebt. Nicht umsonst hat er es in *Flossen hoch!* bis zum neunten Level gebracht. Deshalb fällt er auch längst nicht mehr auf den alten Trick mit der Spielzeugpistole herein. Und als Matthew und alle anderen sich platt auf den Boden werfen, denkt Curtis: Jetzt schau dir diese Blödmänner an. Voll naiv. Wie die Schafe. Wenn dieser Wichser sagt, ihr sollt euch alle diese Sexy Pants kaufen, tut ihr das wahrscheinlich auch!

Im selben Moment dreht sich der Kerl um und schießt Curtis in den Arm, das heißt, die Kugel streift den Arm eigentlich nur, trotzdem ergreift der Typ sofort die Flucht. Seine einzige Beute: eine kleine Dose MegaDrink.

Curtis sagt: »Mit mir ist alles in Ordnung.«

Ein Augenzeuge sagt: »Der Kleine hat etwas, das ich schon oft in Spielfilmen gesehen habe und auch im XXL-Spezial-Abo-Paket meines Kabelanbieters.«

Der Geschäftsführer des Mini-Marktes sagt: »Zu meiner Zeit haben wir bewaffneten Tätern noch gehorcht.«

Ein grünes Schild sagt: »Las Vegas 17.«

Ein verängstigter Mann auf der verrammelten und verdreckten Toilette des Mini-Markts sagt: »Ich würde unser Haustier töten für eine Eintrittskarte.«

Die TeleTown-Broschüre in Mr. Normans Brusttasche sagt: »Neue Mitglieder sind in unserer einzigartigen autonomen Gemeinschaft jederzeit willkommen.«

Jemand vor Regalreihe 6 kauft Curtis dafür, dass er so tapfer war, eine Schachtel Heftpflaster. Matthew klebt ein Pflaster auf die Schussverletzung seines Bruders. Auf der Oberseite des Pflasters ist ein Robo-Kopfgeldjäger.

Mr. Norman, der auf dem Parkplatz auf und ab geht, sagt: »Die Probleme hier sind vielfältig.«

Nachdem die Kugel aus der türkisen Pistole Curtis gestreift hatte, zerfetzte sie auf ihrem weiteren Weg ein ganzes Regal mit Road-Buddy-Dosenfleisch-Verzehrfertig. Curtis starrt auf das Gekröse, das sich über das gesamte Kühlregal verteilt hat. Er ist auf einmal ganz weiß im Gesicht, nasse Strähnen kleben an seiner Stirn. Derweil zoomen Kameraleute mit Pferdeschwanz das hässliche Gemetzel im Milchregal heran, nehmen dreiste Fernsehreporter, frisch den Hubschraubern und Übertragungswagen entsprungen, den Kleinen ins Gebet, leiern abwechselnd Einwort-Antworten aus ihm heraus, der zweifellos einen Schock erlitten hat, Quinn, aber ansonsten unverletzt ist. Denn das, was du hinter mir an der Wand siehst, Marla, hätte auch das zersplatterte Hirn eines Kindes sein können, aber wie gesagt, toi, toi, toi, handelt es sich nur um Dosenfleisch. Damit zurück zu dir, Brock.

Curtis sagt: »Dad?«

Mr. Norman sagt: »Das war höchst unklug von dir, Curtis.«

Curtis sagt: »Dad?«

Mr. Norman sagt: »Ich bin immer noch ganz durcheinander.«

Curtis, bleich, zittert.

Mr. Norman sagt: »Komm mal her.«

Sie setzen sich zusammen auf die klebrige Bank vor dem Mini-Markt. Es wäre ein schönes Motiv, aber die Nachrichten-Teams sind alle schon weg. Curtis' Füße berühren nicht den Boden. Mr. Norman schaut auf die Knie des Jungen, vielleicht zum ersten Mal in seinem Leben. Die Knie sind weiß, sogar jetzt im August, weiß und knubbelig wie Insta-Back-Frühlingsrollen aus dem Tiefkühlregal. Kleine Knie unterhalb von Shorts.

Curtis sagt: »Dad?«

Mr. Norman sagt: »Flüstre es mir ins Ohr.«

Curtis biegt den Kopf nach oben, sagt: »Ich will noch nicht sterben.«

Mr. Norman sagt: »Ich weiß.«

Curtis sagt: »Ich will nicht sterben, ehe wir da sind. Im Darwin-Dome.«

Mr. Norman sagt: »Ich will auch nicht sterben.«

Curtis sagt: »Ich weiß.«

Mr. Norman fragt sich, wie wohl das Landleben aussehen würde, er zusammen mit seinem Sohn, wie sie mit Hacken den Boden bearbeiten, mit sonnengegerbten Knien. Fruchtfolge, Brachland, Saatgut.

Mr. Norman sagt: »Wir sind fast da, Junge.«

Curtis sagt: »Ich muss schon wieder pinkeln.«

Curtis klettert von der klebrigen Bank hinunter. Es wird langsam dunkel.

Mr. Norman sagt: »Hey, Curt.«

Curtis dreht sich um, sagt: »Ich weiß, Dad.«

Mr. Norman sagt: »Sagen wir einfach, ein Bär und ein Hai hätten sich geprügelt, ja?«

Erdnüsse wachsen unter der Erde. Kleine Käfer verputzen ganze Tomatensträucher.

Curtis kichert: »Ist aber ein ungleicher Kampf.« Und läuft knurrend Richtung Toilette. Das Hinweisschild am Interstate sagt: »Saubere Toiletten«, aber das stimmt nicht, die Toiletten sind nicht sauber. Das Schild lügt.

Allein auf der Bank, sagt Mr. Norman: »Aber wer wird ihn gewinnen?«

Mr. Norman geht zu seinem Mehrzweck-Sport-Utility-Fahrzeug, wo Mrs. Norman und Matthew, der Ältere, unter ihren Kopfhörern schlafen. Der Aufenthalt am Mini-Markt war länger als geplant.

Wer würde gewinnen?

Nur um klarzustellen: Ein Bär und ein Hai.

Müde und erleichtert, aber immer noch leicht befangen von etwas anderem, startet Mr. Norman den Wagen und fädelt sich auf die breite Schnellstraße nach Vegas ein.

68.
Superhero-Style-Art

Kurze Kulturgeschichte Amerikas im Zwanzigsten Jahrhundert (Hg. Long Story Short)

30. Oktober 1938: Mit seinem *Mercury Theatre of the Air* produziert Orson Welles die von Howard Koch erstellte Bühnenbearbeitung des Romans *Krieg der Welten'* von H.G. Wells als einstündiges Hörspiel. Unter Welles Regie wird das Stück jedoch als Live-Reportage über eine Invasion von Außerirdischen ausgegeben. Bereits in Kochs Adaption landen die technisch hoch entwickelten Marsmenschen nicht auf einer englischen Schafweide, sondern im ländlichen New Jersey, von wo sie sogleich New York ins Visier nehmen, die bevölkerungsreichste Stadt des Planeten. Mit Laserkanonen und Giftgas töten die vorrückenden Aliens Tausende von Menschen. Der junge Orson Welles spielt einen Astronomen der Universität Princeton, um dem Ganzen eine gewisse wissenschaftliche Glaubwürdigkeit zu verleihen.

Sechs Millionen Menschen erleben das Hörspiel, das nach heutigen Maßstäben seine Eigenschaft als Kunstprodukt kaum verleugnen kann. Schätzungsweise eine Million glauben zu diesem Zeitpunkt, New Jersey werde soeben von

Marsmenschen überrannt, und einige von ihnen laufen auf die Straße und schießen auf Straßenlaternen und Wassertürme. Angesichts der Bedrohung durch die teuflischen Invasoren kommt es zu einer Reihe von Selbstmordversuchen.

23. Mai 1999: Aus dreißig Metern Höhe und nur von Seilen gehalten, springt in der ausverkauften Kemper-Arena in Kansas City der Profiwrestler Owen Hart, 34, in den Ring hinunter, wo er gegen einen alten WWF-Rivalen antreten will. Der dramatische Auftritt soll auf ein geradezu mythisches Ringen zwischen den maskierten Wrestlern einstimmen. Sinn der Sache, so WWF-Präsident Vince McMahon später, war es, Owen Hart dem Publikum auf »Superhero-Style-Art« zu präsentieren.

Doch Hart, dessen Haltegeschirr falsch angelegt ist, stürzt 30 Meter in die Tiefe. Dabei trifft er mit dem Kopf gegen eine Spannschraube und erleidet ein schweres Schleudertrauma. Bei dem Versuch, Kopf und Arm zu bewegen, bricht er später zusammen. Sanitäter eilen in den Ring, befreien ihn von seinem Markenzeichen, der Maske des Blue Blazer, und leiten Wiederbelebungsmaßnahmen ein, jedoch erfolglos. Die Ärzte im Krankenhaus können nur noch seinen Tod feststellen.

Obgleich Harts Kopf nach dem Auftreffen auf die Spannschraube Verletzungen erlitten hat, die aus Sicht eines damaligen Zuschauers erschreckend wirklichkeitsnah gewesen sein müssen, glauben viele der 16 200 Fans in der Arena an einen jener sorgsam choreographierten Stunts, durch die das Profi-Wrestling so populär geworden ist.

Weniger als vierundzwanzig Stunden später haben sich

bereits wieder 19 000 Fans im Kiel-Center St. Louis versammelt, um sich den nächsten WWF-Ligakampf anzusehen. Die Show geht weiter.

Wenn Ihnen dieser Beitrag aus der LLS-Reihe gefallen hat, nennt Ihnen unser Web-Katalog gerne weitere spannende Themengebiete, darunter Hitler kurz und knapp; Die Französische Revolution, eine Zusammenfassung; Mittelalter für Einsteiger; String-Theorie leicht gemacht; Kleine Anmerkungen zur Renaissance; Moby Dünn; Die Taschen-Reformation; Einstein für Dummies; Die Zwei-Minuten-Bibel; Faulkner: die besten Stellen; und Bär gegen Hai: Der Roman.

69.
Ein Wasserfall

Kurz vor Las Vegas erinnerte sich Mr. Norman an eine Stelle, an die er und seine Frau früher oft gegangen sind. Eine Stelle, die sie gemeinsam entdeckt haben, eine Stelle an seinem Körper, um genau zu sein, dieses kleine Stück Haut unter seinem, du weißt schon, Skrotum, das sie mit den Fingern oder mit der Zunge berührte, und die so real war, dass sie oft gemeinsam an diese Stelle gingen. Bei dem alten Fernseher, dem einen, den er noch von seinen Eltern hatte, konnte man den Ton abstellen, und dann gingen sie gemeinsam an diese ganz reale Stelle, seine Seele, Sitz seiner Emotionen.

Es ist Freitagabend. Die industrielle Sonne geht unter, und alles ist schön.

Unwillkürlich hat Mr. Norman seine Hand in seinen Schoß gelegt und sucht nach seiner Seele. Er kann sie nicht finden.

Wann ist es zum letzten Mal passiert? Das letzte Mal, dass sie ihn gebissen hat? Nein, nicht hart, nur ein kurzes Zuschnappen wie von einer Eidechse. Und jedes Mal blieb ein Abdruck zurück, der ihn zum Weinen brachte. Nicht etwa, weil es weh tat, sondern nur so, deswegen.

Er schaut sie an, und sie schläft. Sie sabbert auch, leider.

Der Präsident der Vereinigten Staaten sagt: »Nun ja, also

ich halte alle beide für harte Kämpfer und würdige Gegner. Egal, wie das Ergebnis lauten wird, ich bin sicher, es wird ein großartiger Kampf, und ich bin davon überzeugt, es wird für unsere ganze Nation ein großartiges Erlebnis.«

Über den Rückspiegel schaut Mr. Norman in die Finsternis. Seine Kinder sind irgendwo da hinten und schlafen. Er kann ihre Knie nicht sehen. Mr. Norman fragt sich, ob sie wohl jemals auf diese echte und reale Art berührt oder gebissen werden.

Ein Reporter sagt: »Haben die zuständigen Stellen Maßnahmen ergriffen, um Ausschreitungen wie nach Bär gegen Hai Teil 1 zu unterbinden?«

Warum? Warum nur fährt er mit seiner Familie ausgerechnet nach Las Vegas?

Las Vegas?

Sie sollten lieber irgendwohin fahren, wo es rein, frisch und real ist. Zu einem Wasserfall, auf eine Wiese, einen schneebedeckten Berggipfel. Disneyland mit seinen Fahrgeschäften und sauberen jungen Leuten in Kostümen und Zuckerwatte und. Nein, lieber nicht Disneyland, sondern irgendwohin, wo es grün ist und frisch und mit Wasser.

Blau blau blau, ein Wildwasser so blau wie der Rand seiner Website, blauer.

Die Normans sind noch fünf Meilen von der Grenze nach Las Vegas entfernt.

Melvin aus League City, Texas, sagt: »Ich würde meine Oma umnieten für eine Karte. Ich würde mit einem Bären raufen. Ich würde meinen Fernseher hergeben für eine Karte.«

Nur keine DVD keine DVD keine DVD keine DVD.

Ein Wasserfall. Fallendes Wasser. Keine Ahnung, aber vielleicht mit Felsen, Flechten, Schnecken.

Ja.

Er kann es förmlich sehen, so rein, das Wasser, das den Wasserfall herunterfällt.

Mrs. Norman rührt sich, murmelt.

Genau. Wie in der Seifenwerbung.

Mrs. Norman schreit.

Mr. Norman verlässt den Interstate, biegt zweimal links ab und fährt wieder auf den Interstate auf, weg von Las Vegas. Weg von dem Neonhorizont, den Titten, dem Glücksspiel, der Show.

und nun dies…

Teil 2

Von Missverständnissen und deren Vermeidung

70.

Das Gespenst von American Vacation

Hallo, Leute, und willkommen zurück zu einer weiteren Folge von *American Vacation*. Ich bin Walt West, und mit mir im Studio, zu meiner Freude und tatkräftigen Unterstützung, sitzt an diesem Wochenende Chris Blackletter. Na, wie habe ich den Namen ausgesprochen?

Nicht schlecht, Walt, nicht schlecht.

Herzlich willkommen, Chris, und danke, dass du auf die Schnelle zu uns kommen konntest.

Aber immer.

Nun, Chris, hier steht, du hättest einen Doktorgrad in Englisch von einer, sagen wir mal, nicht gerade einer Spitzenuni, aber immerhin.

Ich habe meine Seminare erfolgreich abgeschlossen, Walt.

Also hast du nicht wirklich einen Doktor?

Streng genommen nicht, nein.

Was genau hast du studiert?

Rhetorik.

Erzähl den Leuten ein bisschen mehr über Rhetorik.

Tja, wenn ich das könnte. Nach all den Büchern weiß ich selbst nicht so genau, was das sein soll.

Ein Wissensgebiet an der Schnittstelle von Sprache und Wirklichkeit.

Die genaue Schnittstelle haben sie aber komischerweise noch nie gefunden. Und mittlerweile auch aufgegeben, danach zu suchen. Es ist wie der verdammte Heilige Gral.

Alles ist Sprache.

So wird behauptet, ja.

Rhetorik ist demnach das Studium von allem und jedem.

Sieht so aus.

Also ist es eigentlich das Studium von nichts Bestimmtem?

Sieht nicht so aus, nein.

Trotzdem hast du einen Magister in Englisch?

Ja.

Und der ist von der, sagen wir, nicht gerade Spitzenuni?

Ist er.

Okay. So weit erst mal. Und, Chris, was machst du so, wenn du nicht gerade … also in deiner Freizeit, was machst du da gern?

Ich lese gern.

Das will ich hoffen!

Und ich habe im Catering-Bereich gearbeitet. So hast du mich ja überhaupt entdeckt.

Ja, wirklich, sieht alles sehr lecker aus auf der Platte. Melonenbällchen, Spinat-Dip, geschnitzte Möhrchen.

Wir bemühen uns, sowohl mit dem Essen als auch mit dem Kunden zu interagieren.

Diese bambusgedämpften Tofuklößchen sind wirklich gut. Und was ist das?

Das ist ein Artischocken-Formschnitt.

Kann man das essen?

Es ist mehr eine Dekoration.

Sieht aber hübsch aus.

Und ich habe als freier Mitarbeiter für Zeitungen geschrieben. Zum Beispiel einen Beitrag über Schönheitschirurgie für ein Frauen-Wirschaftsmagazin in North Carolina.

Schade, den Artikel muss ich verpasst haben.

Der Redakteurin gefiel er jedenfalls.

Redakteur*in*? Sag mal, Chris, du bist nicht zufällig Kommunist?

Also, darüber möchte ich jetzt nicht…

Ha! War nur ein Witz! Du stehst hier ja nicht vor Gericht.

Okay.

Und wenn das hier klappt, könntest du in der nächsten Zeit auch gerne mal wiederkommen.

Das wäre schön, Walt.

Meinst du, der Boss leiht dich noch mal aus?

Vielleicht.

Das ist deine große Chance, was?

Ja, kann man so sagen. Nur gut, dass Thomas Pynchon keine Zeit hatte.

Und David Foster Wallace auch nicht, und Donald Antrim und Lorrie Moore auch nicht.

Du hast Rick Moody vergessen, Walt.

Richtig. Der wäre ideal gewesen.

Und George Saunders.

Okay. Bis hierher vielen Dank. Halten wir fest: Chris hat hiermit seine Urinprobe abgegeben, er ist sauber wie ein Babypopo. Und für die Normans heißt es: Noch zehn, höchsten fünfzehn Minuten bis nach Las Vegas.

Komisch, diese Redewendung. Ist mir schon einmal aufgefallen. Meistens ist ein Babypopo ja ganz und gar nicht sauber.

Äußerst originelle Bemerkung, Kirk.

Ratzfatz und Halali, wer braucht schon Pynchon?

Langsam, langsam, das ist eine Familiensendung.

Tschuldigung.

Chris, ich sehe, du hast deine Hausarbeiten gemacht. Was aber sind die entscheidenden Faktoren für einen erfolgreichen Familienausflug, dargestellt anhand der Familie Norman?

Nun, betrachten wir zuerst die Kinder. Da ist Matthew, aber er ist unproblematisch. Er ist nicht allzu gut drauf, von vielem angeödet, nicht sehr temperamentvoll, vielleicht sogar leicht depressiv, aber er folgt aufs Wort. Dagegen Calvin …

Er heißt Curtis.

Auf Curtis dagegen muss man aufpassen. Er ist ein Katastrophen-Kid und ein Magnet des Missgeschicks.

Schön gesagt.

Vermutlich existiert bereits eine FBI-Akte über ihn. Seine Unternehmungen in Sachen Geldwäsche beschränkten sich zwar meistens auf Computerspiele, aber einige davon waren tatsächlich echt. Im Übrigen wird er leicht angeschossen.

Stimmt.

Mrs. Norman hat aus Zuschauersicht weiter keine Probleme. Sie ist ein erstklassiger Verbraucher, sie ist Patriotin, sie ist ein Familienmensch, sie verbreitet keinen Wirbel. Irgendwo im Unterbewusstsein hat sie zwar einige Vorbehalte, ihre Kinder zu diesem blutrünstigen Spektakel mitzunehmen, aber davon lässt sie sich die gute Laune nicht verderben. Sie selber ist schon ganz aufgeregt angesichts des angekündigten Gemetzels, doch möchte sie diese Augenblicke gemeinsam mit ihren Lieben verbringen. Daneben, das wird dir nicht entgangen sein, Walt, ist sie ein absoluter Maniac, was eine gesunde Körperhaltung angeht.

Ich glaube, entscheidend für ein langes Leben sind eher Vitamine.

So wie vor einiger Zeit noch Folsäure? Das kommt und geht, glaub mir.

Was ist mit Mr. Norman, Chip?

Mr. Norman ist der eigentliche Joker. Den darf man erst recht nicht aus den Augen lassen.

Unberechenbar.

Ja.

Eine wandelnde Zeitbombe.

Er verhält sich extrem widersprüchlich. Er ist desorientiert und ausgebrannt. Er ist ein Tagträumer, er ist ein Dummschwätzer. Etwas, das er nicht genau benennen kann, nagt an ihm. Er fühlt sich von sich und der Welt entfremdet. Er ist einsam, Walt, einsam. Er fragt sich, ob unsere Kultur ihm überhaupt *irgendeinen* Lebenssinn zu bieten hat.

Traurigtrauig.

Sehr.

Und ausgerechnet er ist im Besitz von Eintrittskarten, die ihm Zugang zum größten Schauspiel aller Zeiten verschaffen.

Noch größer als Lincoln gegen Douglas?

Ist dir klar, was die Leute alles tun würden, nur um an solche Karten zu gelangen?

Ich habe davon gehört, ja.

Dieser Mr. Norman hat einen Job, eine Familie, ein Mehrzweck-Sport-Utility-Fahrzeug. Er ist unterwegs zu einem Land mit der höchsten Unterhaltungskünstlerdichte der gesamten freien Welt. Ehrlich, solche Typen kotzen mich an. Ich meine, was wollen sie denn *noch*?

Vielleicht will er von allem ja nur ein bisschen weniger?

Meinst du, du schaffst deinen Doktor noch, Chris?

Da habe ich meine Zweifel.

Rhetorik ist der rechte Gebrauch der Überredungskunst in Abhängigkeit von der Situation.

Aristoteles.

Ich würde für eine andere Zielsetzung dieser Disziplin plädieren. Rhetorik sollte das Studium von möglichen Missverständnissen sein, von Missverständnissen und deren Vermeidung.

Kenn ich. I.A. Richards. Guter Witz.

Die Dienerin der Philosophie.

Wenn Sie dafür nicht waschkörbeweise Zuschauerpost kriegen.

Mr. Norman ist also die Schlüsselfigur.

Ja. Sein Verhalten ist nicht mehr kalkulierbar. Ich glaube, er ist zu allem fähig. Oder zu gar nichts mehr. Aber genau darum schalten die Leute wohl ein.

Irrtum, Carl. Unsere Marktforschung zeigt ganz eindeutig, dass die Leute diese Sendung einschalten, weil sie ganz normale amerikanische Familien bei einem ganz normalen amerikanischen Urlaub an ganz normalen amerikanischen Vergnügungsstätten sehen wollen.

Alles klar.

Die jetzige Folge fällt nur deshalb aus dem Rahmen, weil wir zwar nicht die Übertragungsrechte an Bär gegen Hai besitzen, dafür aber eine amerikanische Familie beim Besuch von Bär gegen Hai filmen dürfen. Die meisten unserer Landsleute draußen an den Geräten werden nie näher an die Action herankommen als in dieser Sendung.

Walt, wusstest du schon, dass mein Schwager Bär gegen Hai erfunden hat?

Ach, komm. Meiner auch.

Nein, im Ernst.

Chris, ein solches Ereignis lässt sich in seiner Bedeutung für die amerikanische Öffentlichkeit gar nicht genug überschätzen.

Keine Einwände, Walt.

Dieses Ereignis setzt demokratisierende Kräfte frei.

Hab ich auch gehört.

Ich meine, schon das Internet. Wenn jemand heute etwas zu sagen hat, kann er es sagen und wird sogar gehört. Selbst der letzte Bauernlümmel irgendwo am Arsch der Welt, vorausgesetzt, er hat einen vernünftigen Internet-Provider, kann über seinen Webauftritt durchaus neben dem reichen Kid aus der Villengegend bestehen. Technologie und Entertainment haben die Klassengegensätze eingeebnet und die reinste Form der Demokratie geschaffen, die man sich denken kann.

Tja, ich weiß nicht.

Überleg doch, noch vor hundert Jahren hätte derselbe Bauernlümmel nicht einmal von Bär oder Hai gehört, geschweige denn, dass er sich an Internet-Gewinnspielen beteiligt, an Meinungsumfragen, an Chats, in denen die jeweiligen Vorteile von Flossen und Pranken diskutiert werden. Wenn man nur darüber nachdenkt, wie weit wir es gebracht haben, wird einem schwindlig.

Man könnte auch an die gute alte Gemeindeversammlung denken, Walt.

Exakt. Eine Gemeindeversammlung im globalen Dorf, wo darüber diskutiert wird, wer von den beiden Furcht erregenden Kreaturen gewinnt.

Kreierten Kreaturen. Fakes.

Wie man's nimmt, Chris. Fake doch wohl nur in dem Sinn, dass sie nicht real sind.

Zugegeben.

Aber zugleich elektrisieren sie die ganze Nation.

Richtig.

Gründerväter einer neuen Gesellschaft.

Ja.

Bürgerrechte in völlig neuer Gestalt.

Okay.

Und die Rhetorik, mein Freund, wird in dieser radikaldemokratischen Welt von vitalster Bedeutung sein.

Von vitalster Bedeutung, Walt.

Wenn Joe Sixpack sein hart verdientes Geld halbwegs sinnvoll auf Bär oder Hai setzen will, dann muss er ein Fachmann in der logischen Durchdringung von veröffentlichten Behauptungen werden.

Du sprichst jetzt von Glücksspiel, oder?

Ja, Chris. Auf wessen Seite stehst *du* eigentlich? Bär oder Hai?

Ich bin Hai-Fan, Walt. War ich schon zu der Zeit, als das Spiel noch ein harmloses Gesellschaftsspiel war, und bin es immer noch. Ich verstehe zwar wenig von dem Theater, das dauernd um diese Frage veranstaltet wird, aber ich kenne ein paar ziemlich schlaue Leute, die meinen, der Bär hätte die besseren Karten.

Wie du weißt, wird diese Entscheidung weitgehend unabhängig vom jeweiligen Bildungsgrad getroffen.

Aber Leute aus der Fischindustrie setzen ihr Geld eher auf den Hai als andere. Und manche von denen haben auch nur noch ein Bein, wenn du verstehst, was ich meine.

Aber dasselbe gilt mehr oder weniger auch für Leute aus

dem Westen, Forstleute, Holzfäller, Ranger, alle die Waldschrate, die nach Bär gegen Hai Teil 1 die Randale gemacht haben. Das sind alles Bär-Sympathisanten da draußen. Sie wissen, was ein Bär ist. Sie wissen, was ein Bär anrichten kann. Diese Leute tragen Bärte und Flanellhemden und feste Stiefel.

Walt, ich habe nie verstanden, wie die im Wald eigentlich randaliert haben.

Na, sie haben Bäume umgeschmissen, Adlerhorste geplündert und solche Sachen.

Also eine Art ziviler Ungehorsam?

Könnte hinkommen. Macht kaputt, was euch kaputtmacht. Ganz im Geist von Thoreau und Martin Luther King.

Aber was wollten sie damit beweisen?

Sie wollten beweisen, dass irgendetwas in ihnen sehr starke Emotionen auslöste. Randale hat Tradition in Amerika. Egal, ob wir wütend sind oder traurig oder sogar nur glücklich und zufrieden, wir randalieren eben gern. Pech nur, dass gerade keine Kameras in der Nähe waren, die diesen spontanen Gefühlsausbruch festhalten konnten. So bleiben uns nur die Augenzeugenberichte auf ihren Webseiten, die gleichwohl sehr bewegend sind. Rhetorisch clever gemacht.

Hey, Walt, wenn ein Randalierer im Wald einen Baum umschmeißt und keiner hat es gesehen … ach, egal.

Deine Prognose, Clint?

Mir gefällt der Hai auf die kurze Distanz, also nicht länger als über drei Runden. Diesmal wird es wohl länger dauern, vorausgesetzt, sie haben das mit dem Kopf in den Griff gekriegt, und da sieht es für den Bären nicht mehr ganz so gut aus.

Na bitte, Sie haben es gehört. Ich bin Walt West, und dies hier ist Chris Bandleader, und Sie sehen gerade *American Vacation*. Sag mal, Chris, wusstest du eigentlich, dass ein Hai nicht rückwärts schwimmen kann?

Das ist eine moderne Legende.

Hey, Chris, was kriegt man, wenn man einen Bären und einen Hai kreuzt?

Keine Ahnung.

Etwas abgebissen.

Okay, Walt, weißt du, warum der Bär den ersten Kampf verloren hat?

Hmmm…

Er hatte eine entbärungsreiche Kindheit. Okay, war nicht so lustig.

Kommen wir nun zu unserer Postecke mit E-Mails, die uns unsere Zuschauer geschickt haben. Paul aus Ohio schreibt: *Wo bleibt Pynchon? Im Kabelprogramm im Internet haben Sie Pynchon versprochen, aber der Kerl mit dem Kummerbund ist auf keinen Fall Pynchon.* Na, man kann es nicht jedem recht machen, Kevin.

Schätze mal nein. Aber die Leute können nun mal krank werden. So was passiert.

Okay, Jennifer aus New Jersey schreibt uns: *Ich liebe* American Vacation. *Es ist viel besser als* American Holidays *oder* Family Trip. *Weiter so.* Hey, vielen Dank, Jennifer, so was hören wir gern.

Danke, Jennifer.

Nathan aus Missouri schreibt: *Hey, was ist eigentlich aus dem guten alten Jell-O-Wackelpudding geworden. Jell-O-Wackelpuddings waren mal riesengroß, und auf einmal findet man sie fast gar nicht mehr. Außerdem haben sie auch richtig gewa-*

ckelt. Mein Tipp: Such weiter, Nathan. Zeit für eine kleine Unterbrechung. Wir sind gleich wieder für Sie da mit mehr *American Vacation.* Und Finger weg vom Senderknopf.

Schlechte Auskunft? Kein Kredit? Kein Problem.

und auf einmal fand Turner die Abwurfzone nicht mehr

diese Regierung ist an Friedensverhandlungen ganz offensichtlich nicht interessiert

wir haben diese Hungersnot nicht gewollt, doch sie

kletterte ihr jüngstes Album in den Charts sofort bis auf Platz

Warum sagen sie eigentlich Album?

Weiß nicht. Warum sagen sie: Finger weg vom Senderknopf?

ein weitere Runde erfolgreicher Raketenangriffe

Senderknopf gibt's doch gar nicht mehr.

Muttis Milch genügt lediglich den Ansprüchen von Durchschnittskindern

Sag ich ja.

Serien-Vergewaltiger

schlankes Design

In Spartacus *laufen Typen mit Digitaluhren herum, wo es da noch gar keine Digitaluhren gab.*

kürzlich trafen wir uns mit einer viel beschäftigten jungen Dame aus Los Angeles, und Folgendes hat sie uns zu dem Thema gesagt

das ist die siebte Rückenmarksverletzung der Saison, Butch

ein 100-Millionen-Dollar-Deal über fünf Jahre

keine Mitteilung zu zivilen Opfern

beim Kartenvorverkauf am letzten Wochenende spielten sich dramatische

Sturmböen

Bären können nicht schnell bergab laufen

verdammt, Billy, du kannst nicht alles haben, was du dir wünschst, das Leben funktioniert nicht so

in den Dürregebieten vorerst keine Wetteränderung

du hast mit ihr geschlafen, oder? Ich hoffe, es hat dir gefallen

müssen Sie sich auch des Öfteren erbrechen?

He, ich wollte die Sendung SEHEN, schalt wieder zurück.

Was für eine Sendung war es denn?

der einzige Hotdog mit Vitamin C

American Vacation.

Gott der Herr will von euch weise Finanzentscheidungen

Welcher Kanal?

und weil wir überzeugt sind, dass Ihnen unser Angebot auch wirklich

das Blut lief nur so den Hügel runter ich weiß du denkst jetzt es wäre gleich versickert aber das ist ja gerade der Punkt dass der ganze Boden schon so mit Blut getränkt war dass es einfach so den Hügel runterplätscherte voll über unsere Stiefel

Scheiße.

Vierundachtzig, glaube ich.

niemand mag labberige Pommes

Scheiße, dann dreiundachtzig.

Wenn Sie gerade erst zugeschaltet haben, haben wir ein paar spannende Neuigkeiten für Sie. Die Normans waren nur noch wenige Meilen von Las Vegas entfernt, als Mr. Norman sein Mehrzweck-Sport-Utility-Vehicle gewendet hat und mittlerweile in der Gegenrichtung unterwegs ist.

Eine totale 180-Grad-Wendung, Wes.

Walt.

Walt.

Sie müssten den Wagen jetzt über unsere Luftbildkameras erkennen können. Chris, würdest du mit dem Telecursor mal einen Kringel um den Wagen machen?

So etwa?

Nein, das ist ein Kaktus, das siehst du doch.

Sorry, ich bin technisch nicht so begabt.

Ja, genau da. Es geht doch. Wie gesagt: Mr. Norman hat den Wagen gewendet und fährt nun in die entgegengesetzte Richtung, weg von Las Vegas. Also ich will nichts vorwegnehmen, aber das sind beunruhigende Nachrichten. Vielleicht hat ja nur jemand seine Schlüssel oder Sonnenbrille in einem Mini-Markt vergessen.

Das glaube ich nicht, Walt.

Was?

Ich glaube, es ist viel ernster als das.

Aber guck doch mal, wie langsam er fährt. Wenn er wirklich fliehen wollte, würde er richtig Gas geben.

Nicht unbedingt.

Das musst du uns erklären. Jetzt hast du die Chance zu zeigen, was wirklich in der Geschichte steckt.

Mr. Norman, also Mr. Norman fährt langsam in die hereinbrechende Wüstennacht, weg von Las Vegas.

Das wissen wir schon von unseren Luftaufnahmen.

Las Vegas, Walt. Las Vegas, das sind Showgirls mit Federboas, das ist gnadenloses Entertainment, das sind fensterlose, zeitlose, ortlose Labyrinthe der Spielsucht, wo dich polychromes Geflimmer, Freigetränke und das Rattern unabhängiger Automaten anfallen, bis du von allem so durchtränkt bist wie von Novocain. Eine Innenwelt, die sich gibt wie eine Außenwelt. Nur lauter, nur mehr von allem.

Hast du solche Sprüche auch für andere Städte auf Lager?

Wo die Fotos der glücklichen Gewinner an der Wand hängen, mit freien Stellen dazwischen, die für dich selbst reserviert sind: deine blutunterlaufenen Augen, dein bleiches Lächeln. Komisch, aber gewinnen fühlt sich kaum anders an als verlieren. Bei beidem gibt es kein Halten mehr.

Ein Wunderwerk menschlicher Ingenieurskunst. Allein die geniale Architektur des Ganzen.

Raum, der dich immer und immer und immer wieder sagen lässt: Okay, nur noch ein einziges letztes Mal.

Das ist brillant, Cyrus.

Doch Mr. Norman ist diesem Raum fern. Mr. Norman fährt weg und… draußen vor der Scheibe geschieht die Nacht, aber langsam, nicht so, als gäbe es kein Halten mehr. Vielleicht heult irgendwo ein Coyote, vielleicht schiebt sich eine Klapperschlange durch den Sand, und vielleicht versteckt sich ein Skorpion behände in eines Cowboys schlafendem Stiefel.

Der Stiefel, sagst du, liegt auf dem Rücken?

Gib mir einen Tipp, Walt: Gibt es da draußen noch Skorpione?

Ja, ein paar.

Und Cowboys.

Die nicht mehr. Aber ihre Stiefel sind geblieben.

Und in dem sterbenden Licht säumen die strengen Silhouetten der Riesenkakteen den Highway wie…

Wie *schwarze Menschen?*

Nein, Walt, wie Wächter, Mitglieder einer mondbeschienen Bürgerwehr, deren Pflicht es ist, dich innerhalb der Begrenzungsstreifen zu halten.

Klingt irgendwie unheimlich.

Und Mr. Norman fährt auch nicht sonderlich waghalsig oder hektisch, sondern langsam, versonnen, weit unter der zulässigen Höchstgeschwindigkeit. Du musst dir einen abgebrühten Bankräuber vorstellen, Walt, der seine Beute einsackt, die Bank seelenruhig durch den Seiteneingang verlässt und mit keinem Schritt verrät, was er getan hat.

Eine mögliche Analogie.

Denn Mr. Norman hat das Gefühl, dass ein höheres Tempo selbst auf dieser langen, geraden Straße seine Gedanken behindern würde. Oder sie glatt wegblasen könnte. Von einer gewissen Geschwindigkeit an (keine bestimmte Geschwindigkeit, die Höhe ist eher generationenabhängig), denkt Mr. Norman, gibt es für die Welt kein Halten mehr, kein Halten zum Innehalten und Nachdenken.

Unsere schnelllebige Zeit ist nicht unbedingt der Nährboden für sorgfältige Abwägung und besonnene Urteilsbildung. So weit alles klar.

Und so treiben die weißen Begrenzungslinien, die den ganzen Tag über wie Gewehrkugeln oder Raketen aus einem Videospiel an ihnen vorbeizischten, gemächlich entlang wie Baumstämme auf einem Fluss.

Metapher.

Fließen dahin, diese weißen Linien, Walt, mit einer beinahe vorschriftswidrigen Gelassenheit.

Dreiundfünfzig Meilen die Stunde: die Geschwindigkeit des denkenden Mannes.

Und vor Mr. Norman erscheinen die Schilder und Werbetafeln, größer werdend, in scharf umrissenen Einheiten wie in einer Dia-Show oder in einem alten Lehrfilm.

Ich erinnere mich auch an diese Filme. Demographische Untersuchungen belegen, dass die überwiegende Mehrheit unserer Zuschauer diese Trope verstehen dürfte.

Wie in regelmäßigen Potenzschritten vergrößert.

Ja.

Und im Rückspiegel erkennt Mr. Norman, wie – durch Zeitsprung und Zellteilung – weit und trüb entfernte Fahrzeuge zu glühäugigen Monstern des Luxus heranwachsen, bis sie mit unhörbarem Donnern an ihm vorbeirasen.

Blastula. Zygote. Nächstes Dia.

Innerhalb von Sekunden wachsen embryonische Scheinwerfer zu ausgewachsenen Limousinen heran, bevor sie in die Dunkelheit stürzen. Diese Welt liegt hinter ihm.

Für alle, die jetzt erst zugeschaltet haben, hier ein kurzer Überblick über die Situation: Mr. Norman hat nur wenige Meilen vor der Grenze nach Las Vegas gewendet und steuert sein Mehrzweckfahrzeug jetzt weg von der Entertainment-Kapitale der Welt. Und wie Sie sehen können, fährt er sehr langsam. Wie immer eine tolle Leistung von unserem *American-Vacation*-Kamerateam in den Army-Hubschraubern. Ich bin Walt West, und hier bei mir im Studio, der Herr mit der Fliege, ist Chris Backacher aus der Kantinen-Mannschaft des Studios. Er hat einen Magister in Englisch, etliche Depressionen und tote Phasen und fehlgeleitete Liebesbeziehungen hinter sich, aber keine Vorstrafen, und er nimmt keine Drogen, sein System ist sauber. Und er hat einen Hang zur dramatischen Wendung, vielleicht nicht unähnlich unserem Mr. Norman.

Ich leide auch oft unter Einschlafstörungen.

Wissen wir.

Als ein weiteres Auto das Mehrzweckfahrzeug der Normans überholt, winkt ein kleines Kind Mr. Norman zu. Es lächelt und trägt einen Strahlenkranz auf dem Kopf.

Aber, Chris, ich sehe im Moment überhaupt keine Autos, die den Wagen der Normans überholen.

Als Mr. Norman, die Hand erhoben, zurückgrüßen will, sind Kind und Auto bereits im fernen Sternbild der Rücklichter verschwunden.

Ich frage mich, von welchem Punkt an eine solche Situation zur offenen Geiselnahme wird?

Aber Mr. Norman liebt seine Kinder, Walt. Du weißt das doch. Du weißt das, oder? Früher, ja, früher kam ihm ein solcher Ausflug auch toll vor. Aber jetzt …

Sind wir nicht verpflichtet, die Nationalgarde zu rufen, schon wegen der Familie? Ich denke, Gummigeschosse müssten in diesem Fall reichen.

Er kann seine Kinder im Rückspiegel sehen.

Ich weiß nicht, Chris, es ist ziemlich dunkel.

Vielleicht ergeben ihre Träume ja mehr Sinn als die Welt, in die sie hineingeboren werden.

Hör mal, den Kindern geht es gut. Wenn ich da an meine Kindheit denke, Mannomann.

Das Radio ist an, aber mit heruntergedrehter Lautstärke. Eine Frau redet über ein Produkt. Mr. Norman kann ihre Worte nicht verstehen, erinnert sich aber an den typischen Tonfall eines Verkaufsgesprächs. Vielleicht bleibt am Ende nicht einmal ein konkreter Inhalt übrig, sondern nur die Form – der schlanke Körper eines Olympioniken, die Stimme einer bekannten Schauspielerin, ein Jingle, eine verblüffende Farbregie, eine Ausblende, ein Jump-Cut, ein Swish-Pan, Sound-Effekte, ein hübscher Arsch, ein innovatives Bild-Text-Arrangement. Nicht »Kaufen Sie dieses oder jenes« ist die Losung, sondern nur noch: »Kaufen Sie, kaufen Sie, kaufen Sie, und wir werden alle gewinnen!«

Die unsichtbare Hand.

Die Reklametafeln wirken lächerlich in diesem Schneckentempo. Sie sehen aus wie ein Witz, wie ein Fake, eine Parodie ihrer selbst. Die bunten Lügen sind rhetorisch auf Highway-Geschwindigkeit eingepegelt, den blitzartigen Treffer. Wenn du zu langsam an ihnen vorbeifährst und über ihre impliziten Syllogismen nachdenkst – etwa dass Lifestyle voller Fun eben Fun ist und dass Hernia-Limo unweigerlich zu einem Fun-Lifestyle führt und so weiter –, dann kommst du irgendwann zu dem Schluss, dass Werbung nicht nur die menschliche Intelligenz beleidigt, sondern darüber hinaus auch noch rausgeworfenes Geld ist. Und noch etwas passiert dann. Du verspürst eine seltsame Leere, einen unklaren Durst nach etwas, ja, genau, einen Durst – und wäre eine Hernia-Limo jetzt nicht genau das Richtige?

Mensch, Junge, du hast Recht, jetzt spüre ich es auch. Richtig ausgedörrt bin ich.

Das Vibra-Dream-Plus, musst du wissen, ist im wörtlichen Sinn eigentlich nicht weiblich, obgleich es in der Werbung entsprechend der Zielgruppe, vorwiegend Männer, so präsentiert wird, mit Bildern voller Brüste und Beine und einem Bauchnabel, wodurch das sexuelle Verlangen mit dem Ruhebedürfnis nach einem langen Arbeitstag vermengt wird. Die Vermengung geschieht permanent, Walt. Sie ist gut fürs Geschäft. Beinahe für jedes.

Ist mir noch gar nicht aufgefallen.

Das Vibra-Dream-Plus, das Mr. Norman wie einen

dicken Kragen trägt, vibriert gerade oberhalb der Wahrnehmungsgrenze, aber sie sagt eigentlich nie etwas.

Verstehe. Meine sagt auch nie etwas, aber genau so mag ich sie.

Und vergessen wir nicht seine Frau auf dem Beifahrersitz, die unruhig schläft.

Können wir mal ein Bild von ihr bekommen? Danke. Das ist ein ziemlich aktuelles Bild von Mrs. Norman.

Mr. Norman schaut auf die Person neben ihm und empfindet diese gewisse Zärtlichkeit, die man für Schlafende empfindet oder für die, die man zwar nicht mehr liebt, aber mit denen man eine gemeinsame Geschichte teilt. Nach all dem Streit und Schweigen, Walt, kann diese vergebliche Zärtlichkeit kommen.

Kommt mir plausibel vor.

Ich bin nicht sicher, ob Las Vegas streng genommen wirklich ein unabhängiger Staat ist, aber ich weiß, dass die Normans schon seit Monaten nicht mehr miteinander geschlafen haben, vielleicht sogar ein Jahr, vielleicht sogar noch länger. Die Tage flitzen wie kleine Fische an ihnen vorbei.

Kalenderblätter flattern im Wind wie in alten Schwarzweißfilmen.

Walt, die Bildsprache und die Atmo überlässt du bitte mir.

Aufgrund der gegenwärtigen Nachrichtenlage unterbrechen wir das Programm ausnahmsweise *nicht* für die Werbung. Bitte beachten Sie, dass Ihnen die folgenden sechzig Sekunden präsentiert werden von HardCorp. HardCorp: Seit über dreißig Jahren an Ihrer Seite. HardCorp: *Making Life more real!*

Und obwohl die Wüstennacht kalt ist, läuft die Klimaanlage und sind die Scheiben des Mehrzweckfahrzeugs hochgekurbelt.

Ich glaube, das können wir bestätigen.

In der leicht konvexen Frontscheibe kann Mr. Norman sich selbst sehen, sein Spiegelbild im gespenstischen Licht des High-Tech-Armaturenbretts. Dieses Armaturenbrett ist bemerkenswert aufgrund der Vielzahl an Informationen, mit denen es den Fahrer versorgt. Leicht gekippt schwebt sein Bild wie ein Astronaut oder ein Geist vor dem zunehmend schwärzer werdenden Himmel.

HardCorp: Bären, Haie und vieles mehr.

Hier bin ich, denkt Mr. Norman. Hier bin ich und spuke durch meinen eigenen Urlaub. Das Gespenst von American Vacation.

Mr. Norman hat seine Geschwindigkeit leicht erhöht, trotzdem befindet er sich immer noch weit unter der zulässigen Höchstgeschwindigkeit. Ich glaube nach wie vor, dass es keinen Grund zur Panik gibt. Ich plädiere nämlich für eine viel einfachere, weit weniger drastische Erklärung für seine Entscheidung umzukehren. Nicht, dass deine nicht ihren Reiz gehabt hätte, nein, aber sie war doch ein bisschen düster. Übrigens, alles, was ich, und das meiste, was Clem Ihnen über Gespenster mitgeteilt hat, wurde Ihnen präsentiert von Zerealien am Stiel: Denn wer hat heutzutage schon Zeit für warme Zerealien oder kalte Zerealien oder einen Zerealien-Riegel?

Zerealien am Stil: Denn Haferflocken sind was für Loser.

Das ist die richtige Einstellung, Chris.

Du plädierst also für Ockhams Rasiermesser, Walt?

Ich sage nur, dass du vielleicht ein bisschen zu viel liest.

Abwarten. In dieser Geschichte geht es nicht um verlegte

Schlüssel oder irgendwelche elektronische Spiele. Es geht um eine Krise. Es geht um Sinnsuche. Es geht um einen Wendepunkt, ein Erwachen. Denn genug ist genug. Um nichts anderes geht es.

In einiger Entfernung – können wir das bitte mal besser haben? – in einiger Entfernung – prima, Jungs, großartige Arbeit – ist bereits das blaugraue Flimmern über TeleTown zu erkennen.

Ja genau!

Nein, Chris, du denkst doch nicht etwa ...

Doch, genau das denke ich.

Aber warum TeleTown? Das ist doch nicht die wahre Freiheit.

Wieso nicht? Vielleicht ist TeleTown ganz anders, als es scheint.

Chris Badchildren wird Ihnen präsentiert von Chief Executive O-Saft, der O-Saft für die Chefetage. CEO-Saft ist nicht verantwortlich für etwaige in dieser Sendung zum Ausdruck gebrachte Meinungen.

Nicht alles ist so, wie es scheint. Vielleicht sind die Million Fernseher nur Fassade. Vielleicht bleiben eine Million Fernseher ungeguckt.

Chris, du hast offenbar noch nie versucht, *nicht* hinzusehen, wenn ein Fernseher läuft.

Vielleicht gelingt es Mr. Norman ja, den korsischen Knoten zu zerschlagen.

Es heißt Gordischer Knoten.

Vielleicht haben sich die Leute ja aus einem ganz bestimmten Grund in TeleTown zusammengefunden. Vielleicht wollen sie dort ein anderes Leben führen. In TeleTown teilen sie sich die Arbeit. In TeleTown gibt es kein Geld. In

TeleTown bauen sie alles selber an, und die Arbeit an der frischen Luft erhält sie kräftig und gesund. In TeleTown liest man Bücher und diskutiert anschließend darüber.

Eine utopische Gesellschaft.

Nenn es, wie du willst.

Eine Bande von verdammten Robotern. Und der Tod des Individuums.

In TeleTown kümmert man sich nicht um Mode, niemand will immer nur alle möglichen Dinge anhäufen. Niemandem geht es schlechter als dem anderen. Die Leute kochen und backen gemeinsam, sie musizieren, schreiben, malen, spielen zusammen Theater. Eine blühende Künstlerkolonie.

Und nicht der geringste Anreiz zu Leistung und Erfolg. Ich werde dir sagen, wie das endet. Erst Stagnation, dann Blutbad. Die holländische Krankheit. Wenn Sie gerade erst zugeschaltet haben, der Stand der Dinge ist: Die Normans befinden sich auf der Flucht vor dem Vergnügen.

In TeleTown bekommen die Normans vielleicht ihr Leben wieder auf die Reihe, knüpfen die Familienbande neu, stellen ihre Beziehung auf eine andere Grundlage. Zum ersten Mal in ihrem Leben pflegen sie Freundschaften. Weißt du, es gab einmal eine Zeit, da schenkten sich Mr. und Mrs. Norman noch etwas zu Weihnachten. Sie hatten sich das zur Regel gemacht, und die Geschenke waren nicht etwa beiläufige Geschenke, sondern sie bedeuteten etwas. Warum nur haben sie irgendwann damit aufgehört?

Jede Wiedergabe dieser Sendung in Wort, Bild oder Ton, direkt oder indirekt und ohne vorherige schriftliche Genehmigung von *American Vacation* ist strengstens untersagt.

Ich sage ja nicht, dass alles in TeleTown vollkommen ist. Immerhin reden wir von Menschen. Es kommt immer wieder zu Auseinandersetzungen über den Zustand der Gemeinschaft und wie er sich verbessern lässt. Trotzdem herrscht grundlegendes Einverständnis über die Bedeutung von Fairness und Gerechtigkeit.

Ich glaube, der Typ da hinten braucht deinen Flaschenöffner.

TeleTown, Walt. Ich sage nur: TeleTown.

Chris, hast du dir mal überlegt, wie sich der Rest der Familie jetzt fühlt? Ich meine, da ist doch bestimmt jemand aufgewacht und kriegt ziemlich genau mit, wohin die Reise geht.

Ja, es kommt zu Unmutsäußerungen. Das war nicht anders zu erwarten. Die Jungs, und hier vor allem Curtis, sind fassungslos bis stinksauer. Mrs. Norman will sich zwar nicht einmischen, aber auch sie wünscht, Mr. Norman wäre nicht umgekehrt. Sie sagt: Schatz? Sie sagt: Vielleicht sollen wir kurz darüber reden. Curtis sagt: Ich hasse dich, Dad. Er sagt: Du machst mir mein ganzes Leben kaputt. Und Matthew, Matthew sagt: Shit. So gut waren die Plätzchen jetzt auch wieder nicht.

Es kommt zu innerfamiliären Wortwechseln.

Curtis sagt: Lass mich hier raus. Ich hasse dich, du verlogener Wichser, du Arschgesicht.

Mit diesen Worten etwa.

Das tut natürlich weh, aber Mr. Norman fährt weiter. Wart's nur ab, sagt er. Ich verspreche dir, dort, wo wir hinfahren, gefällt es dir besser als sonst irgendwo. Ich versprech's dir. Vielleicht weint Mrs. Norman auch ein wenig. Sie ist innerlich zerrissen. Sie möchte ihm so gerne glauben.

Wenn er sich in letzter Zeit nur nicht so komisch verhalten hätte.

Interessant, aber eben wieder reine Spekulation.

Nein, es ist wahr!

Hoppla, was ist denn das? Dort auf dem Mittelstreifen? Könnt ihr da mal näher rangehen, bitte?

Nein, leicht wird es nicht für die Normans. So eine Veränderung ist niemals leicht.

Ist das ein …? Sieht aus wie ein Mensch.

In TeleTown kennt man das Problem. Das kam schon häufiger vor: Eine Familie lässt sich in TeleTown nieder, aber nicht jeder kommt sofort mit der Situation zurecht. Es ist harte Arbeit.

Da, schau doch, auf dem Mittelstreifen! Ein Mensch, eher klein. Sieht aus wie ein Kind.

Man muss sich nur mal überlegen, was es bedeutet, einen Menschen vom Fernsehen zu entwöhnen, wenn überall Fernseher stehen. Das klappt beileibe nicht immer. Manche halten nicht durch und gehen einfach wieder. Manchmal bricht auch eine Familie auseinander.

Das *ist* ein Kind, ein kleiner Junge, der auf dem Mittelstreifen auf das Fahrzeug der Normans zukommt. Das Fahrzeug der Normans ist noch zirka eine halbe Meile entfernt und verlangsamt seine Fahrt. Wie soll's jetzt weitergehen, Chris, irgendwelche Vorschläge?

In TeleTown wird Mr. Norman von den Toten auferstehen. Er wird wieder anfangen, etwas zu empfinden. Jahrelang war er wie abgestorben. Jetzt lacht er wieder und kann auch wieder weinen. Er entdeckt Talente an sich, die er nie für möglich gehalten hätte.

Ist das Curtis Norman?

Er besitzt nur noch wenig, aber er fühlt sich frei.

Jede Wette, das ist Curtis Norman auf dem Mittelstreifen. Das Sport-Utility-Fahrzeug bremst, mitten auf dem Interstate, und wendet auf dem Mittelstreifen. Der Wagen steht jetzt. Wie um alles in der Welt konnten sie das Kind vergessen?

Ich weiß noch nicht, ob Mr. Normans Frau und seine beiden Kindern wirklich bereit sind für eine echte Veränderung. Man muss dafür bereit sein. Vielleicht fahren sie sofort weiter nach Las Vegas zu Bär gegen Hai. Vielleicht bleiben sie eine Woche, einen Monat, ein Jahr. Vielleicht leben sie sich ein, aber die Wahrscheinlichkeit ist eher gering. Sie vermissen ihr Internet und die Gewaltvideos. Mr. Norman muss sich also entscheiden. Wird er in TeleTown bleiben oder zusammen mit seiner Familie die Stadt wieder verlassen.

Curtis ist bereits in den Wagen geklettert. In diesem Punkt hattest du übrigens Recht, Clyde. Die Geschichte handelt wirklich nicht von verlegten Schlüsseln oder Videospielen.

Mr. Norman wandert über die sauberen Lehmpfade von TeleTown. Er hat eine entsetzliche Entscheidung zu treffen. Es ist schon nach Mitternacht. Der blaugraue Nebel hat sich verdichtet und wirkt wie eine Erinnerung an sein früheres Leben. Entertainment-Abgase. Wunderschön, aber substanzlos.

Mr. Norman wendet den Wagen auf dem Mittelstreifen. Es sieht aus, als ob … ja, genau, er wendet erneut, und die Normans sind wieder auf dem Interstate Richtung Las Vegas. Jetzt geben sie richtig Gas, sie wollen weiterkommen. Wow, was für eine Wendung – nicht nur der Ereignisse!

Ein einsamer Mann, der die staubige Piste am Grund eines Canyons entlanggeht, während über ihn der Interstate-Verkehr hinwegdonnert. Durch den blaugrauen Dunst erkennt er die Blitzlichter von Leuten, die den Ort bei Nacht fotografieren. Jeder will ein Erinnerungsfoto von dem TV-Ghetto, dieser pastoralen Szene. Mr. Norman fährt selber kein Auto mehr und hasst den Verkehrslärm oben auf der Brücke. Er weiß: Wenn er jemals wieder auf die Interstate geht, wird das sein Ende sein.

Chris …

Er will nicht mehr dorthin zurück, wohin die Interstate ihn bringen würde. Sein Immunsystem verträgt weder solche Süße, noch solchen Lärm, noch solche Helligkeit. Die schnellen Bilder würden ihn zerschmettern und sein Herz jeden Tag aufs Neue in hundert Stücke schlagen, die endlose Dummschwätzerei würde seine Ohren quälen, schlimmer als Moskitos. Und dennoch, man trennt sich nicht so einfach von einer Familie! Die Jungen sind sein Ein und Alles. Er …

Chris, Chris, ich will dich wirklich nicht unterbrechen, ein paar Szenen waren gar nicht so übel, aber die Sache hat sich aufgeklärt. Alles in Ordnung. Wir konnten das Familiendrama gerade noch verhindern.

Was?

Die Normans sind wieder da, wo sie hingehören. Auf der Schnellstraße nach Las Vegas, Tempomat läuft, Geschwindigkeit 76 Meilen die Stunde. Leute, der kleine Norman-Junge wurde Ihnen präsentiert von Green Paint.

Aber das Leben, das jetzt vor ihnen liegt!

Bär gegen Hai. Ein TV-Event der Extraklasse.

Das kann nicht sein.

Mensch, schau doch selbst. Monitor drei, gleich dort.

Großer Gott!

Und wenn es dir nichts ausmacht, die Jungs in der Produktion hätten gern noch welche von den Chicken-Crossies.

Teil 3

Las Vegas

71.

Das brutale Mahlwerk der Geschichte

Nur noch vierundzwanzig Stunden bis zu Bär gegen Hai Teil 2.

Jetzt werden die Klauen und Zähne gewetzt.

Im Darwin Dome treffen heute die natürlichsten Feinde aller Zeiten aufeinander.

Lunge gegen Kiemen im Neon Desert: Es winkt die ganz große Murmel.

Echter als im richtigen Leben!

Hai und Bär treten an zum Vernichtungskampf.

Jetzt geht's lo-hos!

Seien Sie dabei: Im brutalen Mahlwerk der Geschichte sitzen Sie in der ersten Reihe.

Fliehen gilt nicht.

Rohe Instinkte präsentieren sich in perfekter 3-D-Projektion.

Der Kampf ums Überleben ergibt sich aus dem exponentiellen Zellwachstum, das allen Lebewesen gemeinsam ist.

Der Bär ist wieder da, und diesmal ohne Schrumpfkopf!

Alles nicht persönlich gemeint. Das Gemetzel liegt in den Genen.

Die Fahne weht auf Halbmast, aber die Action geht voll ab.

Ein bestialisches Vergnügen für die ganze Familie.

72.
An der Grenze

An der Grenze zu Las Vegas werden die Normans angehalten. Routinekontrolle. Die Skyline in der Ferne strahlt hell und voller Fun.

Weswegen kommen Sie nach Las Vegas?

Wir kommen, um live zu erleben, wie Geschichte gemacht wird.

Wie lange wollen Sie bleiben?

Nur bis Sonntag.

Dürfte ich einen Blick in Ihren Wagen werfen?

Klar.

Hey, der Kleine auf dem Rücksitz, ist das nicht Curtis Norman?

Ja.

Hallo, Curtis.

Hallo.

Wie geht's?

Gut.

Die Grenzstation leuchtet heller als der Tag. Hubschrauber kreisen über der Anlage. Nur mit einem Seil gesichert, hängen Mindestlöhner an den Hubschraubern und preisen über Megaphon die Sonderaktionen der Hotels an.

Ein Grenzbeamter sagt: »Entschuldigen Sie die Unannehmlichkeiten, aber wir müssen an diesem Wochenende jedes einreisende Fahrzeug durchsuchen. Sie glauben gar nicht, wie viele Leute den Dome in die Luft jagen wollen.«

Mrs. Norman sagt: »Das ist ja entsetzlich.«

Der Grenzbeamte sagt: »Scheint mittlerweile Mode zu sein. Überall, wo Leute zusammenkommen, um eine gute Zeit zu haben, ist mit Sicherheit auch ein Bombenleger darunter, der den Spaß platzen lassen will.«

Die Normans steigen aus dem Fahrzeug. Ein Grenzpolizist kommt auf Mr. Norman zu und bittet ihn, ihn zu seinem Wagen zu begleiten und dort den Papierkram zu erledigen. Er (der Grenzpolizist) trägt eine coole Uniform, viel cooler jedenfalls als die von normalen Cops in Amerika.

Mr. Norman sagt: »Papierkram?«

Der Grenzpolizist sagt: »Nur ein paar Formulare, reine Formsache.« Dabei guckt er Mr. Norman so komisch an, dass Mr. Norman ihm misstraut. Vielleicht ist das eine Falle. Der Grenzpolizist trägt einen Hut mit einer langen Feder.

Mr. Norman sieht bereits eine winzige Gefängniszelle vor sich. Zwei Mahlzeiten am Tag. Kohl, immer wieder Kohl. Und faulig schmeckendes Wasser. Eine Pritsche in der Ecke mit einer durchgelegenen Matratze, ein rostfleckiges Waschbecken, ein offenes Klo. Tage, in die Wand geritzt wie ein langer Weidezaun. Neben dem Bett stapelweise Taschenbücher, ein, zwei Notizbücher. Er würde in diese Notizbücher schreiben, würde sie füllen mit etwas. Seinen Gedanken. Wenn er erst einmal im Gefängnis wäre, würde er sich auch ein paar Gedanken machen. Über sein Innenleben. Über das Leben draußen. Den Ketten zum Trotz wäre er frei. Hinter schwedischen Gardinen. Im Kittchen.

Der Himmel sagt: »Überdachter Pool, Kochnische, mehrere Kinokanäle gratis.«

Neil Postman sagt: »Wenn wir heute nach einer Metapher für unseren Nationalcharakter und unser ganzes Streben suchen, müssen wir schon auf Las Vegas schauen.«

Mr. Norman begleitet den Grenzpolizisten zu seinem Streifenwagen. Es ist ein El Camino. Sie steigen ein, und der Grenzpolizist bietet Mr. Norman eine Zigarette an. Mr. Norman lehnt dankend ab, doch fällt ihm im selben Moment ein, wie wichtig Zigaretten im Knast sein werden. Im Bau.

Der Grenzpolizist bläst Rauch aus dem Seitenfenster. Er sagt: »Sir, ich habe zufällig mit angehört, dass Sie die Show morgen Abend besuchen werden.« Sein Akzent klingt nicht anders als der der Leute im Kernland Amerikas.

Zeile für Zeile würde Mr. Norman diese Notizbücher voll schreiben, mit einem Bleistift, den er mit einem eingeschmuggelten Taschenmesser anspitzt. Und, richtig, die ungehörigen Besuche. Soll keiner denken, er wüsste nicht, was läuft.

Der Grenzpolizist sagt: »Was ich Ihnen jetzt sage, sage ich Ihnen nicht als Officer, der das Gesetz vertritt und deshalb das Recht hat, Leute zu verhaften und zu erschießen, ich spreche zu Ihnen als Mensch. Als Vater. Von Vater zu Vater.«

Und sie stellen dir diese Sträflingskleidung. Du kannst keine Schlüssel mehr verlieren oder die Fernbedienung verlegen oder Kinder vergessen. Du sitzt den lieben langen Tag in deiner Zelle und kannst zum ersten Mal seit Jahren klar denken. Du *lebst*. Hundert Liegestütz am Tag für einen Waschbrettbauch und starke Arme.

Der Grenzpolizist sagt: »Sir, ich habe einen kleinen, verkrüppelten Sohn zu Hause, den ich ganz allein großziehe. Mein Frau ist abgehauen.«

Mr. Norman fällt kein einziges Verbrechen ein, das er gestehen könnte. Er hat nichts Unrechtes getan. Er ist sauber, herzzerreißend sauber. Schön, im Plugged Inn hat er in den Pool gepinkelt, aber was heißt das schon? In seinem Mehrzweck-Sport-Utility-Fahrzeug sind keine Bomben versteckt, nicht eine einzige.

Über ihnen sagt der brummende Himmel: »King-Size-Betten, Kinder unter zehn essen gratis.«

Ein Spruchband sagt: »Las Vegas: der ganze Fun Amerikas, aber ohne Schreckensmeldungen.«

Die Feder an der Mütze des Grenzpolizisten wird am Dachhimmel des El Camino schön platt gedrückt. Er sagt: »Die Ärzte sagen, mein verkrüppelter Sohn hat vielleicht ein, maximal zwei Jahre zu leben. Dann ist Schluss. Sir, wissen Sie, was sich mein Sohn – er heißt übrigens Reggie – was sich mein Sohn mehr als alles in der Welt wünscht?«

Mr. Norman sagt: »Zu leben.«

Der Grenzpolizist bläst Rauch von sich weg. Er sagt: »Das sowieso.«

Mr. Norman sagt: »Wieder laufen zu können.«

Der Grenzpolizist sagt: »Mehr als alles andere in der Welt will er zu Bär gegen Hai gehen.«

Mr. Norman schaut voll düsterer Vorahnung auf die Handschellen des Grenzpolizisten.

Der Himmel sagt: »Kostenloser Pendelbus zum Dome.«

Der Grenzpolizist sagt: »Ich bin bereit, Ihnen ein anständiges Angebot für zwei Eintrittskarten zu machen.«

Der Grenzpolizist zieht einen Stift aus seinen Umhang und schreibt eine Zahl auf ein Stück Papier. Das reicht er Mr. Norman. Mr. Norman hält das Zettelchen gegen das Licht. Tatsächlich, ein äußerst anständiges Angebot. Wir sprechen von einer Größenordnung etwa eines Anbaus ans Haus oder mehrerer Semester am College für einen der Jungs.

Mr. Norman schaut zu seinem Fahrzeug, das bereits auf Las-Vegas-Boden steht. Obwohl, richtiger Boden ist es ja eigentlich nicht. Eher Kunstrasen, grellgrüne Stoppeln unter den Scheinwerfern. Grenzbeamte durchsuchen das Fahrzeug. Sie werden nichts finden. Mrs. Norman steht daneben und häkelt an ihrer elektronischen Häkeldecke. Die Jungen rennen über den Kunstrasen und bewerfen sich mit Steinen und zählen die Treffer. Es ist eine Art Fortsetzung von Bär gegen Hai, jedenfalls sind die Regeln saueinfach.

Gott oder ein baumlanger Jugendlicher sagt: »Einarmige Banditen auf dem Zimmer.«

Mr. Norman wendet sich wieder dem Grenzpolizisten zu und sagt: »Hören Sie, ich würde Ihnen gern helfen, aber ich kann nicht.«

Der Grenzpolizist sagt: »Aber Rodney ist ein Krüppel.«

Mr. Norman sagt: »Er heißt Reggie, und es tut mir ja auch Leid. Wirklich sehr Leid. Aber das ist unser Familienurlaub.«

Matthew sagt: »Drei zu Null, du Bärenfreund.«

Der Grenzpolizist sagt: »Aber Reggie hat nicht mehr lange zu leben. Er hat doch nur noch diesen einen Wunsch.«

Mr. Norman öffnet die Tür und stellt ein Bein nach draußen. Er sagt: »Es gibt immer noch PayView.«

Curtis sagt: »Du hast mich aber nur am Hals erwischt.«

Der Grenzpolizist sagt: »Was ist das für ein verfickter scheißtrauriger Tag, an dem ein kleiner verkrüppelter Junge, der nur noch einen Monat zu leben hat, nicht mal mehr zu Bär gegen Hai gehen darf.«

73.
Die schlimmste Sorte Mensch

Die meisten Leute rücken gleich damit raus, für wen sie sind, Bär oder Hai, und kommen sofort zur Sache mit ihren Argumenten. Die meisten kennst du bereits. Die Flossen, die Zähne, das Säuger-Hirn, der Winterschlaf-Faktor, die Energiefelder, die Farbenblindheit, die Killerstrahlen aus den Augen, die Haizunge.

Etc.

Es gibt eigentlich wenige, die abseits stehen, die Begeisterung ist allgemein sehr groß. Nur selten wägt jemand die Frage im Detail ab. Und kaum jemand ändert seine Meinung. Bär oder Hai, das ist eine Bauch-Entscheidung. Man weiß eben, wer gewinnt, die Gründe sind zweitrangig.

Aber es gibt Leute – man kennt diese Typen –, die ums Verrecken alles genau wissen wollen und ständig nach mehr Information verlangen. Sie sagen zum Beispiel: »Von welcher Art Hai oder Bär reden wir eigentlich?« Oder sie sagen: »Hammerhai gegen Grizzly unterscheidet sich erheblich von Weißer Hai gegen Polarbär oder Sand(hai) gegen Braun(bär) oder Tiger gegen Koala.« Und dann sagen sie: »Wie tief ist das Wasser genau, und handelt es sich um Süß- oder Salzwasser?« Und ganz schlimm: »Warum sollten sie überhaupt gegeneinander kämpfen? Sie bewohnen völlig verschiedene Ökosysteme und sind auch keine Nahrungskonkurrenten. Im Übrigen ist der Verdauungstrakt des Bären… blablabla…«

Gott, ich hasse solche Leute.

Matthew hasst solche Leute auch.

Kleiner Tipp: Wenn du einem von der Sorte begegnest, hau ab so schnell du kannst. Vor solchen Leuten musst du dich in Acht nehmen. Das sind so Leute, die… also die es überhaupt nicht leiden können, wenn jemand anders Spaß hat.

74.

Festlich überschäumende Stimmung

Noch XIX Stunden bis Bär gegen Hai Teil 2.

Die Lobby des Hotels, in dem die Normans absteigen, sieht in echt noch schöner aus als im Internet. Außer dass die exotisch-farbenfrohen Fische in dem großen Aquarium hinter der Rezeption fehlen.

Mrs. Norman sagt zu der Person an der Rezeption: »Wo sind denn die farbenfrohen Fische alle hin?«

Die Person an der Rezeption sagt: »Sie sind gestorben.«

Mrs. Norman sagt: »Oh.«

Die Person an der Rezeption, die eine sexy Toga trägt, sagt: »So etwas passiert.«

Mrs. Norman sagt: »Teil des großen Kreislaufs der Natur.«

Die Person an der Rezeption sagt: »Es passiert regelmäßig alle paar Monate. Diese Fische überleben in unserem Aquarium immer nur eine bestimmte Zeit. Dann sterben sie, und wir bestellen neue. Den Leuten gefallen vor allem die bunten, farbenfrohen.«

Mrs. Norman sagt: »Verstehe ich gut.«

Die Person an der Rezeption gibt Mrs. Norman die Zimmerschlüssel und Curtis ein T-Shirt.

Curtis sagt: »Danke.«

Mrs. Norman sagt: »Vielleicht Ichthyophthiriasis oder Wassersucht.«

Das T-Shirt sagt: »Ich habe den Bär-gegen-Hai-Aufsatzwettbewerb gewonnen und du nicht.«

Mr. Norman sitzt in der überfüllten Lobby. Dort stehen bröckelnde Säulen und Wachsfiguren-Gladiatoren. Auf einem gigantischen Wandgemälde rasen Streitwagen um die Wette, und Sklaven kämpfen um ihr Leben vor einem Obst essenden Imperator.

Und alle, wirklich alle kommen Mr. Norman bekannt vor. Kennt er sie vielleicht aus TeleTown? Aus einem Mini-Markt im Amerika? Aus dem kleinen Fernsehzimmer im Plugged Inn? Aus einer Sitcom oder Liebeskomödie? Sind es die skrupellosen Schurken und durchtriebenen Luder aus der Prime Time? Ist das seine Familie da an der Rezeption?

Angeblich sollen an diesem Wochenende ja viele Stars in Vegas sein.

Spruchbänder sagen: »Willkommen Bären-Fans & Hai-Fans«.

Irgendein Typ, dessen T-Shirt sagt: »Lindbergh hat gelogen«, sagt: »Freut mich, Sie hier zu sehen.«

Ein anderer Typ sagt: »Wir sehen uns.«

In einer Ecke sitzen zwei erwachsene Menschen auf galoppierenden Plexiglas-Pferden. Es handelt sich um die Video-Simulation eines Pferderennens. Der Verlierer sagt: »Das war ein abgekartetes Spiel.«

Eine weinende Person sagt: »Ich kann es immer noch nicht fassen, dass ich wirklich hier bin. Ich kann es nicht fassen. Ich kann es einfach nicht fassen.«

Ein Reporter eines amerikanischen Fernsehsenders starrt in eine Kamera und sagt: »Hier in der Eingangshalle des Roman Coliseum herrscht eine festlich überschäumende Stimmung.«

Ein Fernseher in der Ecke sagt zur selben Zeit dasselbe.

Der Verlierer auf dem Plexi-Pferd lehnt sich zurück und sagt, ganz außer Atem: »Scheiß… Spiel.«

Mr. Norman bittet eine Pretty Woman um ein Autogramm.

Pretty Woman lächelt und sagt: »Ich glaube nicht, dass ich die bin, für die Sie mich halten.«

Mr. Norman sagt: »Wer sind Sie dann?«

Pretty Woman sagt: »Ich bin nur eine schöne Frau.«

Mr. Norman sagt: »Dafür habe ich Sie gleich gehalten.«

Die schöne Frau signiert einen Mini-Markt-Kassenzettel an einem Geldwechselautomaten, der aussieht wie ein Löwe, der gerade über einen Sklaven herfällt.

Jemand sagt: »Ich sage, der Hai war blass und ziemlich aufgedunsen.«

Mrs. Norman und die Jungen schieben sich durch die Menge auf Mr. Norman und die schöne Frau zu. Mrs. Norman sagt zu der schönen Frau: »Sie kommen mir bekannt vor.«

Die Person an der Rezeption sagt: »Neue Fische sind bereits bestellt. Mehr können wir im Augenblick nicht tun.«

Der Verlierer auf dem Plexi-Pferd schubst den Sieger von seinem Plexi-Pferd. Der Sieger fällt auf den Boden, und sein Ellbogen biegt sich in die völlig falsche Richtung.

Ein Spruchband sagt: »Las Vegas: Amerikas jüngere, hübschere Schwester.«

75.
Bär gegen Hai: Das Logo

Eine Frau in einem Büro sagt:

Unserer Meinung nach war das Logo von Bär gegen Hai Teil 1 völlig verfehlt. Der Hai kommt rüber wie eine Witzfigur. Sie sehen das hier: dieses breite Grinsen, das Pferdegebiss, die Schwanzflosse, die Winkewinke macht. Also, ich kann mir nicht helfen, Gaumen und Rachen aus des Haifischs scharfem Schlund stelle ich mir anders vor. Die Figur vermittelt nichts von der Fähigkeit des Hais, die rot gefärbte See zum Kochen zu bringen. Und der Bär? Na, sehen Sie selbst. Sieht aus wie ein Sowjet-Bär. Das strenge Profil gibt zwar seine Bärenkräfte ganz gut wieder, aber der ganze putzig-niedliche Fun-Aspekt bleibt auf der Stecke. Vergessen Sie nicht, Bären treten schließlich im Zirkus auf, sie tanzen und fahren auf diesen kleinen Fahrrädern.

Die eigentliche Herausforderung in einem Logo für Teil 2 bestand für uns in der Konzeption einer gespaltenen Persönlichkeit, und ich denke, dass uns das auch gelungen ist. Zwei Tiere, die immer *beides* sind, Streichelzoo *und* Killermaschine, die einem anderen Lebewesen locker die Gliedmaßen vom Leib pflückt. Richtig, wir wollen die Kids erschrecken, aber eben nicht *ver*schrecken und schon gar nicht *ab*schrecken, verstehen Sie, was ich meine? Diese Biester stehen immer für beides, das Animalische *und* das

Animierte, Wildnis *und* Vegas. Dazu kommt, dass die beiden absolut ebenbürtige Gegner sein sollen. Das Logo darf keine Vorentscheidung darstellen. Gar nicht so einfach.

Deshalb mache ich auch kein Hehl daraus, dass ich richtig ein kleines bisschen stolz auf das Ergebnis bin. Ich glaube, unsere Designer haben einen phantastischen Job abgeliefert. Nicht zuletzt das Farbschema – Anthrazit gegen Kadmiumgelb – scheint mir äußerst gelungen, repräsentiert es doch diese komplizierten wunderschönen Kreaturen auf ganz einzigartige Weise.

76.

Wie der Senderknopf beim Radio

Ein ruckelfreier, freundlicher Lift, dann ein fluoreszierender Flur.

Im einundzwanzigsten Stock des Roman Coliseum gehen die Normans durch einen langen Korridor.

Leute vor laufender Kamera in Kisten, die in etwas größeren Kisten stehen, lachen und weinen überzeugend, und die gedämpften Laute sind eine Wohltat für die des Fahrens müde Familie. Vor beinahe jeder Tür hören sie eine bekannte Stimme. Den Korridor entlang zu gehen ist wie Drehen am Senderknopf eines Radios – Gott, weißt du noch, die Senderknöpfe an den Radios damals! Oder wie Channelsurfing im dreidimensionalen Raum. Baseball? Geh zehn Schritte zurück. Ein lustige, mitunter auch anrührende landesweit ausgestrahlte Sitcom über eine coole Clique, die zusammen in einem Sumpf sexueller Spannungen abhängen? Von hier bis ans Ende des Korridors. Werbebotschaften, all die Jingles, die Slogans, die 25%-Mehrs und 50%-Wenigers, sickern durch die Türen und infiltrieren dein Verlangen.

Schon mal Ameisen gesehen, wie sie auf Kadavern herumkrabbeln?

Bleibt eine tote Maus wirklich eine Maus?

Es war so ein langer Tag, und obendrein ist es schon spät.

Mrs. Normans Körperhaltung ist ehrlich gesagt nicht mehr dieselbe wie zu Beginn der Reise.

Matthew sagt zu Curtis: »Übrigens, was hast du eigentlich gemacht, da in Amerika?«

Curtis sagt: »Ich bin kurzzeitig einer Sekte beigetreten.«

Matthews sagt: »Welches Glaubenssystem vertrat denn die Sekte?«

Der Teppich im Korridor sagt: »Alle Wege führen zum Fun!«

Curtis sagt: »Im Kern ging es darum, dass sie in Bär und Hai eine Art Dreifaltigkeit sahen. Es war ein recht komplizierter ideationaler Weltentwurf.«

Matthew sagt: »Bescheuert.«

Mrs. Norman sagt: »Matthew, in Glaubensfragen gibt es kein Richtig oder Falsch. Wir sollten Toleranz üben und allen Denkrichtungen mit Achtung begegnen, ganz gleich wie dumm oder bankrott sie sind.«

Curtis sagt: »Die Einzelheiten habe ich nur unzureichend mitgekriegt, aber offenbar wollen sie den Dome in die Luft jagen.«

Matthew sagt: »Stell dich hinten an.«

Die Zimmertüren sagen: »MMCXII... MMCXIV... MMCXVI... MMCXVIII.«

Tabletts mit halb gegessenen Mahlzeiten liegen vor den Zimmertüren.

Eine Person sagt vor laufender Kamera: »Ich fühle mich wie eine rollige Hündin!«

Die verschiedenen Zuschauergruppen lachen: (1) das Studiopublikum, vor dem die Folge aufgezeichnet wird; (2) die einsame Person im Hotelzimmer; (3) die Kinder auf dem Korridor.

Curtis sagt: »Das ist die Episode, wo Alex denkt, er wäre mit Lola im Bett, wo es in Wirklichkeit nur Davids Mutter ist.«

Matthew sagt: »Die ist nicht schlecht.«

Die Schildchen an den Zimmertüren sagen: »Bitte Nicht Stören.«

Mr. Norman weiß: Wenn man nicht einschlafen kann, kann man nicht einschlafen, egal wie müde man ist.

Der Korridor dehnt sich endlos.

77.

Einige verbreitete Süßwasserkrankheiten

Versuch nur mal, einen hübschen kleinen Fisch am Leben zu halten. Gelingt dir nicht.

Die Biester sind einfach nicht zäh genug.

Drehen sich immer zur Seite, etwa *so*.

Die glänzenden Schuppen kriegen dann diesen Schmodder.

Zu den vielen natürlichen Stressfaktoren gehört die Ammoniakvergiftung, die Schwarzfleckenkrankheit und die Grieskörnchenkrankheit.

Bauchwassersucht, Pilzinfektionen.

Samtkrankheit, Ichthyophthiriasis.

Fischlauskrankheit.

Die Symptome für eine Ammoniakvergiftung sind rote bis blutende Kiemen.

Die Fische werden insgesamt dunkler und schnappen an der Wasseroberfläche nach Luft.

Ihr Zuhause ist ein vergifteter Käfig.

Kann man verhindern, aber nicht heilen.

Vermeiden Sie, ein neues Aquarium mit teuren Fischen zu besetzen.

Das macht Sinn, oder?

Fang mit billigen Fischen an.

Kanarienvögel im Bergwerk.

Angeber holen sich natürlich einen Ammoniak-Detoxifikator.

Meiner Meinung nach braucht man über die Symptome der Schwarzfleckenkrankheit nicht lange zu reden.

Befällt vor allem Silver Dollars und Pariahs.

Fischtuberkulose führt zu einem angeschwollenen Kopf, und der angeschwollene Kopf zu hervorquellenden Augen.

In schweren Fällen fliegen solche Glubschaugen glatt raus.

Bei Bauchwassersucht hast du aufgeblähte Bäuche.

Bauchwassersucht ist streng genommen keine Krankheit, sondern nur ein Symptom, obgleich ein verbreitetes.

Bei Pilzinfektionen sollte man auf wattebauschartige Verpilzungen an Maul und Flossen achten.

Handelsübliche Produkte zur Bekämpfung der Samtkrankheit sind zumeist sehr gut. Die Samtkrankheit ist eine verbreitete Fischerkrankung und hat mit Pusteln zu tun.

Was machst du bei einer Ichthyophthiriasis?

Tja. Ich gucke nach so kleinen weißen Pickelchen an den Flossen.

Die Behandlung von Ich kann schwierig sein.

Bei sichtbarem Parasitenbefall bleibt dir oft nichts anderes übrig, als die Dinger von Hand von deinem farbenfrohen Wirtstier zu fummeln.

Danach Weiterbehandlung mit handelsüblichem Flossen-Weg von AquaTech oder Parasite Armageddon von Trident Laboratories.

Alle diese Informationen stehen auch im Netz.

Oder schreiben Sie für ein kostenloses Transkript.

78.

Bär gegen Hai: Der Koran

Die Frage ist absurd wie die meisten tiefgründigen Fragen.

Man nehme ein relativ ebenes Spielfeld – d.h. sodass das Wasser nicht runterläuft, und es muss auch mindestens so viel Wasser sein, dass … Shit, nee, wie war das?

Irgendwas mit Geschicklichkeit.

Okay, noch mal. Man nehme eine ebene Masse Wasser – aber nicht so viel, dass der Bär unter Wasser atmen muss, aber auch wieder nicht so wenig, dass der Hai nur noch so rumzappelt wie ein gestrandeter Wal.

Sondern mit Geschicklichkeit.

Genau, mit Geschicklichkeit. Angenommen, man nimmt das alles so, dass nichts mehr schief geht, dann ist die Frage, wer von beiden gewinnt, wenn sie gegeneinander kämpfen, der Bär und der Hai.

Ein Bär und ein Hai.

Richtig, ein Bär und ein Hai. Und wer gewinnt, wenn sie sich in die Haare kriegen.

Die Frage ist allem Anschein nach nah- bis fernöstlichen Ursprungs.

Sag ich ja. Wie so ein Koran, was aber nicht *unbedingt* so sein muss, hab ich gehört.

79.
Edelgas

Das Hotelzimmer ist, nun ja, schön. Alle Extras ebenfalls umsonst. Kann man nicht meckern. Dafür, dass der Aufsatz letztlich nicht *so* gut war. Nicht direkt schlecht, aber richtig toll ist etwas anderes. Und dafür, dass der Teil über den holländischen Gärtner glatt erfunden war. Die Normans verfügen nämlich über keinen Gärtner, weder einen holländischen noch einen anderen, das kann ich bestätigen.

Also eine Lüge. Eine dreiste oder eine feiste Lüge? Oder nur eine kleine Notlüge?

Gravierender Regelverstoß oder dichterische Freiheit?

Sollten die Normans ihre Eintrittskarten zurückgeben?

Das war ein Witz.

Der Darwin Dome flimmert in der Ferne.

Die Duschhaube im Bad sagt: »*One size fits most.*«

Neon ist ein gasförmiges Element, das in geringen Mengen in der Erdatmosphäre vorkommt. Deshalb sage ich ja: *alles reine Natur.*

Jemand, vermutlich ein Elternteil, sagt: »Morgen ist ein großer Tag.« Das bedeutet, ab ins Bett, auch wenn noch so viele tolle Fernsehsendungen laufen. Die Fernseher können anbleiben, man kann sie ohnehin nicht abschalten, aber ich drehe den Ton etwas herunter. So, und jetzt wird geschlafen, okay? Die Fernseher passen auf euch auf, sie gehen nicht weg. Sie sind da, wenn ihr aufwacht, da, wenn ihr euch die Zähne putzt, ja, so ist es brav, ihr wollt doch morgen schön ausgeschlafen sein, wenn Land auf See trifft.

Mr. Norman.

Er schaut Vegas-Fernsehen, aus anthropologischem Interesse. Für welche Werte steht diese Kultur? Welche Tabus kennt sie? Welche Art Leute gelten hier als wichtig oder nachrichtenwürdig. Wer hat die Macht? Was hält man für komisch?

Aber nichts da. Das Fernsehen hier ist nicht anders als das in Amerika. Vielleicht etwas ausländerfreundlicher, wir leben in einem Schmelztiegel. Kulturelle Unterschiede schwinden, wenn natürliche Grenzen fehlen.

Wenn Veganer von ihrer Heimat als der »Insel des Vergnügens« sprechen, ist das natürlich metaphorisch gemeint.

Wo kulturelle Unterschiede fortbestehen, sollten wir ihnen mit Toleranz und Achtung begegnen.

Sie (das Vibra-Dream Plus) sagt: »Du könntest der Vater des Jahres werden.«

Neon (Ne) kommt aus dem Griechischen und bedeutet »neu« oder »jung«.

Neon (zusammen mit Helium, Argon, Krypton, Xenon und Radon) ist ein Edelgas.

Neu und edel. Was gefällt ihm daran nicht?

Mr. Norman kann nicht schlafen. Flattrig öffnen sich die Lider, sobald er sie schließen will. In seinem Kopf schießen Worte umher und kollidieren miteinander wie erhitzte Elektronen, Protonen oder was auch immer.

Er sagt: »Ein schöner Rücken kann mir den Buckel runterrutschen.«

Er sagt: »Wenn alle Katzen grau sind, soll man Heu machen.«

Doch Mrs. Norman sieht wirklich sehr hübsch aus, wenn sie schläft.

Mr. Norman steht auf und zieht sich an. Im Periodensystem hat Neon die Nummer 10, und sein Atomgewicht ist 20.183.

Sie (das Kissen) sagt: »Wo gehst du hin? Geh nicht weg. Bitte, geh nicht. Das führt zu nichts Gutem.«

Eine weitere Bezeichnung für Edelgase lautet inerte Gase. Das sind chemisch inaktive Gase, die mit nichts anderem reagieren.

Wer weiß, wenn es Mr. Norman nur ein bisschen länger versucht hätte, wäre er am Ende *doch* eingeschlafen. Die Frage »Was wäre wenn« kann man ja immer stellen.

Leise verlässt Mr. Norman das Hotelzimmer, aber was er nicht weiß: Sein jüngster Sohn Curtis hat ihn gesehen und folgt ihm. Ein kleiner gemeinsamer Ausflug nach dem Motto »Wenn der Vater mit dem Sohne«.

80.
Zusätzliches Zugpferd

Ein elektronisches Rundschreiben der Stadtverwaltung Las Vegas an einschlägig vorbelastete Szene-Administratoren und übrig gebliebene Folksänger sagt:

Liebe Aktivisten,

wenn ihr glaubt, ihr könnt am 18. August hier in Las Vegas eure »Sperenzchen« machen, habt ihr euch geschnitten.

Erstens sind die Personenkontrollen streng, sowohl an der Grenze als auch im gesamten Stadtgebiet und erst recht im Dome. Wir haben bis zum heutigen Tag bereits viele Möchtegern-Terroristen aus dem Verkehr gezogen. Alle diese cleveren Bomben-aus-Düngemittel-Mischer, jedenfalls soweit sie noch leben, verrotten mittlerweile im Gefängnis, wo es nur Kohl zu essen gibt und die durchschnittliche Fernsehdichte pro Häftling so unterentwickelt ist, dass euch die Tränen kommen. Das Ganze ist wirklich kein Spaß, das kann ich euch versprechen.

Zweitens möchte ich euch daran erinnern, dass bei uns in Las Vegas nicht dasselbe Rechtsverständnis herrscht wie in eurem freisinnigen Mutterland. Wir halten nichts von Strafprozessordnung, Jugendgerichten, beschleunigten Verfahren etc. Wir schießen auf Verdacht. Und wir neigen eindeutig zu Überreaktion und Vergeltungsmaßnahmen. Eine Ausweisung zurück nach Amerika erweist sich nicht selten als langwieriger Vorgang. Ein paar von den Jungs bei der Polizei waren deshalb der Meinung, öffentliche Hinrichtungen wären ein zusätzliches Zugpferd für den großen Kampf im Dome. Wenn ihr auf diesen Zug (ein schöner Zug von uns, nicht?) aufspringen wollt, dann nur zu.

Hier in L.V. ist es uns egal, was ihr in eurem formlosen Alptraum von Land macht. Ihr lasst uns in Ruhe, wir lassen euch in Ruhe. Wir sind neutral. Wir sind die gottverdammte Schweiz der Wüste. Also keine falsche Scheu, jagt in eurem eigenen Land in die Luft, was ihr nur wollt, es spielt sowieso keine Rolle mehr. Aber sorgen wir dafür, dass unser schönes Las Vegas so bleibt, wie es ist.

81.

Ein Riesenrad von Fun und Sünde

Mitternacht. Noch achtzehn Stunden bis zu Bär gegen Hai Teil 2.

Mr. Norman befindet sich einundzwanzig Stockwerke tiefer und nicht mehr in seinem Hotel, sondern draußen auf der Straße. Hier regieren die Junkies, Nutten und inertes Gas.

Cops verhaften die obdachlosen Unterhaltungskünstler. Einige von ihnen (der Unterhaltungskünstler) sind recht talentiert, haben aber den Durchbruch nie geschafft.

Ein Unterhaltungskünstler sagt: »Wir schlafen schon seit Monaten im Freien.«

Ein Cop schlägt ihm mit einem paillettenbesetzten Schlagstock aufs Knie. Er (der Cop) sagt: »Aber wir wollen doch, dass unser Land im amerikansichen Fernsehen schön aussieht, nicht wahr?«

Ein großer Truck setzt bis an die Laderampe des Roman Coliseum zurück. Viele der farbenfrohen Fische in dem Truck haben bereits Pusteln und angeschwollene Köpfe. Einige schnappen nach Luft. Ihre Kiemen bluten im dunklen glucksenden Wasser.

Mr. Norman geht einfach los. Er kann sich nicht vorstellen, dass eine Richtung nicht wie die andere ist. Curtis folgt ihm in einigem Abstand wie ein Privatdetektiv. Ein Schnüffler. Es ist wie in diesem Videospiel, wo man den Bösen folgen muss, um sie dann mit einem vergifteten Regenschirm zu erstechen, bevor es zu spät ist.

In der Ferne explodiert eine Einrichtung für betreutes Wohnen.

Eine Nutte sagt: »Ich liebe Dummschwätzer.«

Eine andere Nutte sagt: »Inerte Typen machen mich ganz heiß.«

Überall Leute, Streifenwagen, Lichter und Kotze.

Schmutzige Handzettel liegen auf der Straße und auf dem Bürgersteig, markieren Zickzackpfade zu zwielichtigen Bars. Diese Pfade fächern sich in alle Richtungen aus wie gewundene Speichen eines Riesenrads. Ein Riesenrad von Fun und Sünde, so groß wie der ganze Staat.

Mr. Norman achtet nicht auf seinen Weg, er sucht nicht nach der Action. Er glaubt, man werde ihn schon finden. Er glaubt, die Action käme schon auf ihn zu, wenn es soweit ist. Er glaubt, wenn er sich für eine bestimmte Richtung entscheidet, sei das so, als entscheide er sich für ein bestimmtes Fernsehprogramm. Man lehnt sich zurück und schaut, was passiert.

Eine Hand auf seiner Schulter, ein Flüstern an seinem Ohr, ein schwacher Hauch von Düngemittel.

Mr. Norman sagt: »Was?«

Eine Stimme sagt: »Das ist doch kein Leben.«

Eine Stimme sagt: »Komm zu uns.«

Eine Stimme sagt: »Der Junge kann gleich mitkommen.«

Der pulsierende Himmel sagt: »Kostenlose Duschhauben.«

Mr. Norman sagt: »Welcher Junge?«

Curtis sagt: »Hi, Dad.«

Vater und Sohn stehlen sich davon und fliehen in eine Hotelhalle.

Wenn du den Kerl mit deinem Schirm erstochen hast, nimmst du seine geheimen Unterlagen an dich und gehst schnell wieder zu den Docks, wo du deinen nächsten Auftrag bekommst.

82.

Die richtigen Lösungen

1. **Falsch**. Haie haben sehr wohl eine Zunge, nämlich die so genannte Basihyalis. Allerdings hat sie nur wenig Ähnlichkeit mit dem beweglichen, nützlichen, von Muskeln durchsetzten Körperteil in der Mundhöhle eines Menschen oder eines anderen nicht fischigen Wirbeltiers (wie zum Beispiel eines Bären). Die Basihyalis ist ein kleines, hartes, unbewegliches Knorpelding im Unterkiefer des Hais.

2. **Richtig**. Einige Polar- und Kodiakbären erreichen eine Körperhöhe von 2,70 Meter und wiegen zum Teil über eine Dreivierteltonne. Diese Tiere sind die größten an Land lebenden Fleischfresser (und können immer noch viel schneller laufen als du!)

3. **Falsch**. Haie können hervorragend sehen, selbst bei Nacht. Ihre Hornhaut wurde bereits auf Menschen transplantiert. Auch Gehör und Geruchssinn sind gut entwickelt. Wusstest du, dass sie sogar einen sechsten Sinn haben? So nehmen spezielle Rezeptoren Schwingungen im Wasser wahr.

4. **Falsch**. Zwar ist richtig, dass die meisten Bären Allesfresser sind, der Koala hingegen ist überhaupt kein Bär, sondern gehört zur Familie der Beuteltiere.

5. **Richtig**. Diese Jungen sind bei der Geburt zirka 40 bis 50 Zentimeter groß.
6. **Richtig**. Das ist so, als würdest du am Tag 42 Hamburger essen.
7. **Richtig**. Obwohl vereinzelte schon 20 Meter lange Haie gesichtet wurden, sind die meisten lediglich 8 bis 10 Meter lang.
8. **Ganz falsch**. Haie sind 400 Millionen Jahre alt, Bären nur 40 Millionen Jahre.
9. **Falsch**. Ebenso wie fast alle anderen Fische verfügen Haie über keinerlei hellseherische Fähigkeiten.
10. **Richtig**. In Korea erzielte die Gallenblase eines Bären schon einmal 55 000 $.
11. **Falsch**. Im Schnitt kommt pro Jahr etwa ein Mensch bei einem Haiangriff um. Die meisten anderen Haiangriffe sind nicht tödlich. Irgendwie schmeckt Haien das Menschenfleisch nicht, vermutlich wegen des im Vergleich zu einer leckeren Robbe viel geringeren Fettanteils.
12. **Richtig**. Das Verdauungssystem von Bären im Winterschlaf ist speziell darauf eingerichtet, Schlacken intern zu verarbeiten.

83.

Die Streitmacht für kulturellen Zusammenhalt

Mr. Norman (Vater) und Curtis (Sohn) in einem dunklen, überfüllten Hotelzimmer im dritten Stock in Las Vegas. Es ist mitten in der Nacht. Gemurmel ringsum. Wir sind im Lagezentrum der Verschwörer.

Ein überoptimistischer Verschwörer sagt: »Ha, ich habe schon in Grundschulen bessere Sicherheitsvorkehrungen gesehen.«

Mr. Norman sagt: »Wie sind Sie uns bis hierher gefolgt?«

Soweit Mr. Norman erkennen kann, sind die Verschwörer allesamt eingefleischte Bär-gegen-Hai-Anhänger. Deshalb müssen sie Bär gegen Hai auch mit Bomben zerstören. Das macht Sinn, oder? Sie lieben den Zustand der Spannung, die Vorfreude. Sie lieben die Spekulation, die Wetten, das Talk-Radio. Sie können ohne die Internet-Chats, die Gerüchte, die Fan-Artikel nicht mehr leben. Ihre, die reinste Liebe zu Bär gegen Hai äußert sich darin, den tatsächlichen Entscheidungskampf bis in alle Ewigkeit zu verschieben, ihrer Liebe eignet etwas Utopisches. Sie sehnen sich nach dem Kampf, aber versagen sich die Erfüllung ihrer Sehnsucht, denn was kommt danach?

Der Chief von Las Vegas Vice sagt in der Lobby: »Wir erwischen sie schnell, und wir erwischen sie, wo es wehtut.«

Schon nach Bär gegen Hai Teil 1 machten sich Depression und Sprachlosigkeit im Land breit. Die Selbstmordrate schnellte nach oben. Mord und häusliche Gewalt nahmen dramatisch zu. Immer mehr Schulversager lagen auf der Straße. Es war, als ginge das ganze verdammte Land in die Brüche. Denn was blieb den Menschen schon? Irgendein langweiliger Krieg im Ausland, Gameshows, der Super-Bowl.

Die fraglichen Verschwörer indes, diese verschworene Bruderschaft, der sich Mr. Norman und sein kleiner Sohn in diesem Moment mehr oder weniger angeschlossen haben, diese Verschwörer sehen sich als positive Kraft, als Streitmacht für den kulturellen Zusammenhalt. Welche Kraft doch einer gut gebauten und wohl platzierten Bombe innewohnt! Komisch, dass man etwas zerstören muss, um es zu erhalten, aber genau so ist es. Man muss etwas in die Luft jagen, um die viel größere und viel bedeutendere Idee dahinter unberührt zu lassen. Das ist nichts als die unbestreitbare Wahrheit.

Curtis hat noch seine Probleme mit diesem Konzept, man sieht es an seiner Miene. Aufgeschobene Belohnungen sind etwas für Erwachsene und kranke Siffköppe. Erst recht die Nichterfüllung auf ewig, das kommt ja schon einer Form der Askese gleich. Und bei Askese hört der Spaß auf. Ist auch nicht gesund. Denn gleich dahinter droht die Langeweile.

Liebt er (Curtis) Bär gegen Hai denn gar nicht?

Doch.

Na dann.

Trotzdem.

Mein Kind, liebst du sie jetzt oder liebst du sie nicht?

Aber ich *liebe* sie.

Dann darfst du nicht selbstsüchtig sein. Dein Platz ist hier bei uns.

Der Chief von Las Vegas Vice sagt vor nicht laufender Kamera: »Wir klopfen. Und wenn sie nicht aufmachen, gehen wir rein.«

Es ist dunkel in dem Zimmer, gerade mal eine Lampe ist an, in der Ecke, mit einem Handtuch darüber. Mr. Norman ist nicht mehr so sicher, ob er Bär gegen Hai wirklich liebt, hat aber auch kein schlechtes Gewissen. Er wünscht, Curtis wäre ihm nicht gefolgt, aber vielleicht hat das am Ende ja auch sein Gutes. Am Ende geht ja meistens doch alles gut aus.

Auf dem Bett breiten die Verschwörer einen genauen Plan des Darwin Dome aus. Bestimmte Bereiche sind rot markiert.

Ein Verschwörer sagt aus einer dunklen Ecke heraus: »Diese Lindbergh-Heinis sind totale Vollidioten.«

Ein Verschwörer sagt aus einer anderen dunklen Ecke: »Ein Panda, ein amerikanischer Schwarzbär und ein asiatischer Schwarzbär gehen zusammen in eine Bar.«

Der Chief von Las Vegas Vice klopft an die Tür.

Der Anführer der Verschwörer sagt: »Wer ist da?« Dies in einem grausamen Falsett.

Der Chief von Las Vegas Vice sagt: »Das Zimmermädchen.« Besser, aber immer noch alles andere als überzeugend.

Ein Verschwörer sagt aus einer dunklen Ecke: »Da sagt der Panda: ›Ich hätte gern eine Rum-Cola.‹«

Der Anführer der Verschwörer sagt: »Komm morgen wieder.«

Darauf bricht das Einsatzkommando von L.V. Vice die

Tür ein und stürmt das Zimmer, wobei die Männer genau so durchtrainiert und effizient aussehen wie die Einsatzkommandos im Fernsehen.

Eine Pistole sagt: »Päng!«

Eine andere Pistole sagt: »Päng!«

Tödlich verwundete Einsatzbeamte und Verschwörer unterhalten sich im Kauderwelsch gurgelnder Schmerzäußerungen.

Mr. Norman und sein Sohn rollen sich auf den Balkon hinaus. Curtis versteckt sich hinter einem Plastikstuhl. Mr. Norman klettert über das Geländer und springt drei Stockwerke tief auf den Kunstrasen. Dabei versucht er sich abzurollen, wie er es im Fernsehen gesehen hat. Der Kunstrasen verbrennt seine Arme.

Mr. Norman sagt: »Spring, Curtis.«

Er sagt: »Schnell, spring.«

Er sagt: »Ich fang dich auf.«

Curtis klettert auf das schmale Geländer und stellt sich auf. Kugeln zischeln durch die Nacht. Sie fliegen über ihn hinweg, an ihm vorbei, zwischen seinen dicken weißen Beinen hindurch.

Es scheint, als sei dieses Kind unverwundbar.

Curtis lächelt sogar, die Sache macht ihm Spaß, und er mag seinen Dad, Vater des Jahres, mit dem man so gut die Gegend unsicher machen kann. Er lächelt, dieser Junge auf dem Balkon.

Curtis sagt: »Ich kann nicht.«

Mr. Norman sagt: »Spring, Curtis.«

Curtis sagt: »Ich habe Angst.«

Mr. Norman sagt: »Das ist völlig okay.«

Curtis springt in die Tiefe wie ein Taucher, ein Haijäger

vielleicht, aufrecht, mit den Flossen zuerst. Die Sache ist nur: Er schlägt mit dem Hinterkopf gegen die vorstehende Betonplatte des Balkons und krumpelt sich noch in der Luft zusammen. So fällt er wie ein schlaffes Paket geradewegs in die Arme seines Vaters.

Ein Augenzeuge, der ebenfalls wegen des Endkampfs in der Stadt ist, sagt: »Das war cool.«

84.
Haizunge

Ist ganz gut gelaufen, sieben von zehn Punkten.

Hab ich auch.

Ich finde aber, über die Frage mit der Haizunge muss man noch mal reden.

Wieso?

Ich meine, die Frage sollte man entweder streichen, wodurch ich sieben von neun Punkten erreicht hätte, oder die Antwort müsste als richtig gelten, wodurch ich dann acht von zehn hätte.

Ist doch egal.

Überhaupt nicht egal. Es geht ums Prinzip.

Auf welches Prinzip berufst du dich genau?

Das ist nur so eine Redensart.

Trotzdem, Prinzipien können auch ganz speziell sein.

Aber nicht, wenn die Leute sagen »vom Prinzip her« und so. Sie sagen das die ganze Zeit, »vom Prinzip her«.

Klar, aber was für ein Prinzip meinst du?

Keine Ahnung. Fairness. Gerechtigkeit. So was.

Und weswegen war die Zungenfrage unfair?

Ach komm, wenn du erst anfängst, jedes Wort einzeln zu definieren, öffnest du die Büchse der Pandora. Und das ist schlimmer als ein Sack voller Flöhe in eines Mannes Oberstübchen.

Du meinst das Wort Zunge? Was eine Zunge ist, ist unklar?

Yeah, ich meine, wenn du anfängst, von einem Stuhl die Beine abzusägen, ist er irgendwann kein Stuhl mehr. Von einer bestimmten Beinlosigkeit an stellt der Stuhl sein Dasein und Sosein als Stuhl ein.

Und du willst jetzt wissen, ab welchem Bein?

Ich meine, wenn du dich auf einen Stein setzt, ist der Stein deswegen ein Stuhl?

Hängt ganz von der Denktradition ab. Es gibt die natürliche und viele, viele andere.

Benennt unsere Sprache die Realität nur oder erschafft sie sie geradezu?

Aber so ein Knorpelding am Gaumenboden eines Hais ist sowohl für Realisten als auch für Nominalisten ganz klar eine Zunge.

Nicht unbedingt.

Die Nr. 1 habe ich richtig beantwortet.

Sie nennen es nicht mal eine Zunge. Sie sagen Basihyalis dazu.

Deinem Vorschlag zufolge hätte ich entweder sechs von neun oder sechs von zehn. Das ist Scheiße.

Im Übrigen kann man diese Zunge nicht mal bewegen oder so. Sie sitzt nur so rum, komplett nutzlos. Ich meine, wenn mir jemand meine Zunge abschneiden würde, würde sie mir fehlen, da kannst du aber drauf wetten.

Aber es gibt Leute ohne Zunge.

Das Wort Zunge muss auf etwas verweisen. Eine Zunge hat gewisse Eigenschaften, einen Ort, eine Funktion. Irgend so ein blöder Knubbel kann keine Zunge sein. Das Wort verliert seine referenzielle Leistungsfähigkeit oder so.

Also ich finde die Frage gut so, wie sie da steht.

85.
Dreißigtausend Zähne

Noch siebzehn Stunden bis zu Bär gegen Hai Teil 2, und wir haben ein verletztes Kind am Hals.

Doch am Ende gehen diese Geschichten ja meistens noch gut aus.

Erst bauen sie jede Menge Spannung auf, und dann zeigen sie dir Werbung, und wenn sie dann wieder da sind, geht am Ende meistens alles gut aus, und du stehst da und hast dich völlig umsonst aufgeregt. Im schlimmsten Fall bringen sie einen Cliffhanger, und du musst eine ganze Woche warten bis zur nächsten Folge, wo dann doch alles noch gut ausgeht, Triumph des menschlichen Geistes.

Ein obdachloser Unterhaltungskünstler auf der Straße sagt: »Das Kind hat eine Schädelfraktur und ein Hirnödem.«

Ein weiterer obdachloser Unterhaltungskünstler, ehemals hervorragender Pianist, sagt: »Quatsch, der Kurze hat eins auf die Rummsmurmel gekriegt. Killefit.«

Ich habe nachgeschaut, im Internet, einmal gibt es insgesamt etwa 250 verschiedene Haiarten, dann woanders heißt es, es gibt 345 verschiedene Haiarten, wieder woanders 450 Haiarten. Verdammt, was gilt denn nun?

Mr. Norman trägt die kleine Flickenpuppe Curtis durch die Straßen von Las Vegas. Mr. Norman weiß nicht, wie er sich fühlen soll, als guter Vater oder als sehr schlechter Vater. Er tendiert zu schlecht.

Ein betrunkener Autofahrer sagt: »Hey, hast du den Kleinen beim Blackjack gewonnen?«

Ein anderer betrunkener Autofahrer sagt: »Hey, schläft der oder ist er schon tot?«

Das inerte Gas funkelt und strahlt. Die Straßen von Las Vegas sind entweder sehr schön oder sehr hässlich. Aber dann wirklich abgrundtief.

Curtis sagt nichts, aber er atmet noch, das möchte ich betonen.

Ein Unterhaltungspenner sagt: »Die Zähne von so einem Hai werden alle acht Tage ersetzt.«

Der Officer, der ihn daraufhin festnimmt, sagt: »Pünktlich oder nur im Schnitt?«

Der Unterhaltungspenner, er heißt William, sagt: »Das bedeutet, dass bei einer durchschnittlichen Lebenserwartung von zwanzig bis fünfundzwanzig Jahren – Katzenhaie, die bis zu hundert Jahre alt werden können, klammern wir hier als statistische Ausreißer einmal aus – dass so ein Hai bis zu seinem Tod dreißigtausend Zähne verschleißt.«

Der festnehmende Officer boxt William in die Rippen und sagt: »Du bist besoffen und redest nur Scheiße.«

William krümmt sich, seine Hände sind mit Handschellen auf seinem Rücken gefesselt. Er sagt: »Ich bin vielleicht betrunken«, was aber, da er nach Luft ringt, nur schwer zu verstehen ist.

Der Polizeichef sagt: »Virtuell kann ich Ihnen schon jetzt einen bombenfreien Event versprechen.«

Das Graffito auf dem Bürgersteig sagt: »*Pooh v. Jaws*.«

Mr. Norman, inzwischen schwer außer Atem, verschwindet in der Lobby des Roman Coliseum. Curtis schläft wie ein Baby.

Williams Atem rasselt, als er sagt: »Aber dreißigtausend sind die *Wahrheit*.«

86.

Ein weiterer Aufsatz, der nicht gewonnen hat

EINSAMER BÄR-GEGEN-HAI-BLUES NO.3

(vom Letzten Folksänger)

Drummer kommen, Drummer gehen
Doch nie einer so schnell wie der
Erst drei Zeilen in dem Lied
Und schon zerhaut es ein Symbol
Ich dreh mich um, das Kit ist leer
Wo Stevie an den Trommeln saß
Mann, so schnell kannst du nicht gucken
Doch der Grund ist jedem klar
Erste Reihe, Darwin Dome
So haut Stevie auf die Pauke

Ethan's Bass verpennt den Beat
Dabei hat sich nichts geändert
Bis auf die Dollarzeichen in den Augen
Er denkt nur noch an den Jackpot
Große Frage: Wer gewinnt
Wenn Pranke auf Flosse trifft
Stevie ist noch nicht ganz weg
Als Ethan meint, da muss er mit
Hörst du die die Allegro-Füße
Bye bye, Rhythmusgruppe, hallo, Blues

Und wenn ich singe, dass Bär und Hai
Für den Arsch sind, Mann
Dann bin ich ganz allein
Das war mal der Refrain, Mann
Jetzt nur noch ich

Martin war der Tastenzauberer
Konnte die Finger nie von ihnen lassen
Doch das ist die dritte Strophe
Und auch er denkt: Wann, wenn nicht jetzt?
Brenda, unsere Background Vocals
Erst seit letztem Jahr dabei
Hätte ich gleich wissen müssen
Dass die Harmonie nicht hält
Martin und Brenda hielt es auch nicht
Jetzt singt sie Jingles, und er greift
In die Tasten als Computermensch bei HardCorp

Doch wenn ich singe, dass Bär und Hai
Komplette Scheiße sind
Ja, dann bin ich ganz allein
Das war einmal der Chorus, Mann
Jetzt nur noch ich

Yeah, und als wir zu der Brücke kamen
Nur ich und die tapfere Claudine
Da blieb sie plötzlich stehen
Und warf ihr Tamburin hinunter
Und als sie ging, da sagte sie
Vielleicht kriegt Martin ja
Den Bärenkopf wieder hin, yeah, für immer und immer

Die vierte Strophe klingt jetzt sehr einsam
Sie heult wie der Wind unterm Dach
Die Band hat mich verlassen
Und ich krieg nur schlechte Presse
Die Band verpasst den Einsatz
Und ich krieg einen in die Fresse

Und wenn ich singe, dass Hai und Bär
Nur was für dumme Wichser sind
Hey, beruhigt euch, den Refrain sing ich allein
Aber ihr seid Schafe, Schafe, Schafe
Und auch das ist längst kein Chorus mehr, Mann
Das bin nur ich
Nur ich

Hey, darf ich euch meine Band vorstellen
Ich, ich und ich
Und hier, das bin ich auch
Ich, nur ich, nur ich

87.
Kalte Kompresse

Mr. Norman schlüpft in sein Hotelzimmer im einundzwanzigsten Stock. Im Fernsehen geht entweder gerade alles gut aus oder es sieht gerade wieder mal böse aus, damit es später doch noch gut ausgehen kann. Seien wir ehrlich, eine volle Stunde, in der alles nur gut geht, wäre langweilig, und eine Stunde, in der es nur böse aussieht, wäre deprimierend.

Mr. Norman zieht Curtis die Sachen aus und steckt ihn ins Bett. Es ist schon lange her, seit Mr. Norman so etwas getan hat, und er fühlt sich, na ja, einerseits ganz gut und andererseits schlecht.

Matthew wälzt sich im Schlaf auf die andere Seite und sagt: »Was?«

Murray Jay Siskind sagt: »Du musst *hinter* die Gewalt schauen, Jack. Dahinter ist dieser überschäumende Grundton von Unschuld und purer Lebensfreude, kurz gesagt: Fun.«

Mr. Norman überlegt, ob er Curtis' Füße hochlegen soll. Oder besser den Kopf? So oder so, irgendwas muss hochgelegt werden.

Was zum Henker ist eine kalte Kompresse?

Aderpresse, Schiene, Triage.

Unbekümmert entfernt Mr. Norman das Pflaster mit dem Robo-Kopfgeldjäger von Curtis' Schussverletzung –

Mann, was für ein Tag! – und klebt ein neues Pflaster darauf, nachdem er die Wunde mit einem nassen Papiertaschentuch gereinigt hat. Die Wunde heilt gut, wodurch er sich (Mr. Norman) besser fühlt.

Mr. Norman legt sich ins Bett. Mrs. Norman schläft, während sie sich per Kopfhörer mit Bandscheiben-Maximen berieseln lässt.

Auf der Straße tief unten hupen betrunkene Autofahrer.

Curtis liegt ganz friedlich da, die Decke bis ans Kinn hochgezogen. Man muss den Patienten warm halten.

Eins auf die Rummsmurmel.

Mr. Norman schläft, und in seinen ruhelosen Träumen erblickt er TeleTown. TeleTown, jeder Fernseher ein Pixel, und eine Million Pixel ergeben einen Leuchtturm in der Neon-Nacht.

88.
Expertenmeinung

Ohne ein einziges Mal mein Apartment in Houston zu verlassen, war ich in der Lage, mit Biologen aus der ganzen Welt in Kontakt zu treten. Aber ich wollte nicht irgendeinen verstaubten Dozenten von irgendwo. Erstens wollte ich Tier-Leute, nicht Pflanzen-Leute. Zweitens wollte ich Wirbeltier-Leute. Drittens wollte ich, dass sie auf ihren Web-Fotos lächelten. (Außerdem suchte ich Wald- und See-Experten aus aller Welt.) Als ich Experten, die diese Anforderungen erfüllten, im Internet gefunden hatte, schickte ich ihnen eine E-Mail mit der Frage, wer von den beiden, Bär oder Hai, gewinnen würde, wenn man sie auf einem ebenen Spielfeld etc. Wenn der Wasserhahn kaputt ist, ruft man ja auch den Klempner.

Also fragte ich die Experten. Zumindest hielt ich sie für solche. Erinnern Sie sich an Curtis' Satz in Kapitel 30 über Glaubwürdigkeit und moralische Integrität? Ich meine, woher soll ich wissen, ob alle diese Leute promovierte Biologen sind. Vielleicht haben sie ja nur einen Doktor in Rhetorik. Vielleicht haben sie auch nur ihre Seminare erfolgreich abgeschlossen. Vielleicht sind es Klempner, die eine Menge über das Thema gelesen haben, oder, schlimmer noch, Klempner, die nur selten überhaupt etwas lesen. Was eigentlich bringt mich immer wieder zu der Überzeugung (denn die habe ich), dass alle die Internet-Leute echte Experten sind? Trauen Sie eher deren Wort oder meinem? Oder vielleicht denken Sie ja, ich glaubte den Experten, aber Sie selbst glauben den Experten kein Wort, was bedeuten würde, dass Sie zwar meinem Wort glauben, aber nicht an meine Urteilskraft. Oder vielleicht denken Sie (genau wie mein Schwager, ein kreativer Koan-Kniffler), dass die Frage schon so dämlich formuliert ist (siehe Kapitel 10), dass darauf nur komische Antworten kommen können. Oder vielleicht meinen Sie, dass es zwar Experten aller Art im Internet gibt, aber dass ich sie weder tatsächlich gefunden noch mit ihnen korrespondiert hätte, was hieße, dass Sie meinem Wort nicht trauen. Sie meinen, ich hätte alle die Experten und ihre Kommentare (siehe unten) nur erfunden, erfunden wie so vieles andere in diesem Buch, etwa das Vibra-Dream Plus oder den Freistaat Las Vegas. Tja, das sind fürwahr schmerzhafte Fragen, Curtis.

Was soll ich darauf antworten? Ich bin kein Klempner und habe nicht ein einziges Biologie-Seminar erfolgreich abgeschlossen. Aber ich habe tatsächlich E-Mails an alle möglichen Leute geschickt, die ich für Experten hielt. Es ist die schlichte Wahrheit. Und von vielen bekam ich tatsächlich eine Antwort. Vielleicht hielten sie die Frage nicht für ernst gemeint, was sie natürlich war, was sie natürlich nicht war. Die Frage war real und Fake zugleich, authentisch und ironisch.

Wie gesagt, zu meiner tiefen Freude schrieben die lächelnden Biologen zurück (Danke! Danke! Danke!), und was sie schrieben, sehen Sie hier.

- Ein Zoologe von der University of Florida sagt: »Hi. Warum fragst du mich das? Auf diese Frage gibt es keine eindeutige Antwort. Es hängt entscheidend von der jeweiligen Art von Hai und Bär ab – und vielen weiteren Faktoren.«

- Ein Professor vom Fachbereich Evolution und Ökologie an der University of California in Davis sagt: »Meiner Meinung nach macht der Hai das Rennen. Denn wenn das Wasser wirklich so tief ist, dass ein Hai darin atmen (oder sogar schwimmen) kann, ist es vermutlich schon so tief, dass dem Bären eine Verteidigung unmöglich ist. Zwar sind einige Bären recht gute Schwimmer (z.B. Polarbären), doch befinden sich ihre natürlich Waffen (Maul und Pranken) dabei in einer so ungünstigen Position, dass sie einem Haiangriff weitgehend schutzlos ausgeliefert sind.«

- Ein Biologe an der Weber State University in Ogden, Utah, sagt: »Chris, welche Ehre, in dieser Sache – wenn auch nur aufs Geratewohl – befragt zu werden! Ich denke, es hängt wirklich von der jeweiligen Spezies ab (obwohl ich annehme, dass du den größten und gefährlichsten Hai meinst). Aber selbst ein Polarbär hätte wohl gegen einen großen Hai keine Chance. Haie (wie z.B. der weiße Hai) liegen nicht nur in puncto Schnelligkeit und Größe vorn, sie verfügen auch über das weitaus größere Maul. Versteh mich nicht falsch, ein Polarbär ist beileibe kein Kuscheltier, doch auf einem von dir vorgegebenen ›ebenen Spielfeld‹ würde ich mein Geld auf den Hai setzen. Wie gesagt, es hängt von der Spezies ab.«

- Ein Wissenschaftler vom Bell Museum of Natural History an der University of Minnesota sagt: »So ein Kampf klingt mir doch etwas zu phantastisch. Haie sind Meerestiere, während die meisten Bären reine Landbewohner sind. Eine Begegnung von Bär und Hai ist daher extrem unwahrscheinlich. Sollte es sich zudem um eine große Haiart handeln (es gibt zahlreiche kleinere Arten, mit denen ein Bär mühelos fertig würde), dann würde wahrscheinlich allein das Salzwasser, wenn es in die Augen des Bären gelangte, diesen außer Gefecht setzen. Der Bär ist in dem von dir entworfenen Szenario einfach nicht in seinem Element und daher eine leichte Beute für den Hai.«

- Ein promovierter Naturkundler von einer bärenbezogenen Webseite sagt: »Chris, das ist ja alles ganz lustig. Wenn es dem Bären gelingt, sich aufzurichten, könnte er sicher ein paar Schläge austeilen – und vor allem besser fliehen, wenn er selber gebissen wird. Alles natürlich rein hypothetisch. P.S.: Ich habe von einem Schwarzbären gehört, der 6 Meilen in den Golf von Mexiko geschwommen sein soll und wieder zurück. Das Boot ist ihm fast die gesamte Strecke gefolgt, bevor es abdrehte.«

Zumindest auf dem Papier sieht es also nach einem höchst ungleichen Kampf aus. Drei von fünf Experten (das sind 60 Prozent) prognostizieren einen Sieg des Hais. (Bei Präsidentschaftswahlen bedeuten 60 Prozent eine überwältigende Mehrheit.) Aber was heißt das schon? Große Sportereignisse werden nicht auf dem Papier ausgetragen, sondern auf echtem Kunstrasen in überdachten Stadien.

Auf dem Papier hatte North Carolina State nie eine Schnitte gegen das übermächtige Houston.

Auf dem Papier hatte die amerikanische Hockeymannschaft bei der Olympiade auch keine Chance gegen die favorisierten Russen – oder wen auch immer, damals bei der Olympiade, als ich noch klein war.

Auf dem Papier hätten Joe Namaths Jets den Super-Bowl nicht gewinnen dürfen.

Auf dem Papier hätte Van Buren Präsident werden müssen, nicht Taft.

Kurz gesagt, man weiß es nicht. Selbst eine kleine zott'ge Cinderella, die ihre Pranken in zarte Partyschühchen gezwängt hat, Haiblut zwischen den perlweißen Reißern herabtropfend, könnte die fröhliche Party noch ordentlich aufmischen.

89.
Inmitten

Inmitten von Amerika liegt Las Vegas, und inmitten von Las Vegas steht das Roman Coliseum, und inmitten des Roman Coliseum befindet sich Zimmer MMCXXII, und inmitten von Zimmer MMCXXII ist ein Doppelbett, und inmitten des Doppelbetts sind ein Mann und eine Frau.

Moment mal: Wer hat eigentlich die Decke über die Fernseher gelegt?

Es ist so dunkel.

Und still, zumindest mit den Gratis-Ohrstöpseln »Gladiator«. Nur fernes Summen von Gewalt und Fun. Ein schwacher Pulsschlag. Vages Schattentheater von Liebe und Tod auf den Vorhängen, es ist schwer zu sagen, was von beiden.

So still und dunkel unter der Decke, als der Mann sich inmitten der Frau wälzt, beide sind noch nicht einmal ganz wach, in einem Teil der Nacht, wo so etwas passieren kann.

Sie sagt: »Ja, so.«

Sie flüstert es. Er kann sie nicht hören.

Er sagt: »Manchmal sehe ich so von weitem etwas.«

Sie sagt: »Ich lebe noch.«

Ihre nassen Gesicht ineinander gedrückt, die Augen weit in der totalen Dunkelheit.

Sie sprechen gleichzeitig, ungehört durch zusammengebissene Zähne.

Er sagt: »So?«

Sie sagt: »Das hätte auch meine Geschichte sein können.«

Was stimmt.

Er sagt: »Ich stelle nicht mal diese Fake-Sachen her, ich entwerfe sie nur.«

Sie sagt: »Ich habe dich gesehen. Jedes Mal während meiner Schwangerschaft.«

Er sagt: »Verstehst du, was ich meine?«

Sie sagt: »Ich habe gesehen, wie du gewartet hast, bis ich einschlafe. Dann bist du mit dieser kleinen Taschenlampe unter meine Decke gekommen und hast meinen Bauch angeschaut. Stundenlang.«

Er sagt: »Komm ein bisschen höher.«

Sie sagt: »Aber ich habe nur so getan, als würde ich schlafen. Ich wusste, was du tatest. Stundenlang hast du meinen Bauch angeschaut und wolltest ihn kaum anfassen, kaum mit den Lippen berühren.«

Es könnte ein Traum sein, aber es ist keiner. Das Vibra-Dream Plus und das Nichtkissen sind nirgendwo zu sehen.

Sie sagt: »Der Mann im Talk-Radio, den ich deswegen angerufen habe, meinte, ich sollte die Scheidung einreichen.

Er sagt: »Scheidung?«

Sie sagt: »Aber andererseits war es so süß von dir, und ich habe dich dafür geliebt.«

Der Mensch hat sieben Halswirbel, zwölf Brustwirbel, fünf Lendenwirbel, das Kreuzbein besteht aus fünf verschmolzenen Sakralwirbeln, das Steißbein aus vier.

Der Mann und die Frau wälzen sich wie Experten.

Er sagt: »Curtis wird wieder gesund.«

Sie sagt: »Es ist noch nicht zu spät.«

Der Mann beißt die Frau ins Ohr und saugt den Ohrstöpsel heraus.

Er sagt: »Etwa so?«

Sie sagt: »Ja. Larry, ja.«

90.

Wait-and-See-Vorgehensweise

Noch neun Stunden bis Bär gegen Hai Teil 2.

Spürst du die Spannung? Würdest du sagen, die Luft ist wie elektrisiert? Würdest du sagen, es knistert?

Am Morgen schlägt der Patient die Augen auf, was immer ein gutes Zeichen ist. Er sagt nichts. Er hat im Schlaf Laute von sich gegeben, aber eigentlich keine Worte. Er bekleckert sich mit O-Saft-Ersatz. Er hat leichte Gleichgewichtsstörungen. Er hat eine dicke Beule am Hinterkopf.

Ein Ei auf der Rummsmurmel.

Mrs. Norman sagt: »Curtis, bist du okay?«

Mr. Norman sagt: »Curt ist letzte Nacht aus dem Bett gefallen. Ich bin aufgestanden und habe ihn wieder reingelegt.«

Das ist zwar gelogen, aber dennoch.

Matthew sagt: »Stimmt, ich erinnere mich daran.«

Seltsam, wie schnell und einfach eine Lüge Bestätigung findet.

Mr. Norman sagt: »Das wird schon wieder.«

Mrs. Norman sagt: »Vielleicht sollten wir mit ihm zum Arzt gehen.«

Echte Fake-Streitwagen rasen rund um die Lobby, wo die Normans ihr kontinentales Frühstück genießen. Stoisch, mit wehenden Togen verlässt die Putztruppe des Hauses den Lift.

Mr. Norman hat Angst vor Ärzten, aber das ist normal, oder? Alle diese Geräte und Maschinen. Man schaltet sie ein, und sie sagen etwas, sagen Krebs oder Schlaganfall, und dann hast du Krebs oder Schlaganfall und fühlst dich mies. Die Maschinen sprechen, und die Ärzte übersetzen, aber an ihrem Spruch gibt es nichts zu diskutieren. Es ist ihr Urteil, und du kannst sterben. In diesem Fall jedoch entscheidet sich Mr. Norman für eine Wait-and-See-Vorgehensweise.

Matthew sagt: »Curt, kann ich dein Kreme-Donut haben, wenn du es nicht isst?«

Curtis sagt, nun ja, nichts.

91.
Gedanken-Gang

Kennst du den Aufsatz, den ich über Bär gegen Hai geschrieben habe.

Den einen, den du dir aus dem Internet runtergeladen hast?

Yeah.

Der, wo der Bär das Ego ist und der Hai das Id?

Yeah.

Froyd.

Hab eine 4 bekommen.

Mann, das war doch der beste von allen.

Der Lehrer meinte, er könnte meinem Gedankengang nicht folgen.

Was ist ein Gedanken-Gang?

Gedankengang. Er hat es genau so gesagt.

Ein Gang. Für Gedanken.

Yeah. Dem er nicht folgen konnte.

Wollte er es denn wenigstens?

Ihm folgen?

Yeah.

Nehm ich doch mal an.

Also er wollte dem Gedanken-Gang schon folgen, konnte aber nicht.

Bleib mal kurz dran, ich kriege hier einen zweiten Anruf.

Ein Gedanken-Gang, so scheint es, ist eine prima Sache. Man will einen Gedanken-Gang haben, damit andere ihm folgen können. Ein Gedanken-Gang, bei dem die Lehrer mitgehen.

Bin wieder da. Bist du noch dran?

Was ist überhaupt *Porridge*?

Was hat ein Gedanken-Gang damit zu tun?

Ein Gang ist eine überkommene Fortbewegungsart.

Sag ich doch.

Es geht langsam und ist schmutzig.

Mühsam nicht zu vergessen.

Na gut, wenn so ein langsamer, schmutziger Gedanken-Gang gut sein soll, dann bin ich ein gottverdammter Volltrottel.

Stimmt.

Quatsch, dann bin ich ein gottverdammtes Genie, wenn schmutzig die Messlatte ist.

Okay, halten wir fest. Erstens, warum sollte ich einen Gedanken-Gang haben sollen, und zweitens, warum sollte er diesen Gedanken-Gang folgen wollen, und drittens …

Drittens, warum sollte ich einen solchen Gedanken-Gang überhaupt wollen, wenn es für Gedanken alle möglichen schnelleren Fortbewegungsarten gibt, rasen zum Beispiel, Gedanken können auch rasen. Oder fliegen. Käme modernen Lesern von heute auf jeden Fall entgegen.

Unsere hektische schnelllebige Zeit.

Wer zum Teufel kann sich das ansehen, wenn sich so ein Gedanken-Gang jeden Schritt einzeln überlegt. Wirst du doch bekloppt bei.

Bleib mal kurz dran, ich kriege hier einen anderen Anruf.

92.
Sezessionsmuseum Las Vegas

Erst mal ins Sezessionsmuseum von Las Vegas, du weißt schon, dieser riesige und äußerst unterhaltsame Bildungs-Komplex. Aber angesichts des großen Events am Abend will bei den Normans die rechte Begeisterung nicht aufkommen.

Und offenbar geht es den Tausenden anderen Besuchern ganz ähnlich. Die Leute sind nervös, die Nerven liegen blank. Die Leute wandern durch die Hallen, schlagen die Zeit tot, warten.

Wer von beiden wird diesen Kampf gewinnen, Bär oder Hai?

Ich meine, wenn ein Bär (mit einem normal großen Kopf) und ein Hai eine Meinungsverschiedenheit hätten, die sie friedlich nicht beilegen könnten … wer würde gewinnen?

Ich würde Glasscherben fressen für eine Eintrittskarte.

Besonderen Spaß macht der virtuelle Aqua-Park, weil man darin nicht real nass wird.

Auch das weltoriginellste Daddel-Äffchen ist erstaunlich. Es spielt meistens Blackjack oder Poker, aber was sie dir in den Anzeigen nicht verraten: Das Äffchen spielt echt schlecht. Es verliert fast immer. Geradeso als hätte es weder die Regeln noch den Sinn des Spiels kapiert.

Die weltgrößte Reklametafel ist wirklich gigantisch – und

trotzdem ein bisschen eine Enttäuschung. So groß, wie sie im Internet aussieht, ist sie in Wirklichkeit nicht. Bilder können lügen.

Während die ganze Familie durch das Museum spaziert, hält Mr. Norman Curtis an der Hand – auch etwas, das er seit langer Zeit nicht mehr gemacht hat. Curtis geht langsam und ist noch etwas wacklig auf den Beinen. Er starrt geradeaus. Es geht ihm schon viel besser. Er isst Zuckerwatte und schmiert sich etwas davon in die Haare. Kein einziges Mal versucht er wegzulaufen, er geht auch nicht verloren oder wird angeschossen.

Es gibt einen Streichelzoo mit einem zahnlosen, sedierten Bär. Mit glasigem Blick und räudigem Fell liegt er die ganze Zeit auf der Seite und seufzt jedes Mal auf, wenn ihn die Kinder pieksen. Angeblich gibt es auch einen Hai, aber der kommt nie hinter seinem Plastikfelsen hervor.

Mr. Norman beugt sich zu Curtis hinunter und sagt: »Alles klar für heute Abend, kleiner Mann?«

Museumsführer in Tiermasken erschrecken die Kinder so, dass sie weglaufen und anfangen zu weinen.

Er (Mr. Norman) sagt: »Glaubst du, der Hai kriegt heute eins auf die Mütze?«

Curtis sagt nichts.

Matthew sagt: »Keine Chance, Dad.«

Ein Schild sagt: »Morgen: Bär gegen Hai Teil 2 – Ein historischer Abriss.«

Ein Mann an einem Münztelefon sagt: »Du hast mir verdammt noch mal *versprochen*, dass du die Sprengkapsel mitbringst.«

Matthew sagt: »Scheiße, wenn man so lange auf Geschichte warten muss.«

93.
Orales Vakuum

Draußen auf dem Ozean gibt es einen Hai, der heißt Plätzchenschneider-Hai. *Isistius brasiliensis*. Obwohl es sich dabei ganz klar um einen Internet-Scherz handelt, tue ich mal so, als gebe es ihn wirklich, ähnlich wie ich so tue, als habe es die Mondlandung wirklich gegeben oder es existiere ein Land namens Grönland oder als hätten die Experten aus Kapitel 88 alle ihren Doktorgrad. Vielleicht bin ich zu leichtgläubig, aber im Internet habe ich Bilder des Plätzchenschneider-Hais gesehen. Kein schönes Tier, muss ich sagen. Verschlagene Augen und ein ziemlich fieses Maul, trotzdem sieht es nicht unbedingt so aus wie der Schrecken der Tiefsee. Kein Vergleich mit dem Weißen Hai, dem so genannten Menschenhai, auch nicht 18 Meter lang wie der Walhai. Der Plätzchenschneider-Hai sieht aus wie eine Zigarre oder wie ein Aal und wird nicht größer als 50 Zentimeter. (Wie Ihnen jedes vernünftige Armaturenbrett verraten kann, sind das zirka 20 Zoll.) Trotz seines harmlosen Namens (ein echter Fun-Name, Plätzchenschneider-Hai, denn wer mag keine Plätzchen?), da ist etwas, das Sie wissen sollten. Zum Beispiel warum der Plätzchenschneider-Hai Plätzchenschneider-Hai heißt? Nun, dieser Hai napft sich mit seinen breiten (»suktorialen«) Sauglippen an seine Beute an (zumeist viel größere Fische, darunter sogar andere Haie), und rotiert dabei um die eigene Achse, bis seine langen scharfen Zähne einen runden Fleischpfropfen aus dem Beutefisch herausgeschnitten haben. Dieser Pfropfen wird manchmal auch als »Fleisch-Plätzchen« bezeichnet. Plätzchenschneider-Haie verfügen über eine robuste Basihyalis (siehe oben) sowie eine ausgeprägte Kehlkopfmuskulatur (*rectus cervicis*), die ihnen ermöglicht, ein starkes »orales Vakuum« aufzubauen. Einer neueren Theorie zufolge täuscht die spezielle Zeichnung am Körper des Plätzchenschneider-Hais einen viel kleineren Fisch vor. Wenn dann ein größerer Fisch diesen vermeintlich sehr viel kleineren Plätzchenschneider-Hai attackiert, nutzt dieser die Stoßbewegung des Angreifers, um sich noch tiefer in dessen Fleisch zu bohren. Ich möchte hinzufügen, dass auf manchen Webseiten sogar die Behauptung aufgestellt wird, Plätzchenschneider-Haie hätten schon atomgetriebene U-Boote angegriffen, zumindest seien an der Außenhaut der Schiffe diese typischen Krater entdeckt worden.

Jetzt sag, du wärst ein großer Fisch. Dann kommt dieser putzige kleine Kerl mit dem lustigen Namen, greift dich mit seinem kolossalen oralen Vakuum an und bohrt für den Rest deines Lebens ein Loch in dich rein.

Da hast du verdammt Recht, das ist eine Metapher.

94.
Großer Nachmittag

Erzähl von dem großen Nachmittag, der dem großen Event vorausging.

Fünf Stunden, vier Stunden, drei Stunden, zwei Stunden…

Langsam, langsam. Ein paar bewegende Bilder wären jetzt nicht schlecht, sprechende Details. Wie war das Wetter?

Sonnig. Heiß. Heiß wie… ich weiß nicht.

Was noch?

Wie, was noch? Wenn du nichts dagegen hast, würde ich das gern weglassen.

Ich hab aber was dagegen.

Ich weiß.

Dann erzähl.

Ich weiß nicht, ein Mittagsschlaf. Die ganze Familie ratzt. Mann, sie sind auch ganz schön müde, diese Normans.

Nee, ne?

Doch. Es ist wahr, jetzt wo ich darüber nachdenke.

Wie langweilig.

Nicht zu ändern.

Langweilig ist schlecht.

Das Leben ist nicht immer eine Unterhaltungsshow.

Und was ist mit Kunst? Was ist mit Romanen?

Kommt darauf an.

Erzähl von Curtis.

Er schläft, wie die anderen.

Irgendetwas stimmt nicht mit ihm. Da gibt es ein Problem, eine Krise, einen Konflikt, ich spüre es.

Entscheiden wir uns für eine Wait-and-See-Vorgehensweise.

Was passiert noch mit ihm?

Wie Haie und die meisten anderen Fische kann ich nicht die Zukunft voraussagen.

Sie sind alle am Schlafen.

Es geht. Mr. Norman schläft nicht. Er kann nicht schlafen. Immer wieder schaut er zu Curtis hinüber, um zu sehen, ob er noch atmet.

Und?

Ob er atmet?

Ja.

Ja.

Langweilig. Aber draußen in den Straßen ist big Party angesagt oder so etwas in der Art, richtig? Überall drängeln sich Leute, trinken, feiern und machen sich bereit. Eine festlich-überschäumende Stimmung. Immer wieder kommt es zu Rangeleien zwischen Bär- und Hai-Anhängern, richtig?

Aber das ist es ja gerade. Es gibt keine Party. Niemand ist draußen auf der Straße, fast niemand. Es ist heiß, grell und leer da draußen. Irgendwie unheimlich. Die Leute haben sich verdrückt, verhalten sich ruhig. So ist es eigentlich nie in Las Vegas, nur heute. Sieht auch nicht gut aus. In Las Vegas brauchst du Leute auf der Straße, sonst sieht diese Stadt aus wie…

Verwaist?

Schlimmer. Ungeheuerlich. Vor dem Bär-gegen-Hai-Themenpark: keine Menschenschlangen. Es war niemals einfacher, Extrem-Achterbahn zu fahren. Ganze drei kümmerliche Leute sind bei Mama Bärs Höhle und drei weitere auf dem Unebenen Spielfeld. Sie alle reißen juchzend die Arme in die Luft, wie man es von ihnen verlangen kann, und doch, es kommt nicht von Herzen. Man könnte auch sagen, ein Leichentuch habe sich auf die Stadt gesenkt.

Hey, du hast deine Religion, und ich habe meine.

Selbstverständlich.

Mittagsschläfchen für die ganze Familie und leere Straßen.

So ist es.

Kein Wunder, dass niemand mehr liest. Was könnte ich also mit dem restlichen Tag anfangen?

Keine Ahnung, hol dir eine Kinozeitschrift oder schau dir im Fernsehen ein Sportereignis an.

Geht nicht. Ich bin viel zu aufgeregt wegen heute Abend.

Ja dann.

Hey, was hältst du von einem Fleisch-Plätzchen?

Nein danke.

Ist nicht jemand schon mal bei Mama Bärs Höhle umgekommen.

Nein, du meinst Goldlöckchens Alptraum. Der Typ war schlicht zu groß, und sein Kopf…

Hey, wenn ein Bär und ein Hai gegeneinander antreten, wer, meinst du, würde gewinnen?

Auf jeden Fall würdest du nicht abschalten, sag ich mal.

95.

Der Krieg der Natur

Im kostenlosen, überfüllten und merkwürdig stillen Pendelbus geht es zum Darwin Dome.

Einfache Leute befinden sich in diesem Bus, die Lotterie-Gewinner. Ihre T-Shirts sind schreiend laut, aber ihre Gesichter sind leer bis auf einen Ausdruck grimmiger Entschlossenheit.

Der Ausdruck grimmiger Entschlossenheit ist berechtigt, so nah am Ziel, eine Stunde vor Bär gegen Hai Teil 2. In der Natur herrscht Krieg. Es wird dir nichts geschenkt.

Mr. Norman fragt sich, ob er auch so grimmig aussieht? Und wenn ja, bedeutet das, dass er auch so grimmig empfindet? Absichtlich macht er ein grimmiges Gesicht und kalkuliert den Aufwand. War es relativ einfach, sein Gesicht vom ausgeglichenen Normal- in den Grimmzustand zu versetzen, dann war der Grimm vermutlich immer schon vorhanden, möglicherweise sogar als Befindlichkeit. Brauchte es länger bis zu einem grimmigen Gesicht, dann galt vermutlich das Gegenteil vom Grimm, dann war er nicht grimmig, sondern glücklich oder so etwas.

Schritt 1: Setzen Sie ein grimmiges Gesicht auf.

Schritt 2: Bestimmen sie Ihren emotionalen Zustand.

Mrs. Norman sagt: »Schatz, was machst du da?«

Zugegeben, dieser Test ist nicht leicht und auch längst

nicht so wissenschaftlich neutral, wie er aussieht. Subjektive Fehleinschätzungen können vorkommen, sie schleichen sich durch die Hintertür zurück ins System.

Curtis sitzt auf dem Schoß seines Vaters. Unter beiden Augen schimmert ein bläuliches, halbmondförmiges Hämatom. Bläulich glänzend wie der Flügel eines Insekts. Im Hotel hat Mr. Norman gehört, wie Curtis bereits wieder gesprochen hat, einzelne Worte, keine englischen, aber doch Worte, die als Äußerung erkennbar waren. Der Junge ist über den Berg.

Sollten Sie zufällig einem Bären begegnen, verhalten Sie sich ruhig. Manchmal hilft es auch, sich tot zu stellen. Das *Allerletzte*, was sie tun sollten, ist wegrennen. Bären sind schnell.

Ein T-Shirt sagt: »Echte Männer haben zott'ges Fell.«

Ein anderes T-Shirt sagt: »Winterschlaf ist für Weicheier.«

Grimmige Gesichter.

In seinem Buch *Über die Entstehung der Arten* sagt Charles Darwin, der Naturforscher aus dem 19. Jahrhundert: »Daraus, aus dem Krieg der Natur, aus Hunger und Tod, gelangen wir unmittelbar zu dem höchsten Gegenstande, den wir überhaupt zu erfassen vermögen, nämlich der Hervorbringung höherer Tiere.«

Persönlichkeiten des öffentlichen Lebens und Industriekapitäne sagen: »Mir egal, was Darwin über die Arten gesagt hat, aber das über den Wettbewerb gefällt mir.«

And da ist er jetzt, Leute, der Darwin Dome, leuchtend in der Augustsonne. Kathedrale und Hexenkessel in einem.

Der Busfahrer, ein Anarchist mit losen Kontakten zur Verschwörerszene, sagt: »Herrschaften, wir sind da.«

Mrs. Norman sagt: »Nun guck dir das an.«

Curtis, auf dem Schoß seines Vaters, starrt durch das kugelsichere Fenster hinaus auf die Wüstenarena.

Das Lexikon sagt, ein Dom sei das Haus des Herrn.

96.

Bär gegen Hai: Der Index

97.

Der Fleißigen Hand

Einundvierzig Minuten.

Wenn ein Bär und ein Hai.

Vor dem Dome sind Demonstranten und Krawallmacher aufmarschiert. Sie haben ihre Lieder und Transparente. Sie haben zu viel amerikanisches Fernsehen gesehen. Einige Leute werfen mit Steinen nach ihnen. Die Aufgerührten entfachen den Aufruhr.

Das Plakat eines Demonstranten sagt: »Besser einer Bärin begegnen, der die Jungen geraubt sind, als einem Toren in seiner Torheit. (Sprüche 17,12)«

Ein weiteres Plakat sagt: »Ein Gottloser, der über sein armes Volk regiert, ist wie ein brüllender Löwe und ein gieriger Bär. (Sprüche 28,15)«

Noch ein weiteres Plakat sagt: »Weh denen, die des HERRN Tag herbeiwünschen! Denn des HERRN Tag ist Finsternis und nicht Licht, gleichwie wenn jemand vor einem Löwen flieht und ein Bär begegnet ihm. (Amos 5,19)«

In Bezug auf Haie gibt sich die Bibel eher schweigsam.

Beamte der Polizei von Las Vegas treiben die Aufrührer und Radaubrüder auf große Trucks und karren sie irgendwohin. Was glaubt ihr, wo ihr seid? In Amerika?

Ein Bekloppter in einem Schokotorten-Kostüm klettert zusammen mit seinem Hund und einer Gitarre auf das

Dach des Dome. Schaulustige versammeln sich vor dem Dome, viele haben ihren Videorecorder hervorgeholt. Keiner versteht, wovon die Schokotorte singt. Da er auch kein einziges Mal »*Yes, Ma'am*« sagt, fangen die Leute an zu buhen. Sogar die Demonstranten in den Polizeitrucks buhen die Schokotorte aus. Die Schokotorte singt genau zweieinhalb Protestsongs, bevor sie eine Eliteeinheit der L.V. Police schnappt, ihr Handschellen anlegt und die Gitarre im gleißenden Licht zertrümmert.

Die Menge klatscht Beifall und verschwindet in die dunkle Arena.

Der Darwin Dome hat vier Haupteingänge. Auf der Nordseite betreten die Fans den Dome durch einen gigantischen Torbogen, der dadurch entsteht, dass sich die Statuen von Charles Darwin und Jesus an der Hand halten. Auf der Ostseite betreten die Fans den Dome durch einen gigantischen Torbogen, der dadurch entsteht, dass sich die Statuen von Charles Darwin und Andre Agassi an der Hand halten. Auf der Südseite betreten die Fans den Dome durch einen gigantischen Torbogen, der dadurch entsteht, dass sich die Statuen von Charles Darwin und Martin Luther King an der Hand halten. Auf der Westseite betreten die Fans den Dome durch einen gigantischen Torbogen, der dadurch entsteht, dass sich Charles Darwin und Hard-Corp-CEO William T. »Ducky« Riggins III die Hand reichen.

Die Normans betreten den Dom durch den Nordeingang. Mrs. Norman hält Matthew an der Hand. Mr. Norman hält Curtis an der Hand. Darwin hält Jesus an der Hand.

Eine Inschrift unter der Darwin-Statue sagt: »Aber da

sich nicht alle Gruppen in demselben Maße vermehren können, denn dazu ist kein Platz auf der Welt, siegt die stärkere Gruppe über die schwächere.«

Eine Inschrift unter der Jesus-Statue sagt: »Lässige Hand macht arm; aber der Fleißigen Hand macht reich.«

Es gibt überhaupt keinen Grund, warum die beiden nicht wunderbar miteinander klar kommen sollten.

Die Normans gehen die serpentinenartigen Rampen empor, ihre Plätze sind ganz oben bei den Sea-n-Lea-Gewinnern. Schulische Leistung öffnet dir die Tür, aber für einen Parkett- oder Logenplatz braucht es ein bisschen mehr.

Mrs. Norman sagt: »Larry, wenn es ihm morgen nicht besser geht, müssen wir ihn irgendwohin bringen.«

Die Normans, zumindest Matthew und seine Eltern, entdecken immer wieder Leute, die ihnen unbestimmt berühmt vorkommen. Du möchtest ihnen zulächeln, du möchtest ihnen zuwinken, weil du sie zu kennen glaubst. Der Punkt ist: Du kennst sie, du liebst sie sogar, sie sind Teil deines Lebens. Aber der Punkt ist auch: Sie kennen *dich* nicht!

Und überall kann man Sachen kaufen, viele Sachen. Bier und Haifischfleisch und Bärenfleisch und Popcorn und T-Shirts und Baseballkappen und Schlüsselanhänger und Riesenhände aus Schaumstoff und Mixgetränke und Anstecknadeln und Gürtelschnallen und Plüschtiere und noch vieles mehr aus dem Bereich Souvenir und Andenken, Firlefanz und Flitter, Klimbim und Krempel, billiger Plastikscheiß aus Taiwan.

Wo genau liegt eigentlich Taiwan?

Weißt du, sie haben da etwas, das nennt sich Bier-und-Bär-Special, und Haisse Würstchen und Bär-B-Cue.

Und natürlich sind die Wettbüros geöffnet. Der Bär liegt leicht vorn. Der Rache-Faktor.

Die Leute sprechen nur noch mit gedämpfter Stimme. Das Ganze fühlt sich doch anders an, als sie dachten, dass es sich anfühlen würde.

Mrs. Norman sagt: »Was?«

Matthew klammert sich eng an seine Mutter. Er sagt: »Mann, ist das groß hier.«

Mr. Norman sagt: »Alles klar, Curt?«

Curtis äußert sich kaum dazu.

Ein Sportreporter sagt: »Ich konnte mir die Tiere heute Morgen schon kurz ansehen, Rich, und ich sage dir, denen möchte man auch nicht im Dunkeln begegnen.«

Die Uhr sagt, noch 23 Minuten.

Mrs. Norman sagt: »Wir sollten jetzt langsam zu unseren Plätzen gehen.«

Und in dem Polizeitruck sitzt eine traurige Schokotorte mit Hund.

98.
Bärenmilch

Ein Werbeclip.

Hier wird Geld verdient, Spannung aufgebaut.

Telefon klingelt. Hübsche junge Mutter, im Begriff, ihrem Baby dezent und geschmackvoll die Brust zu geben, und das alles in einem dezent erleuchteten, geschmackvollen Fernsehzimmer, geht dran.

Sie (hübsche junge Mutter) sagt: »Hallo?«

Ältere Schwester, auch hübsch, aber auf eine sachliche, leicht herbe Art, denn sie ist der Globetrotter der Familie, einfach noch nicht bereit, sich zu binden usw. Das Dschungelgrün im Hintergrund, die Dschungellaute, der praktische Pferdschwanz der Schwester samt praktischer Khakiweste mit zahllosen praktischen Taschen deuten an, dass wir uns irgendwo in der Dritten Welt befinden, vielleicht bei einem Naturschutzprojekt, das von ihr geleitet wird, obwohl sie im Augenblick viel lieber bei der jüngeren Schwester und deren Baby wäre, aber leider Gottes, der Beruf geht nun mal vor.

Sie (ältere Schwester) sagt: »Wie geht's meinem Schwesterherz?«

Schwesterherz sagt: »Ach, Molly, ich wünschte, du wärst hier.«

Molly sagt: »Ich auch, Sis. Aber ich komme ja bald. Wie geht's meiner frisch gebackenen Nichte?«

Sis sagt: »Sie ist ja so ein Wonneproppen. Als du anriefst, wollte ich ihr gerade die Brust geben.«

Molly, plötzlich besorgt, sagt: »Sis, du gibst ihr doch nicht etwa die Brust?«

Sis, nur ein ganz klein wenig beunruhigt, sagt: »Doch, das tue ich, Molly. Warum fragst du?«

Molly sagt: »Ich dachte, du würdest ihr Bärenmilch geben, das ist alles.«

Sis lacht zwar darüber, aber eigentlich ist ihr nicht mehr nach Lachen zumute. Mein Gott, wir sprechen von einem Baby, einem kleinen hilflosen Baby, für das alle nur das Beste wollen, ein Baby, das darauf angewiesen ist, dass die Erwachsenen die richtigen, für seine gesunde Entwicklung so wichtigen Entscheidungen treffen. Sis sagt: »Aber Molly, Menschenbabys haben schon immer Muttermilch bekommen.«

Molly, umringt von exotischen Tierlauten, sagt: »Sis, in unserer hektischen, leistungsorientierten Welt ist Muttermilch längst nicht mehr das Gelbe vom Ei. Muttis Milch genügt lediglich den Ansprüchen von Durchschnittskindern. Aber Ausnahmekinder wie meine Nichte brauchen mehr ...«

Schnitt zu einem Labor, wo Schauspieler in weißen Kitteln im Hintergrund herumwuseln. Da sind Reagenzgläser, die eindeutig zeigen. Da ist ein Diagramm, das eindeutig beweist. Da ist der Schauspieler aus einer Nachmittagsserie, der eindeutig sagt. Dass nämlich Bärenmilch 46 Prozent Fett enthält, während Muttis Milch bei vier Prozent vor sich hin kümmert. Weil Bärenjunge nämlich in gewisser Weise die kleinsten Säugetiere überhaupt sind, da sie bei der Geburt nur ein 420stel des Gewichts ihrer Mutter auf die Waage bringen, während Menschenbabys mit einem 20stel vergleichsweise echte Brocken sind. Aber die Frage bleibt eben. Wie schaffen es die Bärenjungen, in so kurzer Zeit so groß und stark und gefährlich zu werden? Antwort: Na klar. Bärenmilch bringt's. Verdammter Raketentreibstoff, das Zeug.

Schnitt zurück zur hübschen jungen Mutter, die ihrem glücklichen, kerngesunden Baby gerade ein warmes Fläschchen bester Bärenmilch verabreicht.

Da klingelt es an der Tür, und es ist Molly! Endlich aus dem Dschungel zurück, um zum ersten Mal ihre Nichte zu sehen, die einmal groß und stark und ein echtes Ausnahmekind werden soll, denn wollen wir nicht alle nur das Beste für unsere Kinder, geben wir uns mit weniger zufrieden?

Die Umarmung.

»Oh, was für ein Engel! Und so groß und ausnahmemäßig aussehend!«

»Wenn ich meine große Schwester nicht hätte!«

Sie lachen gemeinsam.

Was ich damit sagen will: Normalerweise gehen solche Geschichten am Ende gut aus.

99.

Bär und Hai Teil 3: Die Rückkehr

Shit, wenn Miami uns für das Geld will, soll uns Miami bekommen.

Miami will uns, Sir.

Wir brauchen aber einen Dome.

Sie sagen, ein Dome wäre kein Problem.

Gemacht.

Dann sage ich Ihnen Bescheid. Wir machen dann ein Meeting, um die Details abzuklären.

Vielleicht könnten wir das Ganze etwas aufpeppen. Wir könnten es zum Beispiel Hai gegen Bär nennen.

Ich halte das für falsch, Sir.

BgH3: Beim dritten Mal wird alles anders! Was halten Sie davon?

Wir können die Details später abklären, Sir.

Oder wir könnten sie dreimal so groß machen. Oder drei gegen drei oder so etwas.

Sir, Veränderungen bergen immer ein Risiko. Unsere Untersuchungen zeigen ganz eindeutig, dass die Leute mit BgH, so wie es ist, sehr zufrieden sind.

Ja, ich schätze, da haben Sie Recht.

Wir haben ein exzellentes Produkt, Sir.

Und das operative Ergebnis stimmt auch.

Das ist richtig, Sir.

Hey, aber wir könnten einen echten Bären und einen echten Hai nehmen und sagen, sie wären animiert. Würde uns einen Haufen Geld sparen.

Sir, die Idee hatten wir schon. Aber so ein Kampf wäre nicht echt genug, um als Fake durchzugehen.

Sie meinen, echt ist nicht echt genug.

Exakt, Sir.

Sie haben wahrscheinlich Recht.

Was wir hingegen verändern sollten, ist der Zeitrahmen, Sir.

Wieso das?

Zwei Jahre sind als Wartezeit viel zu lang. Die Leute fangen an, sich die Kugel zu geben oder ihre Kids zu vermöbeln. Wir müssen früher rauskommen.

Okay, achtzehn Monate geht auch.

Sir, ich dachte eher an acht Monate, das wäre im April.

Das ist ja schon bald.

Unsere Analyse zeigt ganz eindeutig: Acht Monate sind optimal. Dann könnten wir Ostern noch mitnehmen, das ganze Auferstehungsthema.

Das ist aber wirklich schon bald.

Ja, Sir, aber ich denke, wir kriegen das hin.

Ein Frühjahrskampf, keine schlechte Idee.

Ja, Sir.

Also gut.

Ja, Sir.

Wenn es zu einem dritten Kampf kommt…

Ja, Sir.

Und der Hai hat den ersten Kampf gewonnen…

Ja, Sir.

Dann…

Sir, mit Verlaub, ich glaube, das wird den Programmierern nicht gefallen, Sir.

Und wie wird es den Programmierern gefallen, wenn sie gefeuert werden?.

Ich rede mit ihnen, Sir.

100.
Und nun dies

Die Normans haben ihren Platz eingenommen, hoch oben über dem Ring.

Sechzigtausend Fans und etliche zehn Millionen Zuschauer weltweit auf PayView.

O Mann, nicht mehr lang und Bär und Hai kämpfen gegeneinander. Aber wer wird den Kampf gewinnen, wenn sie gegeneinander kämpfen.

Der Ansager sagt: »Im Namen von HardCorp bitte ich alle Anwesenden um eine kurze Schweigeminute, in der Gelegenheit besteht, für unsere amerikanischen Truppen zu beten.«

Der Vizepräsident von Las Vegas sagt: »Von einer Schweigeminute hat mir niemand was gesagt.«

Die Schweigeminute verläuft, na ja, schweigend. Oder fast schweigend. Obwohl, nicht sehr.

Man denkt an Wiesen, die vom Wind gestreichelt werden. Man denkt an Schutzbunker.

Und dann gehen die Lichter aus, und die laute Extremmusik geht an.

Der Ansager sagt: »Willkommen, liebe Kampfsportfreunde, zum größten Ereignis in der Geschichte der Menschheit.«

Dann ein tanzendes Scheinwerferoval auf dem Ring, kreuz

und quer zuckende Laserstrahlen. Man erkennt: klares blaues Wasser, ein paar kleine Bäume und Sträucher, einen Strand.

Mit einem Bär oder einem Hai ist in einer solchen Umgebung jederzeit zu rechnen. Das ist nämlich das ebene Spielfeld.

Der Ansager sagt: »In der einen Ecke der Herausforderer, ein gefährlicher Säuger aus der Familie der Ursidae, anzutreffen vor allem auf der Nordhalbkugel, ausgestattet mit einem großen Kopf, einem massigen Körper und kurzen, kräftigen, mit Klauen versehenen Gliedmaßen sowie dichtem, zott'gem Fell, Gesamthöhe: 2 Meter 70, Gewicht: eine dreiviertel Tonne, das ist er, Shakespeares Darling, gut ausgeruht und voller Rachedurst ... der BÄR!«

Überwältigt und fassungslos spenden die Fans Beifall, als sich in einer Ecke des Rings ein riesenhafter Bär materialisiert. Wütender Sabber tropft, Fäden ziehend, und echter als echt zwischen seinen so-weiß-wie-die-Wahrheit-weißen Reißzähnen hervor.

Der Kopf des Bären ist, tja, enorm. Auf einer Internetseite wird es später heißen »leicht vergrößert«, woanders wird stehen »grotesk in seinen Ausmaßen« oder »ganz gut proportioniert« oder auch »vor dem Hintergrund des Debakels in Teil 1 gerechter- und verständlicherweise etwas aufgemotzt«. Und so weiter.

Entscheiden Sie selbst.

Mr. Norman verspürt eine leichte Übelkeit. Er legt seinen Bärrito weg.

Der Sportreporter sagt: »Wow, was für ein Prachtkerl, Rich.«

Der Ansager im Ring sagt: »In der anderen Ecke, vier

Meter lang, mit sechs Sinnen und bewaffnet mit mehreren Reihen dreieckiger, rasiermesserscharfer Zähne, umgeben von einem Körper aus reinem Knorpel, der sofort sinkt, wenn er nicht permanent schwimmt, ein legendärer Räuber, ungenannt von der Bibel, unauffindbar am Sternenhimmel, mit Gaum und Rachen zum Weglaufen, die unumstrittene Nummer eins beim ersten Bär gegen Hai … der HAI!«

Hier und da Klatschen, hier und da Buhen, als sich in der anderen Ecke drohend der Hai materialisiert. Matthew sieht trotz Dunkelheit ganz blass aus. Er klatscht nicht.

Einige Leute, aber nur wenige, stehen an dieser Stelle auf und gehen gesenkten Kopfs hinaus. Von diesen begeben sich einige zu den Toiletten, andere verlassen den Dome ganz. Warum, wissen sie selber nicht, sie wissen nur, dass sie da rausmüssen. Jahre später wird sich ein Soziologe auf die Suche nach diesen Leuten machen, um sie über ihre Reaktion zu befragen, aber sie sind wie vom Erdboden verschluckt.

Und dann.

Und dann ertönt die Glocke, und Bär und Hai beginnen die Kampfhandlungen.

Bär und Hai, zwei natürliche Erz- und Erbfeinde fallen übereinander her mit jener entfesselten Wildheit, die bei ihrer Unversöhnlichkeit kein Wunder ist. Die Natur ist entsetzlich, das lässt sich nicht leugnen.

Fleisch fetzt, Knochen krachen.

Der Bär brüllt und faucht. Der Hai macht irgendwelche schrecklichen Geräusche, die niemand zuvor je gehört hat.

Neil Postman sagt: »Wer kann sich waffnen gegen eine See von Unterhaltung?«

Mr. Norman schaut nach links, wo Matthew und Mrs. Norman sitzen.

Haifreund Matthew, wie so viele andere im Dome, hat die Hände vors Gesicht geschlagen. Er jault und nagt an seiner Hand.

Eine kleine und ziemlich schlecht platzierte Bombe detoniert in Abschnitt 234, weit entfernt vom eigentlichen Geschehen. Das Werk von Amateuren, das dennoch seine Wirkung auf die Zuschauer nicht verfehlt.

Mrs. Norman scheint auf ihrem Sitz bewusstlos nach hinten gekippt zu sein. Ihre Körperhaltung lässt zu wünschen übrig. Ihr ist der Kaugummi mit dem lang anhaltenden Geschmack aus dem Mund gefallen und klebt nun an ihrer Bär-gegen-Hai-Anstecknadel an ihrer Bluse. Sie hat ihre Augen nach oben verdreht. Sie hat einen Schock erlitten und zittert am ganzen Leib.

Unten im Ring geht es realer zu als im Leben.

Blut spritzt in Fontänen, Knorpel reißen wie Luftschlangen.

In der Lobby des Roman Coliseum schnappen Fische mit blutenden Kiemen nach Luft.

Mr. Norman schaut nach rechts, wo sein jüngster Sohn sitzt. Curtis starrt mit geschwollenen, tränenden Augen auf den Event. Sein leeres Gesicht und sein offener Mund äußern sich nicht. Immer noch hängen ihm einige rosa Spinnweben von der Zuckerwatte im zerzausten Haar. Ein klebriges Flossi-Eis schmilzt in seiner dicklichen Hand.

Akkordischer Knoten.

Sein T-Shirt sagt: »Ich habe den Bär-gegen-Hai-Aufsatzwettbewerb gewonnen und du nicht.«

Mr. Norman sagt: »Curtis?«

Er sagt: »Hey, Sportsmann.«

Der Sportreporter sagt: »Ich glaube, was wir alle erwartet haben, war ein guter Kampf, nicht wahr, Rich… aber nicht… *das*.«

Die blutenden, unschuldigen, unberühmten Opfer des Bombenanschlags in Abschnitt 234 sagen: »Hilfe.« Oder versuchen es zumindest.

Curtis macht ein Geräusch mit seinem Mund. Hat er etwas gesagt: »Yes, Ma'am«? Mr. Norman ist allen Ernstes der Ansicht, der Junge hätte »Yes, Ma'am« gesagt. War es das oder nur irgendein Unsinn?

Dem Bär wurde mittlerweile, echter als echt, der Arm vom massigen Torso gerissen. Der Hai sieht aus, als sei er in den Rotor eines Hubschraubers geraten. Die Tiere winden sich. Überall glänzt rotes, rohes Fleisch.

In TeleTown warten sie. Sie suchen immer neue Mitglieder für ihre einzigartige autonome Gemeinschaft.

In der Dunkelheit glaubt Mr. Norman ein Zucken in Curtis' Mundwinkeln zu erkennen. Lächelt der Junge etwa? Ist er glücklich und gut integriert? Ist Mr. Norman Der beste Dad von der Welt, wie es auf den drei Kaffeebechern heißt, die er in drei Jahren zum Vatertag bekommen hat, zu Hause in Amerika? Wenn Mr. Norman gegen all die anderen Väter antreten müsste, wer würde den Kampf für sich entscheiden?

Mr. Norman sagt: »Curtis, bist du noch da?«

Er sagt: »Bitte, Junge.«

In Amerika wird es derweil auf Bär-gegen-Hai-Partys still. Gäste bedanken sich bei Gastgebern und verschwinden. Das hier ist nicht wie beim Super-Bowl. Millionen Amerikaner draußen im Land glotzen stumm auf ihre Pay-

View-Geräte. Dafür haben sie bezahlt. Das ist es, was sie sich wünschen sollten, und das ist es, was sie sich wünschten.

Lloyds Mutter, draußen in Amerika, hat Lloyd nicht erlaubt, sich den Kampf anzusehen. Der Junge ist allein vor dem Haus und spielt imaginäres Bowling auf dem verschossenen Rasen. Dreier. Vierer. Fünfer.

Curtis starrt weiter geradeaus, verzaubert von dem großen Ereignis. Er ist fasziniert von den Fortschritten der Unterhaltungselektronik. Er ist selig, gelöst, ein glückliches Kind aus dem Herzland Amerikas.

Andernfalls wäre sein Gehirn irreparabel geschädigt und etwa so aktiv wie Gemüse, aber das lässt sich im Augenblick schwer sagen, Walt.

Aber normalerweise gehen solche Geschichten am Ende gut aus. Wirklich.